U0165590

凝煉知識品味閱讀

# 唐詩的多維視野

歐麗娟 著

五南圖書出版公司 印行

# 序言

這本小書是一份紀念，是個人對唐詩研究的階段性總結。

書中收錄了五篇論文、一篇附錄，由最早的〈李賀詩歷代評論之分析〉以迄最晚的〈論王維詩歌中理性觀照的人格特質與表現模式〉，撰述發表的時程橫跨了十七年。十七年的時間，必然能引起諸多歲月的感慨，滄海桑田，莫過於斯。所謂渺滄海之一粟、縱白駒之過隙，蝸牛角、石火光之類的比喻，無非都是對宇宙的敬畏與對存在的唏噓，但智慧卻又是由此而生，在不可承受之輕中創造了永恆回歸之重。其中點滴，又何須多言？

如今成書，不能免俗，約略言之，本書所收論文中，除「王維」一文，其他四篇都完成於博士修業之前與結業之際，此後則開始擴展領域，兼治紅學，「王維」一文反倒成爲唐詩研究的尾聲。期間所論，系統成書面世的有《唐詩的樂園意識》、《唐代詩歌與性別研究——以杜甫爲中心》兩部專著，而這幾篇單一論文得以結集成冊，便於讀者觀覽，實須感謝五南圖書出版公司黃文瓊副總編輯的極力玉成。各章的出處謹個別交代如下：

〈李賀詩歷代評論之分析〉，《國立編譯館館刊》第22卷第1期（1993年6月），頁129-158。

〈李商隱詩之神話表現〉，《國立編譯館館刊》第24卷第1期（1995年6月），頁1-18。

〈論唐詩中日、月意象之嬗變〉，彰化師範大學中文系主編：

《第四屆中國詩學會議（唐代詩學）論文集》，1998年5月，頁323-352。

〈李、杜「閒適詩」比較論〉，《國立編譯館館刊》第27卷第2期（1998年12月），頁35-61。

〈襟三江而帶五湖——初唐文壇的彗星王勃〉，《聯合文學》第17卷第5期（2001年3月），頁42-45。

〈論王維詩歌中理性觀照的人格特質與表現模式〉，《臺大中文學報》第32期（2010年6月），頁209-254。

諸篇收入此書時，則依論述對象的時代先後編排，透過王維、李白、杜甫、李賀、李商隱的位序，以見唐詩發展變化的軌跡，王維一文因此居首；而關於日月意象的討論則因屬跨時代的宏觀考察，因此置諸最終，隱含總收之意。

透過目前的編列，雖然諸篇文章各有不同的切入角度與聚焦主題，仍可以清楚看出時代精神遷變的內在消息。從盛唐王維、李白、杜甫的深厚、向上，到中唐李賀、晚唐李商隱的微細、偏歧，唐詩藝術的發展自是越發尋幽探勝，風光無限，但詩人的心靈走向卻是逐漸逸離正軌，失去了「博大、均衡、正常」①的人性格局。李賀之陰魅，在「詩鬼」的稱號中表露無遺；李商隱之哀淒悱惻，也是絕望至極的椎心泣血，毋怪乎成爲神話解構的大師，「地老天荒」、「天荒地變」之類的末日表述主要出現於此二李的筆下，非爲無端。連帶所及，日、月這兩個人類最親近、熟悉的宇宙意象，天天點綴在生活舞

---

① 此乃杜甫之所以成為最偉大之詩人的性格因素，參葉嘉瑩：〈論杜甫七律之演進及其承先啓後之成就〉，《迦陵談詩》（臺北：三民書局，1984年1月），頁62。

臺的背景上，觸目可及、不離不棄，竟也因爲「觀看之道」的改換而展現出前後迥異的面貌，人之呼吸時代空氣，可謂入骨透髓，乃在個體的獨特性之外又參與了集體的共感，於是烙上了類似的印記。原來所謂的「超越時代」，眞正的意義是帶著時代往前多走幾步，而前進的動能則是來自文化的哺育與同儕的激盪，大傳統（great tradition）的沉厚豐沛、生存環境的鏤刻形塑，對於成家爲師之輩而言，其重要性實與個人天賦才性不相上下。

在這個由王維、李白、杜甫、李賀、李商隱所組成的唐詩的多維世界裡，年輕的心智最容易爲李白式的豪邁奔騰、李商隱式的纏綿悱惻所觸動，以爲人生的精髓在於狂喜大悲，「強度」乃是衡量價值的標準；隨著經歷日多、體悟日深，卻領略到王維式的境界高妙至極，也動人至極，此際已轉向「深度」、「厚度」的範疇，也進入更高層次的成熟，詩人與讀者皆然。

有學者曾經定義所謂的「成熟」，是「一種明亮而不刺眼的光輝，一種圓潤而不膩耳的音響，一種不再需要對別人察言觀色的從容，一種終於停止向周圍申訴求告的大氣，一種不理會哄鬧的微笑，一種洗刷了偏激的淡漠，一種無須聲張的厚實，一種並不陡峭的高度」②，這番闡釋洗練深刻、精準入微，與其用在蘇軾身上，施諸王維可能更爲切合，畢竟東坡固然曠達自適，於晚年的最終時刻、浪跡天涯海角的困窘絕地，猶且展現出「雲散月明誰點綴，天容海色本澄清」（〈六月二十日夜渡海〉）的清明心境，令人感佩神往；實則仍不失刺眼的鋒芒、陡峭的凜然，一絲乍洩，是非陡生，以致終身跌宕曲折，事出有因。

---

② 余秋雨：〈蘇東坡突圍〉，《山居筆記》（臺北：爾雅出版社，1995年8月），頁110。

王維則不然，早慧睿智，復以修爲自持，眞正幾乎完全做到德國文學家赫曼・赫塞（Hermann Hesse, 1877-1962）所言：「在你心裡面，你有一種寧靜和一處庇護所，任何時候，你都能退避到裡面去，保持住你自己的本色。……這種本領，雖然人人都能夠有，然而卻只有極少極少數的人能眞正發揮這種本領，做到這一步。」③此所以王維的人格特質及其詩歌風格總帶有一種「透明的隱祕、安靜的熱情、遙遠的親切」，若即若離、味淡韻長。試看〈終南別業〉一詩所云，「興來每獨往，勝事空自知」的山水之癖何嘗亞於棄俗之隱士，卻無妨自得其樂，不染一絲厭俗負性之氣；至於「行到水窮處，坐看雲起時」之境界，比諸東坡〈定風波〉的「莫聽穿林打葉聲，何妨吟嘯且徐行」更加舉重若輕、不落痕跡；最後的「偶然值林叟，談笑無還期」一聯最是盡顯通透無礙的自在，「偶然」而不「必然」，祛除了非如此不可的執著自限，坦然順迎各種因緣，因此，可以「談笑無還期」的對象乃是林中老叟，桑麻菜蔬、柴薪鹽米之瑣事皆可津津樂道，渾然不覺時間之流逝，既完全沒有「談笑有鴻儒，往來無白丁」（劉禹錫〈陋室銘〉）的矜傲，較諸東坡所自豪的「上可以陪玉皇大帝，下可以陪悲田院乞兒」④，王維的輕描淡寫也更顯眞正的無差別心。由於已達此一超然化境，故無論身處任一時、地，遭遇何種人、事、物，皆能玲瓏圓滿。

唯耽於情濃者，往往停留在入乎其內的激盪層次，錯失出乎其外之後淡泊寧靜的弘遠深沉，以致謬以「無情」非議王維，殊不知適

---

③〔德〕赫曼・赫塞著，蘇念秋譯：《流浪者之歌》（臺北：水牛出版圖書公司，1998年5月），頁75。

④ 宋・高文虎：《蓼花洲閒錄》引《滄浪野錄》載蘇軾自言，《叢書集成初編》第2867冊（臺北：新文豐出版公司，1936），頁11。

得其反，所謂「靜水流深」（Still waters run deep），表面波瀾不興正因爲深不可測。明代詩評家鍾惺便探得此一奧義，所謂：「情艷詩，到極深細、極委曲處，非幽靜人原不能理會。此右丞所以妙於情詩也。」[5]以及：「右丞禪寂人，往往妙於情語。」[6]誠爲金睛洞視之見。唐代王維之外，民國的弘一大師亦是絕佳明證，今古呼應，雖然王維屬於世間與出世間相即相融的隨遇而安，在家身、出世心，證知朱門、蓬戶本質無異，故始終皆是摩詰；弘一大師則是先入後出、濃極轉淡，前半生的紅塵翩翩與後半世的禪門寂寂截然二分，終於拋棄了李叔同，脫胎換骨，但本質上兩人都屬於能探得「極深細、極委曲處」的「幽靜人」、「禪寂人」，其「妙於情語」的「情艷詩」自不同於李商隱「春蠶到死絲方盡，蠟炬成灰淚始乾」之類的執迷，一般讀者當不易體會。因此，王維雖然時代較早，卻是最晚寫成，其理應然。

「一個求道者可以活在世界裡，卻不能讓世界活在他的心裡」，對照舉世浮動的心思、競進的姿態，此言誠暮鼓晨鐘，聞者足戒。

歐麗娟

於臺北　2017年5月5日

---

⑤ 明・鍾惺、譚元春編：《唐詩歸》，收入《四庫全書存目叢書》集部總集類第338冊（臺南：莊嚴文化公司，影印清華大學圖書館藏萬曆四十五年刻本，1997年）卷8〈西施詠〉評，頁171。

⑥ 明・鍾惺、譚元春編：《唐詩歸》，卷8〈早春行〉評，頁167。

# 目　次

# 第一章

# 論王維詩歌中理性觀照的人格特質與表現模式

## 第一節　前　言

王維作爲盛唐的詩歌名家，其創作貢獻與歷史地位乃無庸置疑。然而，早在明代即有徐增感嘆道：「今之有才者，輒宗太白；喜格律者，輒師子美；至于摩詰，而人鮮有窺其際者，以世無學道人故也。」①不僅創作範疇如此，迄今之學界，相較於李白、杜甫乃至李商隱等人之詩學內涵、生平考證、藝術呈現、人格情態等都廣受探討的研究熱況，王維所受到的注意仍是略爲偏低的。其次，有關王維的研究主要是偏重在其宗教思想的闡述上，除了佛教尤爲其最之外，還包括道家乃至儒釋道三教合一的情況都有精闢的發揮；至於王維詩歌中的自然書寫，以及其中的美學意涵，誠屬專家詩的另一個研究重心，若詳加檢驗，也往往被涵攝在思想範圍中成爲派生論述。

而本文所關注的是，王維詩文作品中所呈現的「莊禪合一」、乃至儒釋道「三教合一」的現象，顯示這些分歧甚至矛盾的思想體系之所以能統合於同一個精神個體身上，卻沒有發生衝突或錯亂，其實還有著更根本的原因。一方面，這固然是因爲這些思想本來就處於並存互動的狀態，彼此在詮釋發展的過程中產生挪借轉注以致互滲會通的結果，如興膳宏在討論王維詩中「無我」特性的佛教思想根源時，即特別提醒注意「無我」一詞也見於《莊子》郭象注②，可以作爲這類學術現象的一個例證。但是無論如何互滲會通，不同思想體系之間

① 明．徐增著，樊維綱校注：《說唐詩》（鄭州：中州古籍出版社，1990年12月），卷首〈與同學論詩〉，頁16。

② 〔日〕興膳宏著，戴燕譯：〈我與物〉，《異域之眼——興膳宏中國古典論集》（上海：復旦大學出版社，2006年9月），頁351。

的挪借轉注決不會導致彼此界線泯滅乃至自我瓦解的地步，其間的差異性畢竟遠大於共通性；學術本身的問題更不能直接通往詩人本身，因此在以思想證詩的這種做法上，也不是沒有學者發現其中的問題，如漢學家李志指出：「這個心境安寧的詩人可以理解，不需要參照佛教。其他佛教詩人中的大多數人，無論是世俗的還是宗教的，都沒有這種平靜安穩。」[③]顯然學者也承認，思想基礎並不等於心靈境界，因此不但因人而異，而且甚至沒有必然關係。是故可以說，要根本性地掌握「莊禪合一」、乃至儒釋道「三教合一」之現象的關鍵，依然是決定於創作主體本身；在詩人心靈境界或人格結構的理解詮釋上，思想背景並不是充分條件，甚至也不是必要條件。

這是因爲人類並非客觀世界的被動反映以致淪爲環境的產物，如主體心理學（subjective psychology）所指出，在人成長發展過程中，主體能動性乃是影響主體心理發展的重要因素之一，並與教育、環境一同構成主體心理發展的三維結構模式；其中，主體能動性作爲主體與世界相互作用的主導潛能[④]，可以說更是探求人格型態的核心。而思想與審美作爲兩個不同範疇，即是根植於同一心源始得匯通交融，就此，林繼中說得好：「現象世界必須被詩人個體同化於認知結構，並經由詩人情懷之釀造，方得入詩。也就是說，有什麼樣的眼光和情懷才有什麼樣的藝術幻境。……世人歷來稱王維爲『詩佛』，是對其將說禪與作詩聯繫起來這一創作特質已有初步共識。但說禪與作詩雖相關卻不相同，還須打通。宗教體驗轉化爲審美的關鍵，還在

③ 李志：〈詩人朱熹〉，《通報》第58期（1972年）。引自〔法〕保羅．雅各布（Paul Jacob）著，劉陽譯：〈唐代佛教詩人〉，錢林森編：《法國漢學家論中國文學——古典詩詞》（北京：外語教學與研究出版社，2007年5月），頁163。

④ 詳參鄭發祥：《主體心理學》（上海：上海教育出版社，2006年8月），頁8、頁134-135。

於詩人的情感結構。」[5]而詩人的情感結構不只是將宗教體驗轉化爲審美的關鍵，從「詩言志」的角度來說，也直接與詩歌風格及其呈現形式連動相關。高友工對「詩言志」的概念指涉闡釋道：

> （由於）中國歷史早期對「推論性溝通」（discursive communication）由衷的不信任及對內在經驗的極端重視，使同一格言（即「詩言志」）有了更精妙的擴充：「言」一辭因此演變成意謂整體地表現（total realization），包涵「語意的表示」（semantic representation）與「形式的呈現」（formal presentation）兩方面。有了如此的境義，「志」一辭亦再也不足以涵蓋詩境界的內涵，它因而被擴充成廣指一特定之人于一特定之時，其整體經驗——所有的心智活動與特質——之主要構成。在此一參證格式裡，「志」可等同於一個人平生某刻的「意義」。[6]

基於此一被擴充的意義，則詩之「言說」及其所言說之「志」，乃是指一特定之人於一特定之時整體地表現其所有心智活動與特質所構成的經驗與意義，並透過語意與形式概括地表現出來。故非獨葉燮聲稱：「詩是心聲，不可違心而出，亦不能違心而出。功名之士，絕不能爲泉石淡泊之音；輕浮之子，必不能爲敦龐大雅之響。故陶潛多素

---

⑤ 林繼中：〈王維情感結構論析〉，《文史哲》1999年第1期，頁83。

⑥〔美〕高友工：〈中國敘述傳統中的抒情境界〉，〔美〕浦安迪講演：《中國敘事學》（北京：北京大學出版社，1996年3月），附錄，頁202-203。

心之語，李白有遺世之句，杜甫興『廣廈萬間』之願，蘇軾師『四海弟昆』之言。凡如此類，皆應聲而出，其心如日月，其詩如日月之光，隨其光之所至，即日月見焉。故每詩以人見，人又以詩見。」⑦趙殿成更以言志傳統指出詩人與詩歌的關係道：「傳稱詩以道性情，人之性情不一，以是發于謳吟歌詠之間，亦遂參差，……于性情各得所肖……。右丞崛起開元天寶之間，才華炳煥，籠罩一時，而又天機清妙，與物無競，舉人事之升沉得失，不以膠滯其中，故其爲詩眞趣洋溢，脫棄凡近，麗而不失之浮，樂而不流于蕩。」⑧如此說來，便堪稱詩爲「史外傳心之史」。⑨本文即以詩作爲憑藉，聚焦於其中所展露的情感結構，而又更進一步擴及人格類型與心理模式，將詩歌恢復爲獨立完整的個別的藝術作品，是詩人具體而微的心靈宇宙，而不只是擔負宗教思想的載體，以進行細部的文本分析；同時從人格結構與心靈運動的內在脈絡來探索這些詩歌類型與呈現手法的必要性，由此眞切掌握王維貫透在詩歌中的理性素質。

所謂人格，乃一個人存在整體的統稱，精細地說，「『人格』一詞，來自拉丁文Persona，意指面具。用於人的獨特行爲方式和多種素質，以表現人的外顯形象及內在品質。……一般認爲它由需要、動機、興趣、價值觀、信念、能力、氣質、性格等成分組成」。⑩據此，就本文所關切探究的範疇而言，於傳統詩論中似乎已可以找到

---

⑦ 清・葉燮：《原詩・外篇上》，丁福保輯：《清詩話》（臺北：木鐸出版社，1988年9月），頁597。

⑧ 見清・趙殿成：《王右丞集箋註》（臺北：廣文書局，1977年12月），卷首序，頁21。

⑨ 清・吳偉業：〈且樸齋詩稿序〉，李學穎集評標校：《吳梅村全集》（上海：上海古籍出版社，1990年），卷60，頁1206。

⑩ 《中國百科大辭典》（北京：中國大百科全書出版社，1999年9月），「人格」條，頁4429。

若干深刻觸及王維獨特之人格特質與處世模式的吉光片羽，如同代的王昌齡即推許王維的「人間出世心」⑪，現代學者也用當今學術語言加以呼應，如安華濤針對〈與魏居士書〉進行文本分析，指出王維是以一種出世的態度來看待入世問題的，以企及釋道的最高人格理想——「至人者，不捨幻而過于色空有無之際」（〈薦福寺光師房花藥詩序〉）⑫，這可以說是王昌齡所謂「人間出世心」的現代復刻；林繼中亦言，「王維情感結構中起離心作用的是『看透』；而起向心作用的則是『不廢大倫』，二者的合力促成他『隨緣任運』的禪宗式的人生態度。」並提出「冷眼深情」之說，展現出一種「冷靜深刻的觀察，而非沉溺其中的陶醉」⑬，這都極爲準確地直擊王維的人格核心。此外，詞學大師繆鉞曾以「入而能出」與「往而不返」綜括先秦知識分子的兩種基本情感模式，該文幅短而論精，深刻觸及傳統文人的應世態度，所謂：「詩以情爲主，故詩人皆深於哀樂，然同爲深於哀樂，而又有兩種殊異之方式，一爲入而能出，一爲往而不返，入而能出者超曠，往而不返者纏綿，莊子與屈原恰好爲此兩種詩人之代表。」⑭其中，以「入而能出」闡釋莊子的超曠而又無礙其深於哀樂，言外暗示離心／向心、冷眼／深情、深於哀樂／超曠、入／出的極端反差，是對比但卻不一定矛盾，因此可以並存於一身，構成與詩人本質並不違背的獨特型態，極具見地。

---

⑪ 唐·王昌齡：〈同王維集青龍寺曇壁上人兄院五韻〉，清·康熙敕編：《全唐詩》（北京：中華書局，1990年2月），卷142，頁1441。本書為唐詩專著，引述之唐詩衆多，為免影響閱讀，以後不再一一標示出處。

⑫ 安華濤：〈三元同構的士大夫心理結構——解讀王維《與魏居士書》〉，《社科縱橫》2000年第4期，頁74。

⑬ 林繼中：〈王維情感結構論析〉，頁88-89。

⑭ 繆鉞：〈論李義山詩〉，《詩詞散論》（臺北：臺灣開明書局，1979年3月），頁57。

不過，上述之種種說法都還只是對詩人整體的一般性掌握，作為個體化的獨殊存在，「入而能出」或「冷眼深情」之並存機制究竟如何，其體現於個別之詩歌文本中，又形成了何種內在的形式結構，以致足以形成與其他詩人區隔有別的不同特質，畢竟都還沒有獲得真正的釐清。本文希望能夠切實掌握到冷眼／深情、深於哀樂／超曠、入／出的運作型態，也分析出王維作為一個詩人，在面對「深於哀樂」的詩人之性乃至一般人性時，所展現的近乎哲學家的高度理性力量。

## 第二節　「背面傅粉」：情感結構與心靈模式

所謂「背面傅粉」⑮，是傳統詩論中取自繪畫技巧之手法或概念，成為分析詩歌表現手法及其藝術效果的一個專門術語，意指從反面的立場或相對的著眼點間接下筆描寫，從而透過反襯的效果，使正面的主題獲得進一步的烘托與強化，其義往往與「從對面說來」可以相通。在唐代詩壇上，將此一技法表現得駕輕就熟的詩人，首推王維⑯；而嚴格言之，王維詩中所表現的「背面傅粉」與其說是一種來自藝術考慮而採取的創作技法，不如說是一種來自人格型態的自然牽動的結果。從〈九月九日憶山東兄弟〉、〈寄崇梵僧〉、〈山中寄諸弟妹〉、〈送元二使安西〉、〈相思〉、〈送楊長史赴果州〉等多篇展示「背面傅粉」之手法的典型作品中，可以分析出王維在情感表現

⑮ 語見清．曹雪芹著，馮其庸等校注：《紅樓夢校注》（臺北：里仁書局，1995年10月），第38回，頁588。

⑯ 其後有杜甫〈月夜〉詩以「心已馳神到彼，詩從對面飛來」而彷彿此一做法，引文見清．浦起龍：《讀杜心解》（臺北：鼎文書局，1979年3月），卷3之1，頁360。但在時間之晚、數量之少、內涵性質之停留於感性層次各方面，都不能比擬於王維的時間之早、數量之多、內涵性質之從感性層次超升於知悟層次，請參下文。

上的特殊風格。

先以〈九月九日憶山東兄弟〉一詩爲聚焦，其曰：

> 獨在異鄉爲異客，每逢佳節倍思親。遙知兄弟登高處，遍插茱萸少一人。（題下原注：時年十七）

作爲王維加注年齡的十首少作之一，本篇顯係反映少年詩人孤身於長安奮鬥之餘思親念家的題材。在一般的情況下，如王維般「閨門之內，友愛之極」[17]的詩人若以「獨在異鄉爲異客，每逢佳節倍思親」直接而正面地寫出自己強烈的思鄉情懷之後，接著通常會繼續進一步重筆濃彩地抒發己身的客居之悲與思親之烈，以充分展現異地懷鄉之主旨；尤其在「倍」字所寓含的情感已達飽漲的臨界點之際，只要讓情感的分量再多增加一分一毫，便會衝垮理性的藩籬而傾洩無餘，以致陷溺在羈思旅愁的翻騰之中而歌哭淋漓，產生諸如「歸思欲沾巾」（杜審言〈和晉陵陸丞早春遊望〉）、「鄉心新歲切，天畔獨潸然」（宋之問〈新年作〉）、「恨別鳥驚心，……家書抵萬金」（杜甫〈春望〉）與「鬱鬱多悲思，綿綿思故鄉。……向風長嘆息，斷絕我中腸」（魏‧曹丕〈雜詩二首〉之一）之類的強烈字眼和動盪情緒。此乃因詩人者，深感於哀樂也，故形諸筆墨時總是表現出「窮慼則職于怨憝，榮達則專于淫泆。身之休慼，發于喜怒；時之否泰，出于愛惡。……故其詩大率溺于情好也」[18]的文學常態。

然而，王維的獨特處就在「每逢佳節倍思親」一句乍乍觸及到

---

⑰ 唐‧竇臮：〈述書賦〉，清‧董誥輯：《全唐文》（臺北：大通書局，1979年7月），卷447，頁5781。

⑱ 北宋‧邵雍：《擊壤集》（臺北：中文出版社，1972年5月），〈序〉，頁6。

那情緒滿漲的制高點之際，卻隨即宕開筆墨，遠調筆端從遠方兄弟之處境著眼，以間接方式設身處地想像至親至愛的手足於登高時「遍插茱萸少一人」的缺憾，而間接傳達出羈旅他方的自己在家族聚會中缺席的落寞。入谷仙介（1933-2003）認爲，「後半的設想之詞，在即興創作的現場可能會獲得喝采，然而意思僅僅止於字詞表面，稍感淺露。所以胡仔評它不如杜甫之句，並不爲過。」⑲但後半兩句是否眞爲「意思僅僅止於字詞表面，稍感淺露」，因而「不如杜甫之句」，恐怕大可商榷。

事實上，正是後半兩句才越出前半兩句所觸及的一般情感體驗⑳，而眞正顯露或建立了王維獨特的個人性格模式，亦即在「獨在異鄉爲異客，每逢佳節倍思親」這情感飽漲至臨界點的時刻，王維並沒有像一般詩人一樣，進入情感風暴的中心而陷入激情狀態，並順任情緒的浪潮而傾瀉無遺，極力渲染思鄉的苦楚與辛酸；反而在激情潰堤的臨界點之前就抽身而出，並調開筆端，透過「從對面說來，己之情自已，此避實擊虛」㉑的敘寫方式，轉向遠方親人的角度來著墨，以致由第一人稱的大吐苦水變爲對他者的同情與了解。但在取效《詩經・陟岵》「不寫我懷父母及兄之情，而反寫父母及兄思我之情，而我之離思之深，自在言外」㉒的作法時又更進一步，即使是描寫故鄉

⑲〔日〕入谷仙介著，盧燕平譯：《王維研究（節譯本）》（北京：中華書局，2005年10月），第1章〈少年時代〉，頁13。

⑳ 艾略特（T. S. Eliot）曾說：「詩人的任務並不是去尋找新的感情，而是去運用普通的感情，去把它們綜合加工成為詩歌。」〔英〕艾略特著，李賦寧譯：《艾略特文學論文集》（南昌：百花洲文藝出版社，1994年9月），頁10。此詩前半兩句即屬於人人所共有共知的「普通的感情」的表達。

㉑《唐詩真趣編》評語，引自陳伯海主編：《唐詩彙評》（杭州：浙江教育出版社，1996年5月），頁351。

㉒ 劉永濟：《詞論》（臺北：源流出版社，1982年5月），頁84。

親人對自己的思念，也未曾使用情緒化的形容，所謂「遙知兄弟登高處，遍插茱萸少一人」，描述的是客觀的現象，而非情感的翻騰；著重在「知」所代表的「了解」，透過設身處地來省察情感的行為狀態，而不是在「感」的層次上擴大自己的情緒反應或情感濃度，其結果反而是「不說我想他，却說他想我，加一倍淒涼」。[23]正是透過「從對面說來」的間接筆法，在「兩面俱到」的宏觀視野下，充分曲達「換我心為你心，始知相憶深」[24]的幽隱情衷。如此一來，其筆調便在表面的簡易平淡中蘊蓄了大量情感，那念念在彼的深情、兩地牽繫的血緣鈕帶，都表現得十分深婉有味，卻一點也沒有氾濫，正可謂「深於情而不滯於情」者，可以說是「背面傅粉」的極致。

試看「遙知」二字，一方面是以「遙」的距離感將即將在臨界點上滅頂的自己抽離出來，從眼前「海水直下萬里深，誰人不言此離苦」（李白〈遠別離〉）的深淵中宕開，而免於豐沛的情思被激盪到噴薄不可自抑，以致一頭被情緒按倒的地步；另一方面則是以「知」字表現出一種來自理性的力量，將先前置身於情感感受中的處境轉移到觀照與省察的狀態，因此不再是熱情洋溢的陷溺沉淪，而是清明冷靜的跳脫旁觀。而且這般由「思」而「知」的微妙置換，更一貫直下地透抵末句，那「遍插茱萸少一人」一句雖然以「遍插」與「一人」呈現出「多／一」之間極端數差所特有的張力，突顯出自己一人之缺席所造成的無法填補的空缺，然而其寫法卻絲毫不說兄弟如何期盼、

---

㉓ 清‧張謙宜：《絸齋詩談》卷5，郭紹虞輯：《清詩話續編》（臺北：木鐸出版社，1983年12月），頁848。

㉔ 語出五代‧顧夐：〈訴衷情〉，《蓉城集》稱「換我心為你心」為「透骨情語」。後蜀‧趙崇祚選編，華鍾彥校注：《花間集注》（開封：河南大學出版社，2008年4月），卷7，頁240-241。

如何落寞，只是進行一個客觀事實的呈現，那「少一人」之詞更是不帶情緒的數學計算，乃是對前一句「知」字的補充與推衍。

很顯然，整首〈九月九日憶山東兄弟〉是以「思親」爲主軸，而意脈貫連；但就內在思致的層次而言卻可以斷然二截，前半屬於「任我則情」之「以我觀物」，後半則轉爲「反觀無我」之「以物觀物」㉕；前兩句是以感性範疇的「情」爲焦點，就「自我」這感受的抒情主體來落筆，至「倍思親」而達到情思的最高臨界點；後兩句則是轉而以理性範疇的「知」爲基礎，就遠方之「他者」——情感客體來進行客觀事實的呈現，筆尖袪除了情感的躁動灼熱而帶有理性的冷靜與深沉。這種冷靜與深沉的特質並不是來自對情感的逃避或拒絕，也不僅是出於對情感的控制與壓抑；確切來說，所謂「靜水流深」（Still water runs deep.）之原理乃庶幾近之。意思是說，王維的情感不但是豐沛的，也是深刻的，「深刻」使得情感不會只是一味地任意向外抒發，而會翻轉過來向內蓄積含斂，因此在表現形式上便反而似乎帶有平靜的外觀。這是因爲情之「熱」者，常常一往不顧地任情澎湃氾濫，求其俱焚共燃的白熱與熾光；而情之「深」者，則往往欲說還休地含放於口內心中，默默挖掘更寬廣的胸量以蓄納更豐盈的情感。情之熱者，形式上是向外噴薄，而情之深者，形式上卻是向內含藏；向外噴薄者，人品往往率眞任性，而向內含藏者，性格往往成熟深沉。此

---

㉕ 參考北宋·邵雍（1011-1077）〈觀物篇〉之六十二所云：「聖人之所以能一萬物之情者，謂其能反觀也。所以謂之反觀者，不以我觀物也；不以我觀物者，以物觀物之謂也。既能以物觀物，又安有於其間哉？是知我亦人也，人亦我也，我與人皆物也。此所以能用天下之目為己之目，其目無所不觀矣。」另〈觀物外篇〉曰：「以物觀物，性也；以我觀物，情也。性公而明，情偏而暗。」又謂：「任我則情，情則蔽，蔽則昏矣；因物則性，性則神，神則明矣。」北宋·邵雍：《皇極經世書》，《四部備要》（臺北：臺灣中華書局，1982年4月），分見卷6、卷8下，頁26-27、頁16與頁27。

即是鍾惺所謂：「情艷詩，到極深細、極委曲處，非幽靜人原不能理會。此右丞所以妙於情詩也。」㉖以及：「右丞禪寂人，往往妙於情語。」㉗眞正意義之所在。

茲將上述對此詩作結構與意義的討論，列出簡表如下：

獨在異鄉爲異客，每逢佳節倍思親——遙知兄弟登高處，遍插茱萸少一人

抒情主體——情感客體

直接體驗、正面敘述——間接想像、對面說來（背面傅粉）

主觀濃烈（倍思）——客觀平淡（遙知）

情感之「強度」——情感之「深度」

「以我觀物」、任我——「以物觀物」、無我

一般詩人之「共性」——王維個人之「殊性」

由前半而後半，整首詩正形成「入而能出」的結構模式；而適其已出，「已之情自已」，詩境即由躁而靜，由熱而冷㉘，進入一種「無

㉖ 明·鍾惺、譚元春編：《唐詩歸》，收入《四庫全書存目叢書》集部總集類第338冊（臺南：莊嚴文化公司，影印清華大學圖書館藏萬曆四十五年刻本，1997年10月），卷8〈西施詠〉評，頁171。

㉗ 明·鍾惺、譚元春編：《唐詩歸》，卷8〈早春行〉評，頁167。

㉘ 王維〈寄崇梵僧〉末聯以「峽裏誰知有人事，郡中遙望空雲山」收結，即被評曰「是之謂冷」，理由同此，見清·張謙宜：《絸齋詩談》，卷5，郭紹虞輯：《清詩話續編》，頁844。

我」的狀態。[29]如此說來，十七歲的王維已然培養出一種早熟的心性，且這不僅是如入谷仙介所觀察的，「中國詩人中像這樣在作品中自己注出年齡，而且是非常年輕的年齡的例子，可以說是罕見的。更何況，將年齡作爲匯總作品的線索，在中國詩人中更是絕無僅有。……由此至少可以證明詩人王維的獨特之處，這就是，他不僅是一個早熟的詩人，而且曾經在幾年時間裡閃耀過其少年詩人的桂冠。」[30]更是從作品中所透顯的心靈結構與情感深度而展露。

尤其此一結構模式延續到此後王維的其他作品中，再現於同爲思念手足而作的〈山中寄諸弟妹〉一詩：

> 山中多法侶，禪誦自爲羣。城郭遙相望，惟應見白雲。

其末聯正如詩評家所言：「身在山中，卻從山外人眼中想出，妙悟絕倫。」[31]全篇亦是從前半之「我想他」轉爲後半之「他想我」結構而成。這種入乎其內、又出乎其外以觀內的間接筆法，同樣見諸「峽裏誰知有人事，世中遙望空雲山」一聯，而此聯最特別的是，不但首創於十九歲的樂園書寫〈桃源行〉中，後來還幾乎原封不動地直接被挪用於〈寄崇梵僧〉一詩作爲收結，所謂：

> 崇梵僧，崇梵僧，秋歸覆釜春不還。落花啼鳥紛紛

---

㉙ 艾略特〈傳統與個人才能〉（“Tradition and Individual Talent”）一文中提出impersonal theory of poetry，認為詩歌不是感情的縱放，而是感情的脫離：詩歌不是個性的表現，而是個性的脫離。〔英〕艾略特著，李賦寧譯：《艾略特文學論文集》，頁11。雖然他探討的是一般性的詩歌創作本質，移諸此處所論王維詩之特點，或仍可作為參考。

㉚ 〔日〕入谷仙介著，盧燕平譯：《王維研究（節譯本）》，第1章〈少年時代〉，頁18。

㉛ 清・張謙宜：《絸齋詩談》，卷5，郭紹虞輯：《清詩話續編》，頁847。

> 亂，澗户山窗寂寂閒。峽裏誰知有人事，郡中遙望空雲山。

一前一後，僅因應相對空間的大小程度而有「世」與「郡」的一字之別，也完全採取「身在山中，卻從山外人眼中想出」的模式，王維顯然對此一敘寫方式情有獨鍾，越發可證此一模式之早熟、持續而穩固。此外，由「思親」擴及於念友，其模式仍歷歷可見，如〈相思〉一詩曰：

> 紅豆生南國，春來發幾枝。勸君多採擷，此物最相思。

申言「此物最相思」者，本爲相思深切纏綿的詩人自己，故凝觀細數「春來發幾枝」以寄託情思；然而王維卻不寫自己如何之相思、如何之惦念，反而筆鋒一轉，透過「言在此而意在彼」的方式，以「勸君多採擷」來殷殷致意。相思之苦本足以令人形銷骨毀、衣寬憔悴，更不用提「寤寐思服」（《詩經·周南·關雎》）、「中宵勞夢想」（孟浩然〈夏日南亭懷辛大〉）之類的輾轉難眠；然而，王維明明相思甚亟並切切致懷，卻對遠方其實渾然不知的被相思者殷殷勸說，以致採擷相思所寄之紅豆者，已非發此相思之情的王維，而是那被相思之「君」；在「多採擷」之舉動中所寓涵的濃情厚意，也轉而爲不在場的被相思者來傳達。換句話說，藉由「背面傅粉」式的寫法，王維巧妙地讓自己避開個人的主觀宣洩與熱情的直接坦露，呈現出一種將自我抽出熱情陷溺之後的心理距離，並讓此一心理距離展延爲一知性勝於感性的空間，藉此對原初熱烈勃發之情思投以返照之光，於超越或沉澱之後潛隱爲深厚卻不明顯直接的表達。

至於〈送元二使安西〉所敘寫的，也是同一種筆法或人格型態的表露：

> 渭城朝雨浥輕塵，客舍青青柳色新。勸君更盡一杯酒，西出陽關無故人。

實際上，任何一場離別所產生的，乃是遠行者與送行者雙方都同時陷入的撕裂與剝奪的痛苦，王勃曾點出「與君離別意，同是宦遊人」（〈送杜少府之任蜀州〉）的共通處境，將留者與去者的差異在遷變無常的宦途際遇中完全抹平，而在離別之當下一體同悲；李白也曾清楚指出：「金陵子弟來相送，欲行不行各盡觴。請君試問東流水，別意與之誰短長？」（〈金陵酒肆留別〉）原來「別意」是雙方共有的悲淒之情，各自透過「盡觴」來抒發離別之痛楚。則離別之後「無故人」之寂寞，豈獨遠行之人所專有？若非深悟自身在友人遠去之後的孤獨感受，又如何能切身了解友人「西出陽關無故人」的傷懷？然而，同樣是對離別之情境進行描寫，王維卻與李白「欲行不行各盡觴」的做法有所不同，最關鍵的差異還不在於一個豪放坦率、一個含蓄內斂，而在於他避開自己依依不捨並盡觴一醉的動情之態，轉由對面寫來，以「西出陽關無故人」爲由而「勸君更盡一杯酒」，借此將詩筆所著墨的主體挪移至遠行的朋友身上，卻將當場同樣「更盡一杯酒」以及別後同樣「無故人」的自己隱藏於幕後。其依依離情雖然絲毫不減，且更有深遠悠長之韻味，但王維作爲「我」的敘寫主體已然拱手讓予「君」，無論是勉力進觴的動情者還是承受「無故人」之苦的畸零者，都移交他人來表現。甚至〈送楊長史赴果州〉一詩更完全聚焦於對方，從其去程沿路所經之景物著墨，所謂：

> 褒斜不容幰，之子去何之。鳥道一千里，猿聲十二時。官橋祭酒客，山木女郎祠。別後同明月，君應聽子規。

自首聯之「褒斜」起，以下每一句都涉及與果州（今四川南充北）有關的風土名物，鳥道、猿聲、官橋、祭酒、女郎祠、子規，詩人彷彿以「遠近皆見，前後內外，晝夜上下，悉皆無礙」[32]之天眼一路相隨，紀錄對方沿途所經之所聞所見；僅第七句「別後同明月」微逗送別主旨，卻還是絲毫不露情態，而末句「君應聽子規」有如「勸君多採擷，此物最相思」之再現，將自己的思君盼歸之意轉藉對方聆聽杜鵑悲啼「不如歸去」的思歸之情間接表出，依然是「從對面說來」的筆法。

可以說，無論是「遙知兄弟登高處」中的「兄弟」，還是「勸君多採擷」、「勸君更盡一杯酒」以及「君應聽子規」中的「君」，都是王維在把自己的強烈情感加以抽離、轉移、節制、沉澱之後，一種間接呈現自我的「替身」；他們讓王維在面對「每逢佳節倍思親」、「無故人」、「最相思」之類情思翻騰的動盪時刻，可以經由「設身處地」的轉折而取得昇華，不至於讓此一翻騰情思洶湧而出，展現情緒潰堤無法自持的一面，因此「寫離情能不露情態」。[33]而一旦能夠進行「換我心爲你心」的「設身處地」，理性或知性的作用也就隱含其中。

---

㉜ 見《翻譯名義集》，卷6，引自清・趙殿成：《王右丞集箋註》，卷7，頁271。

㉝ 清・沈德潛：《唐詩別裁集》（上海：上海古籍出版社，2008年4月），卷19〈臨高臺送黎拾遺〉評語，頁610。

最値得注意的是，王維在〈送楊長史赴果州〉中將敘寫內容完全聚焦於對方旅途的做法，不但於其作品中非僅一見，此外尚有〈送梓州李使君〉、〈送李太守赴上洛〉、〈送崔五太守〉等多篇；同時此種「全敘行色」的表現更是對唐代送別詩類的再突破。雖然至晚從王勃〈送杜少府之任蜀州〉中第二句的「風煙望五津」起，送別詩即有從對方去程設想的寫法，但都只是局部著墨而已，杜甫〈送韓十四江東覲省〉中便僅有「黃牛峽靜灘聲轉，白馬江寒樹影稀」二句涉及，至於高適〈送李少府貶峽中王少府貶長沙〉則擴大爲半篇四句，於頷、頸二聯云：

> 巫峽啼猿數行淚，衡陽歸雁幾封書。青楓江上秋天遠，白帝城邊古木疏。（《全唐詩》卷214）

葉燮稱之「爲後人應酬活套作俑」，導致「後人行笈中，攜《廣輿記》一部，遂可吟詠徧九州」[34]，顯係針對相關句數擴增、地名隨之繁多充幅的流弊而言。同樣地，岑參〈送張子尉南海〉一詩，除首句「不擇南州尉，高堂有老親」以情切入、篇終再以「此鄉多寶玉，愼莫厭清貧」爲期許告誡，中二聯「樓臺重蜃氣，邑里雜鮫人。海暗三山雨，花明五嶺春」亦是就去處風色爲言，可與之對看。但諸家各篇都仍遠遠不如王維之全詩皆從對方去路設想的比例，以〈送李太守赴上洛〉一詩爲例，清毛先舒評云：

> 王維「商山包楚鄧」篇十二句，凡十二見地形，雖全敘行色，而寫送流利，不覺煩。[35]

---

[34] 清．葉燮：《原詩．外篇下》，丁福保輯：《清詩話》，頁604。

[35] 清．毛先舒：《詩辯坻》，卷3，郭紹虞輯：《清詩話續編》，頁54。

可以說，從詩史的觀察角度而言，這種在送別詩中「全敘行色」而全幅著墨於對方旅程的做法，實際上是從王維才開始的，同時也正是在王維筆下才得到最多的運用。而此一質與量的雙重突破與其說是寫作技巧的考慮，不如說是性格的影響，因此形成書寫上的明顯偏好，也塑造出王維「無我」性格的外顯化形式。

## 第三節　對人性世態的入而能出

如果說，王維獨出於盛唐時期眾家詩人積極入世的時代大合唱，而在十九歲時以〈桃源行〉謳歌另一個超然於人間紛擾、爭鬥、痛苦、煩惱之外的世界，顯示出他在未入世之前便已孕育出一種成熟的出世心理[36]，那麼，十七歲所作的〈九月九日憶山東兄弟〉就更早、也更完熟地展現他獨特而深刻的人格型態，苑咸所推稱的「華省仙郎早悟禪」（〈酬王維〉），「早悟」之言洵爲的見。然王維早悟者非僅是禪而已，且應該反過來說，禪理之所以契入王維一生，更是奠基於此一「早悟」的觀省式人格型態。如此一來，理性或知性之抽離力量作用於王維詩中，便導致前野直彬（1920-1998）所注意到的，「遍觀王維詩集，始終看不出他爲了應試而在長安折騰了近二十年的痕跡」[37]，而其人格特質恰恰對此一現象提供了合理的解答。

進一步言之，「換我心爲你心」的設身處地必然產生於對人性世態的深刻體認，而人性又包羅喜怒愛憎愛惡欲等複雜內涵，因此，

---

㊱ 詳參荊立民：〈尋找另一個「理想王國」——論王維的人生追求〉，師長泰主編：《王維研究（第一輯）》（北京：中國工人出版社，1992年9月），頁76-78。

㊲ 〔日〕前野直彬著，洪順隆譯：《唐代的詩人們》（臺北：幼獅文化公司，1978年11月），頁183。

「換我心爲你心」所表現的一方面是「一往情深」[38]，如〈九月九日憶山東兄弟〉等詩；一方面卻又牽涉到對於人性陰暗面的洞察，如〈息夫人〉與〈酌酒與裴迪〉等。就後者而言，雖然及第前的少年王維已然出入王府，以杜甫所沒有的「當時都市中人所應具備的素養」得到顯貴們的歡心[39]，爲當時上流社會所寵信[40]，然而，在競爭激烈的長安城中，人與人之傾奪算計絕對殘酷凶險得多，身處權力核心的王維也近距離地眼觀目睹，而有所洞悟切知。試觀其自注二十歲作於寧王邸宅的〈息夫人〉一詩[41]，所謂：

> 莫以今時寵，能忘舊日恩。看花滿眼淚，不共楚王言。

---

㊳ 此為馬位《秋窗隨筆》對王維〈送沈子福歸江東〉中「唯有相思似春色，江南江北送君歸」一聯的評語，丁福保輯：《清詩話》，頁836。此說與《蓉城集》稱「換我心為你心」為「透骨情語」恰相契合，並非偶然。後蜀・趙崇祚選編，華鍾彥校注：《花間集注》，卷7，頁241。

㊴ 前野直彬認為：「的確，我們可以說，不曲意承歡於當時的顯貴，是杜甫的榮譽。但如果反過來說，得到顯貴們歡心的王維就不榮譽，我便不能同意了。杜甫也曾『歷遊』於顯貴之間，兩者都是有志科場的青年，他們只不過做了當時應舉生員所當做的事罷了。其中成功與失敗固與性格有關，素養的差距也是主要的關鍵之一，這些素養是當時都市中人所應具備的。」〔日〕前野直彬著，洪順隆譯：《唐代的詩人們》，頁182。

㊵ 據考證，「由於集中存有他在岐王邸所作的詩，可確信他得到岐王賞識的事。不僅岐王，連岐王之兄寧王、弟薛王對王維都拂席相迎，這全是有文獻可徵的，由此亦可見他之為當時上流社會所寵信。」〔日〕前野直彬著，洪順隆譯：《唐代的詩人們》，頁183。

㊶ 其背景為：「甯王曼貴盛，寵妓數十人，皆絕藝上色。宅左有賣餅者妻，纖白明媚。王一見注目，厚遺其夫取之，寵惜逾等。環歲，因問之：『汝復憶餅師否？』默然不對。王召餅師，使見之，其妻注視，雙淚垂頰，若不勝情。時王座客十餘人，皆當時文士，無不悽異。王命賦詩，王右丞維詩先成：……（詩略）。」唐・孟棨：《本事詩・情感》，丁福保輯：《歷代詩話續編》（北京：中華書局，1983年8月），頁5。

其間雖「更不著判斷一語」[42]，然而，對眼前之賣餅妻與歷史上之息夫人的憐惜與不忍，以及由此而來的對霸道殘忍之男性權貴的責難與貶斥，都隱隱然意在言外。入谷仙介更指出：「王維並不嘲笑或指責爲生存而忍受權力者踐踏玩弄的女性，惟有爲她們的命運流淚。詩人自身正像息夫人那樣，一直掙扎在被權力玩弄牽制的窄縫裡，短詩〈息夫人〉不幸早早言中了這一命運。在權力正式左右他的命運之前，他的內心已經有了來自權力的揮之不去的傷痕，這些，便是這首〈息夫人〉所展示的在本事背景以外的深層內容。」[43]而權力對王維所鏤刻的傷痕便從少年十五二十時開始，伴隨其此後數十年的官場生涯，不但使王維對權力場淡然以對[44]，也使其對權力場外不得其門而入者懷有一種獨特的憐恤之情與勸慰方式，甚至影響王維對整個現實世界的應對態度。

首先，王維對權力場之失利者所懷有的獨特的憐恤之情，直接表現爲對落第不遇或遭貶遠遷等失意者贈詩頗多的現象[45]，其次，從

---

㊷ 清・王士禛：《漁洋詩話》，卷下，丁福保輯：《清詩話》，頁212。

㊸〔日〕入谷仙介著，盧燕平譯：《王維研究（節譯本）》，第1章〈少年時代〉，頁26-27。

㊹ 前野直彬即認為：「才既為高官貴族所知，同時又循規蹈矩地忠於職守，只要宦海風順，將來必可位極人臣，膺任宰相的，但王維卻不曾得到那種獎掖與機遇。我想這不是他缺乏行政手腕，而是因為他恬靜寡欲，不求聞達的緣故。」〔日〕前野直彬著，洪順隆譯：《唐代的詩人們》，頁185。

㊺ 於約四百詩中即包括〈送綦毋潛落第還鄉〉、〈別綦毋潛〉、〈送張五歸山〉、〈送孟六歸襄陽〉、〈送別〉、〈送丘為落第歸江東〉、〈酌酒與裴迪〉、〈送楊少府貶郴州〉、〈送楊長史赴果州〉、〈送綦毋校書棄官還江東〉、〈送李睢陽〉、〈送梓州李使君〉、〈送嚴秀才還蜀〉、〈送魏郡李太守赴任〉、〈寄荊州張丞相〉、〈齊州送祖三〉、〈送張判官赴河西〉、〈送劉司直赴安西〉、〈送邢桂州〉、〈送孫二〉、〈送友人歸山歌二首〉……等等不暇遍舉，比例醒目。

最早作於二十一歲的〈送綦毋潛落第還鄉〉（開元九年，721）[46]一詩，即寫得「反復曲折，使落第人絕無怨尤」[47]，可見王維「換我心爲你心」的設身處地或善體人意實爲其人格之基本特質，因此在人與人的情感關涉中都能入能出，體貼入微；而此一特質更貫透於後來的〈酌酒與裴迪〉一詩中，尤其將他積數十年於官場世界之「入」所洞察者，作出對人性陰暗面最令人戰慄的揭露。

綜觀唐詩中觸及人性陰暗面者，爲數並不多，且主要是出自《莊子・雜篇・列禦寇》中孔子所云「人心險於山川，難於知天。天猶有春秋冬夏旦暮之期，人者厚貌深情」的典故，而一般性地感慨人心易變，世道無常。諸如：

- 人心若波瀾，世路有屈曲。（李白〈古風五十九首〉之二十三，《全唐詩》卷161）
- 鶴露宿，黃河水直人心曲。（王建〈獨漉歌〉，《全唐詩》卷298）
- 懊惱人心不如石，少時東去復西來。（劉禹錫〈竹枝詞九首〉之六，《全唐詩》卷365）
- 瞿塘嘈嘈十二灘，人言道路古來難。長恨人心不如水，等閒平地起波瀾。（劉禹錫〈竹枝詞九首〉之七，《全唐詩》卷365）

---

㊻ 此一繫年根據陳鐵民：《王維集校注》（北京：中華書局，1997年8月），卷1，頁27。但「值得注意的是，王維作品中自己注出寫作年齡的，只限於早年的部分，所注年齡的下限在二十一歲（卷1《燕支行》）」，參〔日〕入谷仙介著，盧燕平譯：《王維研究（節譯本）》，第1章〈少年時代〉，頁9。

㊼ 清・沈德潛：《唐詩別裁集》，卷1〈送綦毋潛落第還鄉〉評語，頁16。

- 人心不及水，一直去不迴。（孟郊〈秋懷〉，《全唐詩》卷375）
- 天可度，地可量，唯有人心不可防。但見丹誠赤如血，誰知僞言巧似簧。（白居易〈新樂府・天可度〉，《全唐詩》卷427）
- 楚客莫言山勢險，世人心更險於山。（雍陶〈峽中行〉，《全唐詩》卷518）
- 何處力堪殫，人心險萬端。（薛能〈行路難〉，《全唐詩》卷558）
- 支郎既解除艱險，試看人心平得無。（蔣吉〈題商山修路僧院〉，《全唐詩》卷771）
- 行路難，君好看。驚波不在黤黮間，小人心裏藏崩湍。（齊己〈行路難〉，《全唐詩》卷847）

綜觀諸詩，其實都僅止於「人心險於山川，難於知天」的抽象層次，至於「厚貌深情」的具體展演，則似乎只有杜甫〈莫相疑行〉的「晚將末契託年少，當面輸心背面笑」[48]稍稍觸及，堪稱是唐詩中描摹人性虛僞之較具體可感者。然而比較起來，王維筆力都更勝一籌，不但以〈西施詠〉「寫盡炎涼人眼界」[49]，更在〈酌酒與裴迪〉一詩中以淡然之筆墨敘寫官場中透骨入髓的人性黑暗，所謂：

酌酒與君君自寬，人情翻覆似波瀾。白首相知猶按

⑱ 清・仇兆鰲：《杜詩詳注》（臺北：里仁書局，1980年7月），卷14，頁1214。

⑲ 清・沈德潛：《唐詩別裁集》，卷1，頁18。

劍，朱門先達笑彈冠。草色全經細雨濕，花枝欲動春風寒。世事浮雲何足問，不如高臥且加餐。

從首聯似以其慘遭薦引者背叛之具體事件為言的「人情翻覆似波瀾」，到末聯一般性地概括立論的「世事浮雲何足問」，詩人一再皴染人情世態的無常虛浮，用以取消官場富貴的吸引力與落第的失意感；相對地，詩人殷殷勸慰裴迪在入世受阻而不得意之際，大自然的欣欣生意與「高臥且加餐」所代表的對最切近生命本身、因而也最眞實之日常生活的品味，足以彌補甚至有所超越，而從中體念更高更深的無窮喜樂。所謂「草色全經細雨濕，花枝欲動春風寒」，意謂雨露之霑溉廣徹無邊，不遺細草；料峭春風雖帶有冬天的餘威，卻必然醞釀了盎然花意的萌動，與「人情翻覆似波瀾」、「世事浮雲何足問」之勢利虛假恰恰成為尖銳對比。全篇可謂典型地「表現了王維的兩個主題——懷才不遇和自然風景——的融合。對王維來說，自然是解脫的妙方。當隻身一人在冷酷的官場倍受壓抑時，等待他的自然，就成了他嚮往的撫慰心靈創傷的樂土」[50]，其解脫之模式同一，只是對象從自己改為落第友人而已。

引起我們注意的是，〈酌酒與裴迪〉中有關官場的「人情翻覆似波瀾」之說實際仍停留在傳統典故的熟語常套，一如白居易〈太行路〉的「行路難，不在山，不在水，只在人情反覆間」；「白首相知猶按劍」才是對炎涼世態與險惡人情眞正入木三分的刻畫，比諸杜甫的「當面輸心背面笑」更加令人悚然戰慄：「當面輸心背面笑」畢竟只是短暫交誼的一時個例，並且尚有「背面笑」露出形跡，日久可

---

[50] 〔日〕入谷仙介著，盧燕平譯：《王維研究（節譯本）》，第4章〈送別〉，頁101。

知；「白首相知猶按劍」則是對一生眞情信賴託付的徹底否定，其藏盡心機之火候已達爐火純青之境地，令人終身不察而防不勝防，委實深具凶險難測之致命性，誠屬「厚貌深情」的絕佳演繹。既然筆下看透人心，王維自身也必然曾經掠過一絲陰暗，也正就是在這首詩中，洩露出入谷仙介所描述的「王維心底深處有冰冷的『地獄』式的意緒，但在詩中極少看到地獄式的表現。如果用『地獄』一詞不恰當的話，就不去拾人牙慧，換作冷峻來形容他心底的這種東西吧。」[51]而確實，依照王維不溺於情的觀省式人格型態，若非爲了勸慰友人，也不會將官場中所體認到卻極少表現出來的地獄式的冷峻意緒和盤托出，成爲唐詩中對人性陰暗面之最痛切的揭露。至於從傳記文獻的考察所知，「王維沒有在官僚機構裡尋求朋友，這從他的親近知己中不曾有地位顯貴者這點也可以看出來。」[52]以及從王維和苑咸的交遊更可以看到王維對官場人物常有一種發自心底的冷漠[53]，其原因實都可以從「白首相知猶按劍」這句詩獲得最直接的認取。

而由官場到一般人間塵世，王維也逐步擴大其抽離的範圍，早在開元十七年二十九歲時所作的〈送孟六歸襄陽〉一詩中王維已然宣告：「杜門不欲出，久與世情疏。以此爲長策，勸君歸舊廬。」甚至將疏離世情而杜門不出之道以爲處世長策，並期許落第失意的友人孟浩然踵步效法，則此道一以貫之直到中晚年階段，不但欣賞崔興宗的「科頭箕踞長松下，白眼看他世上人」（〈與盧員外象過崔處士興宗林亭〉），且更有〈戲贈張五弟諲三首〉之三的「吾生好清靜，蔬食去情塵」、〈飯覆釜山僧〉的「晚知清靜理，日與人群疏」等自我表

---

[51]〔日〕入谷仙介著，盧燕平譯：《王維研究（節譯本）》，第6章〈自然〉，頁209。

[52]〔日〕入谷仙介著，盧燕平譯：《王維研究（節譯本）》，第4章〈送別〉，頁97。

[53]〔日〕入谷仙介著，盧燕平譯：《王維研究（節譯本）》，第5章〈周圍的人們〉，頁148。

白，便屬順理成章。此種去情塵、疏人羣、甚至對世人白眼相看的態度，也在其詩中頻繁出現的十二個「隔」字表現出來，誠如學者所注意到的，其「隔」意象透露一種退到遠處或高度看事物的角度和超然的出世態勢[54]，亦即「他選擇的是將自己與現實世界分隔，而不是以放任行爲顯示對世俗禮法的蔑棄」。[55]

進一步言之，與中晚唐詩人常常用以表現「遠隔孤獨的流離心態」所形成之「遠隔情境」[56]不同的是，王維透過「遙知」視角所塑造的觀省式人格特質使他對世間隔而不離、近而遠之，形成一種「出離」而非「逃避」的以實爲虛的應對關係，因此一方面擷取佛家思想，如《維摩詰經・不二法門品》中那羅延菩薩所稱「世間、出世間爲二，世間性空即是出世間」，與《維摩詰經・佛國品》所言「若菩薩欲得淨土，當淨其心，隨其心淨，則佛土淨」；一方面則採納道家思想，如《莊子・知北遊》所認爲「道無所不在」，其「獨與天地精神相往來」的超越乃是「不譴是非，以與世俗處」，亦即基於「由虛靜之心所發出的觀照，發現了一切人、一切物的本質，……發現了皆是『道』的顯現」，因而「並非捨離萬物，並非捨離世俗」地涵融混冥。[57]由此，王維更將佛道整合爲「至人者，不捨幻而過于色空有無

---

[54] 對王維詩中「隔」意象的拈出，見譚朝炎：《紅塵佛道覓輞川——王維的主體性詮釋》（北京：中國社會科學出版社，2004年5月），頁199-202。

[55]〔美〕宇文所安（Stephen Owen）著，賈晉華譯：《盛唐詩》（*The Great Age of Chinese Poetry: the High T'ang*）（北京：三聯書店，2005年4月），頁49-50。

[56] 黃永武指出「遠隔孤獨的流離心態，是李商隱詩中的基本情調」，洵為的見，參黃永武：〈李商隱的遠隔心態〉，《李商隱詩研究論文集》（臺北：天工書局，1984年9月），頁58。然不僅李商隱也，其他中晚唐詩人亦多有類似詩境，形成一種普遍性的失樂園表述，參歐麗娟：《唐詩的樂園意識》（臺北：里仁書局，2000年2月），第7章，頁391-395。

[57] 參徐復觀：《中國藝術精神》（臺北：臺灣學生書局，1983年1月），頁104-106。

之際。……道無不在，物何足忘」（〈薦福寺光師房花藥詩序〉）之說，終究採取「身心相離，理事俱如，則何往而不適，……以不動爲出世」（〈與魏居士書〉）的模式，仍以在家身行化於人間。故而其詩中的「隔」其實是與「桃源四面絕風塵」（〈春日與裴迪過新昌里訪呂逸人不遇〉）之「絕風塵」互爲注解，以「雖與人境接，閉門成隱居」（〈濟州過趙叟家宴〉）的型態，達到身在其中而心出乎其外的精神境界，其心靈轉換有如「閉門」般，舉手之間即將「人境」隔絕在外，風塵不侵，而自成「隱居」之清靜無擾，臻至桃花源的樂園境地。

如此一來，王維才會批評許由是拘泥世相的落於形跡，〈與魏居士書〉謂：「古之高者曰許由，掛瓢于樹，風吹瓢，惡而去之，聞堯讓，臨水而洗其耳。耳非駐聲之地，聲非染耳之跡，惡外者垢內，病物者自我，此尚不能至于曠士，豈入道者之門歟？」[58]而面對這樣力求內外無垢無執的修道者及其作品時，若稱「其詩于富貴山林，兩得其趣」[59]，有如白居易般將出世之清雅自得與入世之富貴名利共構爲一而魚與熊掌得兼式的「吏隱」，恐差之千里；更恰當地說，應該是「右丞廟堂詩，亦皆是閑居」[60]，一如王維所自道的「雖高門甲第，而畢竟空寂」（〈與魏居士書〉），亦即將世間取消並轉化爲出世間，導致人性事態之種種感性內容的虛化，因此才能達到「白首仕宦，日與風塵車馬爲伍，乃其詩潔淨蕭散，殊無一滓穢語；……觀

---

58 見唐·王維撰，陳鐵民校注：《王維集校注》（北京：中華書局，1997年8月），卷11，頁1095。

59 宋·張戒：《歲寒堂詩話》，卷上，丁福保輯：《歷代詩話續編》，頁460。

60 明·鍾惺、譚元春編：《唐詩歸》，卷9〈酬張少府〉評，頁178。

者當取其心，無論其跡」[61]的境界，這就是「入而能出」的另一層涵義。

## 第四節 「知」的意義與實踐

由王維十七歲所作的〈九月九日憶山東兄弟〉所展露之理性或知性，也以獨特的方式表現在十九歲的樂園追尋之作〈桃源行〉中。與一般熱烈執迷、全意嚮往的單向性樂園書寫不同，此詩呈現出深刻的思辨痕跡，僅就涉及「知」字的「自謂經過舊不迷，安知峰壑今來變」一聯而言，上句顯示漁人或一般人之所以「不迷」，只是基於「舊經過」之單一經驗即形成「自謂」的想當然爾，屬於一般人性對一時之感覺印象的過分粘著，以及根據少數經驗即遽下判斷的過分自信，因此受困於有限眼界而陷入錯覺與誤判的迷障；下句則以透視時空全局之「今來變」的無常之理對其「不迷」處之「迷」加以朗豁，「安知」正是對上句「自謂」的反思與詰問，而顯示理性對感性的超越。

此種理性或知性作用於王維詩中的其他面向，所延伸出的第二個重要議題，即是在〈九月九日憶山東兄弟〉一詩中，用以表現來自理性力量所形成的觀省距離的「遙知」一詞，也頗見諸其他作品，如〈送李判官赴東江〉的「**遙知**辨璧吏」、〈登裴迪秀才小臺作〉的「**遙知**遠林際」、〈送韋評事〉的「**遙知**漢使蕭關外」，尤其在〈夏日過青龍寺謁操禪師〉一詩中，「遙知」一詞直接與佛理相連結，隱

[61] 明・許學夷著，杜維沫校點：《詩源辯體》（北京：人民文學出版社，1998年2月），卷31，頁299。

約透露此一用語所能夠通往的思想境界或精神力量，所謂：

> 龍鍾一老翁，徐步謁禪宮。欲問義心義，遙知空病空。山河天眼裏，世界法身中。莫怪銷炎熱，能生大地風。

「遙知」所蘊含的高空鳥瞰的超然視角具現爲「山河天眼裏，世界法身中」，而所謂「天眼」，意指「遠近皆見，前後內外，晝夜上下，悉皆無礙」的認知能力[62]，因此在天眼覽照下可以「遙知兄弟登高處，遍插茱萸少一人」，可以設想「城郭遙相望，惟應見白雲」、「峽裏誰知有人事，郡中遙望空雲山」，更可以在送楊長史赴果州時，跟隨對方之旅程將沿路所經之景物歷歷繪示。至於此處「遙知」所認取的「空病空」，則顯示此一觀省視角對現實存有界所產生的解消力道，尤其「遙知空病空」一句中的「知」與「空」恰恰正都是影響了佛教徒之自然觀的兩個概念，所謂：「在漢學家李志看來，兩個概念影響了佛教徒的自然觀，一是『空』的概念，與主觀和客觀現象的虛幻特徵相關的教義，二是『知』的概念，最終和最高的神祕智慧，那些努力尋求覺悟的人們的最後目標。自然的觀照是一種達到智慧的方式，因爲『空』概念在一個有如自然環境一樣的虛空環境裡會掌握得更好。這裡指明人的虛空。他補充說，自然的大安靜反映『知』，教人『空』。它的表現適用於王維，令人信服。」[63]不僅此

---

[62] 見《翻譯名義集》，卷6。引自清·趙殿成：《王右丞集箋註》，卷7，頁271。

[63] 李志：〈詩人朱熹〉，《通報》第58期（1972年）。引自〔法〕保羅·雅各布著，劉陽譯：〈唐代佛教詩人〉，錢林森編：《法國漢學家論中國文學——古典詩詞》，頁163。

也，王維晚年詩中「知」與「空」更是並出同見，可謂有其思想連帶性的深刻現象，並非偶然。

不過比較起來，王維詩中的「空」字與「空」義已普遍受到論者的注意與充分的研究，如謂「空」字在王維作品中出現達約九十次，且通過「空」字以及與「空」字組成的那些意象，表露他於靜默觀照、澄慮沉思中的內心感受[64]，但「知」字與「知」義則少有拈出者。事實上，在王維約四百首的詩作中，「知」字一如「空」字般往往出現，總數達七十五次之多，代表的是一種對自我認識、對事實處境、對人生本質、乃至對萬物之理的洞澈了解，合乎古文中「知」與「智」相通的現象，「知」除了指涉理解與判斷的心智能力，也包括「智慧」之義，《老子》第三三章所謂「知人者智，自知者明」，庶幾近之。作爲名詞，「知」是最終和最高的神祕智慧；作爲動詞，「知」則是照察與悟覺的心智運作，恰恰成爲他平衡感性、收束情緒的理性力量，無論是就出現頻率之高與歷時持續分布一生的量化意義，還是就深度與強度的質性內涵，都同樣足以證成王維獨特的人格造型。

---

[64] 趙永源：〈試論王維詩歌的「空」字〉，《北方論叢》1999年第2期，頁54-57。而另一個統計則是：「『清』字約用六十次，『淨』字約十二次，『靜』字約二十六次，而『空』字共達九十四次。」〔韓〕柳晟俊：《唐詩論考》（北京：中國文學出版社，1994年8月），頁123。

## 一、「知」的意義：「無我」、「吾喪我」、「以物觀物」

前文分析〈九月九日憶山東兄弟〉之後半首時，曾借邵雍〈觀物篇〉所云：「所以謂之反觀者，不以我觀物也；不以我觀物者，以物觀物之謂也。既能以物觀物，又安有於其間哉？」闡析來自理性力量所形成的觀省距離的「遙知」視角，使王維在情感層次上更翻越一層，進行遠距的覺識與認知，顯露出一種對人生與世界「不即不離」的應對關係，故從不過分投入其中，像其他詩人一樣發抒濃烈的情緒感受[65]；反而是以「無我」的「靜觀」[66]來呈現萬象世界的眞實本貌，致能「以物觀物而不牽於物，吟詠情性而不累於情」[67]，成爲「自我」乃至世界的旁觀者。但實際上，「無我」之概念也同時旁通佛教與道家的思想來源，王維即曾不惜將詩歌典籍化，直接在詩中徵引學術語言，甚至佛道同時並用，成爲術語拼合式的莊禪合一，如

---

[65] 如杜甫有「驚呼熱中腸」、「沉痛迫中腸」、「嫉惡懷剛腸」、「嘆息腸內熱」等沉鬱痛切的情感表露，李白詩中亦往往誇言其「白髮三千丈，離愁似箇長」（〈秋浦歌十七首〉之十五）、「海水直下萬里深，誰人不言此離苦」（〈遠別離〉）、「俱懷逸興壯思飛，欲上青天覽明月」（〈宣州謝朓樓餞別校書叔雲〉）之類的情感幅度，李商隱更是處處展現其「春蠶到死絲方盡，蠟炬成灰淚始乾」、「春心莫共花爭發，一寸相思一寸灰」的深情告白。

[66] 程顥：〈秋日偶成二首〉之二云：「萬物靜觀皆自得，四時佳興與人同。」靜觀也者，其實就是摒除自我主觀偏執之成見。宋・程顥、程頤著，王孝魚點校：《二程集》（臺北：里仁書局，1982年3月），頁482。

[67] 宋・魏了翁：〈費元甫陶靖節詩序〉，《重校鶴山先生大全文集》，卷52，收入四川大學古籍整理研究所編：《宋集珍本叢刊》第77冊（北京：線裝書局，明嘉靖二年銅活字印本，2004年），頁245。

〈山中示弟〉一詩稱：

> 山林吾喪我，冠帶爾成人。莫學嵇康懶，且安原憲貧。山陰多北户，泉水在東鄰。緣合妄相有，性空無所親。安知廣成子，不是老夫身。

首句之「吾喪我」出自《莊子‧齊物論》，而「緣合妄相有，性空無所親」則出自佛經。兩者並現之所以沒有扞格雜湊的問題，在於各自都具備「無我」之意蘊，而相當程度可以觸類旁通。如日本漢學家興膳宏注意到王維詩中「無我」的特性，即指出其佛教的思想根源：「大乘佛教不承認意味著主體存在的『我』，有所謂『無我』的思想。僧肇跟隨他的老師鳩摩羅什鑽研奧義，在他注釋的《維摩經》裡，隨處可見『無我』一詞。……首先是《佛國品》中長者之子寶積贊佛的偈頌第四節。……關於第三句（「無我無造無受者」），僧肇的注說：

> 諸法皆從緣生耳，無別有眞主宰之者，故無我也。夫以有我，故能造善惡受禍福。法既無我，故無造無受者也。（《維摩詰所說經注》）

一切現象皆由因緣和合而生，並不存在固定實體，這一說法點出了『空』的本質。」[68]另一方面，王維詩歌中源出於《莊子》的典故語

---

[68] 〔日〕興膳宏著，戴燕譯：〈我與物〉，《異域之眼——興膳宏中國古典論集》，頁351。

詞也所在多有，學界對王維的道家思想、尤其是審美情趣也沒有加以忽略，如葉維廉即透過道家美學的角度，以「以物觀物」、「虛以待物」的概念精闢地闡釋王維的自然詩。[69]若進一步比觀王維「卻顧身爲患，始知心未覺」（〈苦熱〉）之領會，則可以說「虛以待物」之心物關係，其實乃是奠基於「吾／我」關係——對自我人格多重層次的高度自省——的對外延伸，「吾喪我」即是心覺身之爲患[70]，而進行精神對一切包括自我在內之實存界的超升；其終極境界並非意識主體的泯滅，而是泯除感性層次並轉向一種客觀省視的理性認知狀態。如此一來，與佛學境界相匯融的結果，「吾喪我」乃有如道家版的「無我」，此即「莊禪合一」的主要核心所在。

唯「以物觀物，又安有於其間」此一特點通貫於王維的諸多作品中，實乃王維之本然性格所致，不待佛道思想之感化而然，證諸其少年時期之作品，十七歲所作〈九月九日憶山東兄弟〉中末聯的「己之情自已」固已可見，十九歲的樂園追尋之作〈桃源行〉更是如此。如前所述，〈桃源行〉中同時不但有「峽裏誰知有人事，世中遙望空雲山」一聯完全採取「身在山中，卻從山外人眼中想出」這種入乎其內、又出乎其外以觀內的間接筆法，亦有「自謂經過舊不迷，安知峰壑今來變」一聯展現理性對感性的反思與超越，恰恰都是「吾喪我」的具體實踐；而破除自我執迷後的朗豁通脫，便展現出「順文敘事，

---

[69] 參葉維廉：〈無言獨化：道家美學論要〉、〈中國古典和英美詩中山水美感意識的演變〉，《飲之太和——葉維廉文學論文二集》（臺北：時報文化公司，1980年1月），頁235-261、125-193。

[70] 故《莊子．齊物論》中，「吾喪我」的互文即是「荅焉似喪其耦」。勞思光所定義的四層自我境界中，「形軀我」意指「以生理及心理欲求為內容」，或可作為「吾喪我」之「我」的基本指涉。勞思光：《新編中國哲學史》（臺北：三民書局，1984年1月），頁149。

不須自出意見，而夷猶容與，令人味之不盡」[71]的境界，其「夷猶容與，令人味之不盡」的超然悠遠即出自「不須自出意見」的敘寫風格，「無我」之姿躍然可見。從而此詩中「知」與「空」二字並出同見，乃是具備了思想連帶性的深刻現象，直到王維晚年詩中「知」與「空」二字之依然並出同見，更是絕非偶然。如〈終南別業〉云：

> 中歲頗好道，晚家南山陲。興來每獨往，勝事空自知。行到水窮處，坐看雲起時。偶然值林叟，談笑無還期。

胡仔引《後湖集》評曰：「此詩造意之妙，至與造物相表裏，豈直詩中有畫哉？觀其詩，知其蟬蛻塵埃之中，浮游萬物之表者也。」[72]而徐增所言：「於佛法看來，總是個無我，行所無事。」[73]即明白藉佛法之「無我」點撥其「蟬蛻塵埃之中，浮游萬物之表」的道家境界，可謂深得其神髓。由此一人格型態及其所致之詩歌風格意境，也在歷代論者的玩索品評中得到相應的體認，如宋劉克莊之「其詩擺落世間腥腐，非食煙火人口中語」[74]、明胡應麟之「讀之身世兩忘，萬念

---

[71] 清・沈德潛：《唐詩別裁集》，卷5〈桃源行〉評語，頁176。

[72] 宋・胡仔：《苕溪漁隱叢話》（臺北：長安出版社，1978年12月），〈前集〉卷15，頁97。

[73] 明・徐增著，樊維綱校注：《說唐詩》，卷15，頁349。

[74] 宋・劉克莊：《後村詩話》，收入《適園叢書》（臺北：藝文印書館，據吳興張氏采輯善本彙刊本影印，1973年），〈新集〉卷3，頁7。

皆寂」[75]、清黃周星之「右丞詩大抵無煙火氣」[76]、吳喬之「讀王右丞詩，使人客氣塵心都盡」[77]、方東樹之「不落人間聲色」與「無血氣、無性情」[78]等等，都是有見於此而切中肯綮的提點。

## 二、「知」的實踐：「宕出遠神」式的收結法

至於另一首「知」與「空」二字並出同見的〈酬張少府〉，則更在結構上以「宕出遠神」式的收結法，顯示這種「不須自出意見」的「無我」風格。

元代楊載曾就律詩結尾的方式指出：結句「或就題結，或放開一步，或繳前聯之意，或用事，必放一句作散場，如剡溪之棹，自去自回，言有盡而意無窮。」[79]沈德潛承此而發揮得更加清晰完備，所謂：

> 收束或放開一步，或宕出遠神，或本位收住。張燕公：「不作邊城將，誰知恩遇深？」就夜飲收住也。王右丞：「君問窮通理，漁歌入浦深。」從解帶彈

---

⑮ 明．胡應麟：《詩藪》（臺北：正生書局，1973年5月），〈內編〉卷6，頁115。

⑯ 清．黃周星《唐詩快》對王維〈青溪〉一詩評曰：「右丞詩大抵無煙火氣，故當於筆墨外求之。」陳伯海編：《唐詩彙評》，頁287。

⑰ 清．吳喬：《圍爐詩話》卷2，郭紹虞輯：《清詩話續編》，頁539。

⑱ 清．方東樹云：輞川詩「興象超遠，渾然元氣，為後人所莫及；高華精警，極聲色之宗，而不落人間聲色，所以可貴。然愚乃不喜之，以其無血氣、無性情也。」《昭昧詹言》（北京：人民文學出版社，1984年6月），卷16，頁387。

⑲ 元．楊載：《詩法家數》，清．何文煥輯：《歷代詩話》（臺北：漢京文化公司，1983年1月），頁729。

琴宕出遠神也。杜工部：「何當擊凡鳥，毛血灑平蕪。」就畫鷹說到眞鷹，放開一步也。就上文體勢行之。⑳

其舉以爲「宕出遠神」之例證者，即出自〈酬張少府〉一詩。但事實上，如前文第一節所述，王維早於少年時〈九月九日憶山東兄弟〉一詩在末聯將自我抽離宕開，出以客觀描述的景語，以致「己之情自已」的筆法，已然得其精神；而〈寄崇梵僧〉、〈山中寄諸弟妹〉、〈送元二使安西〉、〈相思〉與〈送楊長史赴果州〉等表現「背面傅粉」之詩句又恰恰都在篇終出現，已足以構成具有同一特徵的類型範疇。進一步證諸王維所鍾愛而不惜一再重複使用的「峽裏誰知有人事，世中遙望空雲山」一聯，其所在位置從〈桃源行〉的一篇之中到〈寄崇梵僧〉的詩末收結，此一位序的轉變更清楚說明了「宕出遠神」是與「不須自出意見」的「無我」心性相應的最佳詩歌形式，而具現了性格特質影響詩篇結構形式之內在關聯性，非僅見諸絕句此一詩體而已。㉛其中，〈酬張少府〉尤爲此一類型的代表作：

晚年唯好靜，萬事不關心。自顧無長策，空知返舊林。松風吹解帶，山月照彈琴。君問窮通理，漁歌入浦深。

⑳ 清・沈德潛：《說詩晬語》，丁福保輯：《清詩話》，頁539。

㉛ 宇文所安已發現：「雖然王維兼擅多種詩體，他的最主要的貢獻在於他對絕句結尾的新的藝術處理。在那裡，詩謎似的言外之意，常常撩引讀者去尋索在簡樸面紗下面隱藏的深刻內容。」〔美〕宇文所安著，賈晉華譯：《盛唐詩》，頁45-46。此處中譯則據王麗娜：〈王維詩歌在海外〉，師長泰主編：《王維研究（第一輯）》，頁374。

此中，首句「晚年唯好靜」直揭其生命追求的終極價值，在「唯」字所設定的絕對排他之下，「靜」成為規範或決定其人生態度的無上命題[82]；基於關心則亂的人情反應，於是「萬事不關心」乃成為求「靜」的策略，這可以說是與「杜門不欲出，久與世情疏」（〈送孟六歸襄陽〉）、「吾生好清靜，蔬食去情塵」（〈戲贈張五弟諲三首〉之三）、「晚知清靜理，日與人羣疏」（〈飯覆釜山僧〉）本質相扣的一貫自道。然而，「萬事不關心」僅只是對擾攘紛雜的世事感到無力無解時的一種消極處方，以下的「自顧無長策」乃接續補充此一態度的深層原因，一如白居易所謂「力小無因救焚溺，清涼山下且安禪」[83]，從而採取「空知返舊林」的選擇。所謂「空知」也者，亦即一種對世情事理的深徹了解，卻不能化為劍及履及的行動力，原因就在於這分「深知」之中，還包含了「自顧無長策」的自我認識，以及「唯好靜」的個人價值追求。才性（而非能力）乃是決定一個人之生存方式與倫理抉擇的關鍵因素，對王維而言，他的性格宜於「獨善」，而不適於「兼濟」，宜於藝術家在獨我狀態裡凝神觀照的創造，而非革命家在入世衝撞中鞠躬盡瘁的燃燒。因此，「晚年唯好靜」是王維對自身內在性情稟賦之取向的清楚認識，而「自顧無長策」則是王維對外在客觀社會環境之難為的深切了解，對內對外的通透認知合而為一高度的「存在自覺」[84]；而「空知返舊林」便是王維在這高度的存在自覺之後所做的「倫理抉擇」，由此乃開展「松風吹

---

[82] 甚至可以說，「綜觀王維一生，靜是其天性，是其主流，是其生命精神的最本質內容」。見王志清：《縱橫論王維》（長春：吉林人民出版社，2001年），頁59。

[83] 唐・白居易：〈寓言題僧〉，顧學頡校點：《白居易集》（北京：中華書局，1985年10月），卷20，頁430。

[84] 「存在自覺」與「倫理抉擇」二語借自柯慶明：〈文學美綜論〉，收入柯慶明：《文學美綜論》（臺北：長安出版社，1986年10月），頁22。

解帶，山月照彈琴」的自在生活。茲將前三聯的思路及其內在脈絡表列如下：

自顧無長策──→萬事不關心──→空知返舊林──→靜（清淨）

（存在自覺）　（處世策略）　（倫理抉擇）　（終極境界）

（現實）　（隔）　（自然）

（因）　（果）

承此以至末聯，由「君問窮通理，漁歌入浦深」始明揭促使王維作此詩以酬答對方的提問所在，竟是「窮通理」之大哉問──無論是將「窮」作「窮盡」解，而指「全然通透之理」；還是將「通」解作「達」，而與「窮」合爲一對立複詞，指儒家價值體系中讀書人獨善兼濟、出處進退的「窮達之理」，「窮通理」都是無法一言以蔽之、甚至是難以言詮的複雜課題，且其最佳答案更是因人而異。前文「空知返舊林」的「空知」二字，即已使「返舊林」所代表的隱逸價值成爲相對而非絕對，僅是適合特定個人（如王維自己）的自處之道，但卻沒有放諸四海而皆準的意味，故王維最終之「漁歌入浦深」乃以「不答答之」[85]，借「漁歌入浦深」之景語使其取捨評價一皆不落言詮，而有隨君領略之意，充滿幽遠深厚之韻味，正是「宕出遠神」式之收結法的最佳示範。

以一般詩歌的形式規範來比較，這種收結法的特殊處即在於「詩歌的結構慣例要求結尾出現個人反應，王維通常總是以拋棄的表示作爲『反應』，這是一種否認進一步的反應、行動或情感的反

㉟ 清・沈德潛：《唐詩別裁集》，卷9，頁311。

應」[86]；而這樣的收結法，帶有禪宗所強調的「對境無心」、「無住為本」的意味，又通向莊子「和之以是非而休乎天鈞，是之謂兩行。……是故滑疑之耀，聖人之所圖也。為是不用而寓諸庸，此之謂以明」[87]的超然智慧，甚至也與孔子「無可無不可」[88]的通脫自如相契合，其實是十分富含「理趣」的。較諸後來杜甫也偶一為之的〈縛雞行〉一詩，所謂：

> 小奴縛雞向市賣，雞被縛急相喧爭。家中厭雞食蟲蟻，不知雞賣還遭烹。蟲雞與人何厚薄，吾叱奴人解其縛。雞蟲得失無了時，注目寒江倚山閣。（《杜詩鏡銓》卷15）

同樣是以「一篇之妙，在乎落句」[89]受到歷代評家之讚賞，而分析其篇末收尾的「雞蟲得失無了時，注目寒江倚山閣」一聯，知其妙處即在於：「謂雞蟲得失，不如兩忘而寓於道。結句寄託深遠。」[90]以及：「結語更超曠。蓋物自不齊，功無兼濟，但所存無間，便大造同流，其得其失，本來無了。『注江倚閣』，海闊天空，惟公天機高

---

⑱ 〔美〕宇文所安著，賈晉華譯：《盛唐詩》，頁54。

⑰ 見清．郭慶藩：《莊子集釋》（臺北：漢京文化公司，1983年9月），〈齊物論〉，頁70-75。

⑱ 出自《論語．微子》，南宋．朱熹著：《四書章句集注》（臺北：大安出版社，1994年11月），頁260。王維於〈與魏居士書〉中直接引用孔子「我則異于是，無可無不可」兩句，以明該仕則仕、該隱則隱、隨宜而行之旨，更與此處相一致。

⑲ 宋．趙次公評語，引自清．楊倫注：《杜詩鏡銓》（臺北：華正書局，1990年9月），卷15，頁735。

⑳ 宋．陳後山評語，參清．楊倫注：《杜詩鏡銓》，卷15，頁735。

妙，領會及此。」[91]則類推於王維之「君問窮通理，漁歌入浦深」，其用意應該也包括這種無執毋必的寬廣自在。因爲是非得失與乎窮達進退之分別不但因人因物而異，一旦轉換立場與角度便眼界一新，事實上也並不存在絕對之判準，故而杜甫與王維一樣，不約而同地都將視野從眼前當下向遙遠之天際延伸，以江上水邊之無限時空消融了一切對立互斥的二元思考，讓人心獲得自在解脫。根本地說，這類詩作之所以「寄託深遠」，即因由詩人哀樂之「情」提升至哲人思致之「理」，而「寓於道」之故。

如果說杜甫是天機高妙才領會及此，則王維之天機高妙實更有過之，因爲杜甫乃偶一爲之，王維則此外尚有〈送別〉一詩云：

> 下馬飲君酒，問君何所之。君言不得意，歸臥南山陲。但去莫復問，白雲無盡時。

其收結方式與此同出一轍；甚且貫通於其他眾多作品中，於〈息夫人〉的「更不著判斷一語」、〈班婕妤三首〉之二的「本意一毫不露」[92]、〈歸嵩山作〉的「寫人情物性，每在有意無意間」[93]，也都清楚可見類似境界，形成一種前文闡述其作品時，所抉發之「不須自出意見」的精神表露，特非限於末句而已。就此言之，杜甫致以「高人王右丞」（〈解悶十二首〉之八）之推譽，洵爲的切。

---

[91] 清・浦起龍：《讀杜心解》，卷2之3，頁304。

[92] 清・黃生：《唐詩評》，卷2，清・黃生等著，何慶善點校：《唐詩評三種》（合肥：黃山書社，1995年12月），頁151。

[93] 清・沈德潛：《唐詩別裁集》，卷9，頁312。

## 三、「知」的實踐：「卻嫌陶令去官遲」辨析

值得進一步說明的是，在〈酬張少府〉中呈現其倫理抉擇的「返舊林」一語，乃出自陶淵明〈歸園田居五首〉之一：「誤落塵網中，一去三十年。羈鳥戀舊林，池魚思故淵。」但王維取資其「戀舊林」的行動，卻略過之前「誤落塵網中，一去三十年」的「羈鳥」歷程，此一情況並非用典時的概括省略手法，而是帶有深刻意義的取捨結果。

所謂「誤落塵網中，一去三十年」，一個「誤」字，不僅揭示了人生道路的錯誤選擇之意，更指向一種存在於儒家血統中的盲點，在文化的理想主義之下，使自己在人生之路的選擇上跌入不適才適性的心理誤區，以致在蔽性違己的情況中奮力多年，於世網中衝撞刃靡並飽嚐「目倦川塗異，心念山澤居。望雲慚高鳥，臨水愧游魚」（〈始作鎮軍參軍經曲阿作〉）的依違掙扎，直到某一衝突的臨界點撞開了頓悟之鑰，這才從少壯時所懷抱的「猛志逸四海」（〈雜詩十二首〉之五）、「猛志固常在」（〈讀山海經十三首〉之十）之儒家理想中超脫出來，豁然朗照「質性自然，非矯厲所得」[94]、「少無適俗韻，性本愛丘山」（〈歸園田居五首〉之一）的眞正個性所在，終究斷然決心「守拙歸園田」，捨棄一切地掛冠求去，並慶幸「久在樊籠裡，復得返自然」。

就此而言，在人生的終極追求上陶淵明表現出一種蒙昧自蔽的

---

[94] 晉・陶淵明著，龔斌校箋：《陶淵明集校箋》（上海：上海古籍出版社，1999年12月），卷5，頁391。

存在自覺與遲來晚到的倫理抉擇，因此當他終於在四十一歲迷途知返之際，也以「舊」、「故」之類的用語稱呼「林」、「淵」，以「復得」表示此一山林回歸行動的重拾天性之舉，並對多年的「迷途」充滿「覺今是而昨非」（〈歸去來兮辭〉）的自悔；相較說來，作爲陶淵明的跨代知己並成爲彰顯其聲名之第一人⁽⁹⁵⁾，王維則以其「早悟」而對自我有著更深的存在自覺與更明確的倫理抉擇，因此較少糾纏於「兼善天下」與「獨善其身」的價値衝突中。證諸其十九歲的樂園書寫〈桃源行〉，於此中國詩史上的第一首專題詠桃源詩中，較諸後來韓愈與王安石所寫顯得「努力挽強，不免面赤耳熱」的同題詩，竟呈現出「多少自在」⁽⁹⁶⁾，其意義正如學者所指出的，少年王維按照自己的人生追求，有意把陶淵明心中的樂土改造成「塵外極樂世界」，全然消失了人間煙火氣，成爲一片永恆的平靜，而這一罕見現象的特殊處在於不但與當時積極入世的時代風氣大爲牴觸，也有別於一般人總是在歷盡滄桑之後才反璞歸眞的人生規律。⁽⁹⁷⁾以致王維很早就跳過摸索掙扎、嘗試錯誤的人生階段，不必歷經曲折漫長的辨識過程即確認歸返自我之路的方向。

此所以王維會有「不厭尙平婚嫁早，卻嫌陶令去官遲」（〈早秋山中作〉）之說，其所下「嫌」之一字與其說是批評，不如說是惋惜。惋惜大智若陶淵明者，既然其年少時就已經是「弱齡寄事外，委

---

⁽⁹⁵⁾ 入谷仙介指出：「陶淵明被高度評價，其詩備受歡迎，是盛唐以後的事。而可以說王維是第一個彰顯陶淵明的盛唐詩人。作為當時一個十九歲少年，如何理解其真正價值暫且不論，能發現陶淵明的深刻思想內涵，不能不令人嘆服他的早熟和敏銳。」〔日〕入谷仙介著，盧燕平譯：《王維研究（節譯本）》，第1章〈少年時代〉，頁20。

⁽⁹⁶⁾ 清・王士禛著，戴鴻森校點：《帶經堂詩話》（北京：人民文學出版社，2006年1月），卷2〈綜論門・推較類〉，頁50。

⁽⁹⁷⁾ 詳參荊立民：〈尋找另一個「理想王國」──論王維的人生追求〉，頁76-78。

懷在琴書」（〈始作鎮軍參軍經曲阿作〉）、「少年罕人事，游好在六經」（〈飲酒二十首〉之十六），對於塵俗人事一無興趣，而充滿了物外之趣；但欲徹底服從自己「質性自然，非矯厲所得」、「少無適俗韻，性本愛丘山」之天賦根性，竟然要耗費三十（一作「十三」）年的時光；一如杜甫也曾批評任眞自得的陶淵明實際上並未眞正超脫塵網，而往往爲俗情所困，更不能免於下一代之牽纏，其〈遣興五首〉之三謂：

> 陶潛避俗翁，未必能達道。觀其著詩集，頗亦恨枯槁。達生豈是足？默識蓋不早。有子賢與愚，何其挂懷抱？（《杜詩鏡銓》卷5）

其「默識蓋不早」之說恰恰爲王維「卻嫌陶令去官遲」之絕佳注解[98]，也間接證成了王維之「早悟」人格。

然則，表面上看來似乎矛盾的是，王維一方面表達對陶淵明「去官遲」的惋惜，卻又從相反的另一面質疑陶淵明的去官乃是對家庭的不負責任之舉，其〈偶然作六首〉之四曰：

> 陶潛任天眞，其性頗耽酒。自從棄官來，家貧不能有。九月九日時，菊花空滿手。中心竊自思，儻有人

---

[98] 本文乃聚焦於王維之認知狀況的客觀呈現，並以陶淵明之言行相合處證釋之；至於王維或杜甫對陶淵明的看法是否忽略了時代與家庭背景等差異，而有過於簡化與不諒解的問題，因不在本文的處理範圍內，故不予討論。

送否。白衣攜壺觴，果來遺老叟。且喜得斟酌，安問升與斗。奮衣野田中，今日嗟無負。兀傲迷東西，蓑笠不能守。傾倒強行行，酣歌歸五柳。生事不曾問，肯愧家中婦。

這是一首內容描寫陶淵明棄官後之隱居生活情狀的作品。若獨拈其「生事不曾問」與〈與魏居士書〉的類似評論並讀，所謂：「近有陶潛，不肯把板屈腰見督郵，解印綬棄官去。後貧，〈乞食〉詩云『叩門拙言詞』，是屢乞而多慚也。嘗一見督郵，安食公田數頃，一慙之不忍，而終身慙乎？此亦人我攻中，忘大守小，不其後之累也。」一般很容易即推論出王維是「不贊成陶淵明因不願爲五斗米折腰而落入窘境，想走亦官亦隱的生活道路。他的情形是讚美隱遁但又甘願受世俗的束縛」。[99]對此，若就本文的觀察角度而言，則有不同的理解。

綜觀〈偶然作六首〉之四全篇，從起首第一句之「任」字與末尾最後一句的「肯」[100]字，已清楚點示陶淵明實屬朱熹所謂的「隱者多是帶氣負性之人」[101]，加以篇中各處著力點染「耽酒」、「奮衣」、「嗟無負」、「兀傲迷東西」、「傾倒強行行」、「酣歌」等行爲描述，其所用之「耽」、「奮」、「嗟」、「兀傲」、「迷」、「強」、「酣」等字語也都是帶有強烈情緒的動詞或副詞，以致全

---

[99] 〔日〕入谷仙介著，盧燕平譯：《王維研究（節譯本）》，第8章〈晚年的王維〉，頁287。

[100] 「肯」猶拼也，「生事不曾問，肯愧家中婦」意謂「言不問生事，拼為家中婦所譏也」，見張相：《詩詞曲語辭匯釋》（臺北：臺灣中華書局，1985年4月），卷2，頁224。

[101] 宋・黎靖德編：《朱子語類》（臺北：文津出版社，1986年12月），卷140，頁3327。

詩洋溢著賁張湧突之血氣性情，屬於「吾喪我」之「我」的層次及其擴大，正符合〈與魏居士書〉的「此亦人我攻中」之謂。所謂「人我攻中」，意指心執著於人我，以為人我眞實存在，而佛教認為這是一切謬誤和煩惱的總根源，如《大乘起信論》云：「一切邪執，皆依我見，若離於我，則無邪執。」[102]更進一步，〈與魏居士書〉在「此亦人我攻中，忘大守小」兩句之後即引述孔子的「我則異于是，無可無不可」，並繼續申言「身心相離，理事俱如，則何往而不適，……以不動為出世」之道，可見王維對陶淵明的批評關鍵並不在物質生活上是否「落入窘境」，也沒有「讚美隱遁」或「甘願受世俗的束縛」的價值判斷問題，而是在於「人我攻中，忘大守小」——「大」意指「無我」，「小」意謂以血氣性情所構成的「人我」，「忘大守小」恰恰是「吾喪我」的對反。既然陶淵明的棄官歸隱具備濃厚的「帶氣負性」以致陷入「人我」之執，其歸隱也就在本質上未曾臻及「無我」的超然境界，其中依然可「見清士高人胸中皆似有一段壘塊不平處」[103]，故杜甫亦稱其「未必能達道」。

事實上，從「道無不在」與「世界法身中」之理而言，出世入世無二，仕隱本無本質之別，也都各有眞假之分與程度差異，「狂」未必是大無畏的積極進取，而可以是自矜自是的個人張揚；「狷」未必是明哲保身的小心謹慎，而可以是有所不為的淡定超然。「獨善」的目標或境界也容許各種不同的實踐方式，陶淵明式的辭官退隱絕非衡量勇氣的唯一標準，因為「固窮」固然是君子的表徵，富貴場中的布

---

[102] 此一字詞解釋，參考陳鐵民：《王維集校注》，卷11，頁1099。

[103] 明·鍾惺、譚元春編：《唐詩歸》，卷8〈偶然作〉評，頁172。

衣蔬食與權力域裡的不忮不求也同樣顯發一種「見可欲而不動其心」的貞定意志。所謂「富貴不能淫，貧賤不能移，威武不能屈。此之謂大丈夫」⑩，即說明經得起富貴與耐得住貧賤乃是等價的人格標準，成就人格本有多元之道，故「隱遁」無須讚美，「世俗」也未必構成束縛，關鍵實在於是否「人我攻中，忘大守小」。證諸〈酬張少府〉的「君問窮通理，漁歌入浦深」以及〈與胡居士皆病寄此詩兼示學人二首〉之二的「何津不鼓櫂，何路不摧輈」，便清楚表達王維的立場乃是無入而不自得的通脫自在，若能「守大忘小」，則無論窮通皆能臻至「無我」或「吾喪我」之境，這才是〈偶然作六首〉之四以及〈與魏居士書〉的眞正主旨所在。

綜合言之，王維在理解讚賞陶淵明之餘，也從「達道」的標準對其人提出兩個惋惜：「卻嫌陶令去官遲」是就其蒙昧自蔽的存在自覺與遲來晚到的倫理抉擇而言，〈偶然作六首〉之四則是從其棄官歸隱所具備的「帶氣負性」以致陷入「人我」之執，因而本質上未曾臻及「無我」之超然境界而發，兩者分別從時間與性質揭示出陶淵明棄官歸隱的不同意義，因此並無矛盾。

至於王維在回顧成長階段時所慨嘆的「少年識事淺，強學干名利」（〈贈從弟司庫員外絿〉）、「少年不足言，識道年已長。事往安可悔，餘生幸能養」（〈謁璿上人〉），也並非對過去之我的譴責或否定，而毋寧是「山林吾喪我」的自淨實踐──透過取資《莊子・齊物論》而來之「吾喪我」的修持功夫，在對自我人格多重層次的高度自省之下，將過去少年心性中不免稍帶沾染的「我」成分予以嚴格

---

⑩ 語出《孟子・滕文公・下篇》，南宋・朱熹：《四書章句集注》，頁371。而《紅樓夢》中，賈母讚賞寶釵的「受得富貴，耐得貧賤」，正是以此對其人格表示高度肯定。清・曹雪芹著，馮其庸等校注：《紅樓夢校注》，第108回，頁1633。

釐清，毫不隱諱地直指少年心性中所沾附的些微名利意識，並在覺知之後加以離析過濾，以顯豁如今山林中「吾」之絕對真性的清澈明朗。而從過去之我到今日之我，正呈現從「我」到「吾」的趨近過程，也是從「詩人」到「哲學家」的純化過程。

## 第五節　結語：哲學家詩人

如果同意義大利學者維科（Giambattista Vico, 1668-1744）所做的區辨：「詩人們首先憑凡俗智慧感覺到的有多少，後來哲學家們憑玄奧智慧來理解的也就有多少，所以詩人們可以說就是人類的感官，而哲學家們就是人類的理智。」[105]則王維不僅僅只是一位在「凡俗智慧」的層次上將人類的感官性情發展到極致，而「深於哀樂」、「溺於情好」並加以傳神寫照的詩人[106]；還更是一位以高度理性觀省大千世界的哲學家，一如史賓諾莎（Baruch de Spinoza, 1632-1677）所定義的：哲學家「不笑，不哭，也不痛罵，而只是理解。」（humanas actiones non ridere, non lugere, neque detestari, sed intelligere [Not to laugh, not to lament, nor to detest but to un-

---

[105] 〔義〕維科著，朱光潛譯：《新科學》（北京：商務印書館，1989年6月），第2卷前言，頁172。

[106] 王維詩中當然仍有深於哀樂之作，如〈觀別者〉的「吾亦辭家久，看之淚滿巾」、〈齊州送祖三〉的「為報故人顦顇盡」、〈送孫二〉的「長望淚霑巾」等，顯露其身為詩人的那一面。故明代李夢陽〈論學上篇〉有「王維詩，高者似禪，卑者似僧，奉佛之應哉！人心係則難脫」之謂，明．李夢陽：《空同集》，卷66，《景印文淵閣四庫全書》第1262冊（臺北：臺灣商務印書館，1986年3月），頁603。

derstand.]）[107]因此雖然寫的是詩，但其中哲學家式的「理解」卻超泯了詩人的「笑、哭、痛罵」，具現其淵深沉透的洞察力量，以致當代詩人儲光羲聲稱「故人王夫子，……哀樂久已絕」[108]，正是看到這一點而言。後來徐增亦讚嘆：「摩詰，道人也，一切才情學問，洗滌殆盡，造潔淨精微之地，非上根器人不喜看，看亦不知其妙也。」[109]都是切中其詩中的「非詩人」特性之說。

則就單一詩歌作品而言，王維自早歲起，於衆多詩篇中所呈現的從「有我」到「無我」的轉化過程，即顯示出從「感性」到「理性」、從「詩人」到「哲學家」的超升，此即「入而能出」的動態模式；由此並體現爲「背面傅粉」、「宕出遠神」之篇章結構，以及對「知」字之偏好使用，這兩個現象無論是就出現頻率之高與歷時持續分布一生的量化意義，還是就深度與強度的質性內涵，都可以證成王維獨特的人格造型與心理模式。

另外，從整體創作情況來觀察，王維晚年詩歌作品劇減的現象也可以由此一角度獲得另一種解釋。

入谷仙介考察其具體的創作狀況，發現到：通觀王維晚年作品，使人感到他傾注了全力的並不是使他享有盛名的詩歌，而是文章[110]；並推論造成此一現象的原因，其一即晚年的王維有戰亂和幽囚的體驗，就文學家的本能，當時他內心清楚，自己駕輕就熟的詩歌表

---

[107] Baruch de Spinoza, Tractatus politicus, in *Spinoza Opera*, ed. Carl Gebhardt (4 vols.; Heidelberg: Carl Winters Universitätsbuchhandlung, 1925), Vol. III. p. 279. 承蒙世新大學財金系王仁宏教授提供此則資料，謹此致謝。

[108] 唐・儲光羲：〈同王十三維哭殷遙〉，清・康熙敕編：《全唐詩》，卷138，頁1399。

[109] 明・徐增著，樊維綱校注：《說唐詩》，卷4，頁100。

[110] 〔日〕入谷仙介著，盧燕平譯：《王維研究（節譯本）》，第8章〈晚年的王維〉，頁276。

現形式對表現新的內容已經不管用，反過來成爲了他表現新內容的桎梏，因此他不得不尋求出路。[111]此一說法仍是將王維視爲文學家，從創作需求的角度來解釋其文體取捨消長的原因。若回到詩人自覺地所作出的告白來看，也許另有別解，王維自己清楚地說明道：

> 老來懶賦詩，惟有老相隨。宿世（案：似應作「當世」）謬詞客，前身應畫師。不能捨餘習，偶被世人知。（〈偶然作六首〉之六）[112]

其中的「老來懶賦詩」之說正與其實際創作狀況完全相符，而「當世謬詞客」[113]一句則耐人尋味地揭示了自己之所以「懶賦詩」的原因，意謂過去以來身爲詞客乃是「當世之謬」，一個「謬」字取消了「賦詩」的正當性與「詞客」的身分認同，毋寧是王維對一生作詩的自懺，是對詩歌創作的本質性否定，絕不僅是基於詩歌形式對表現新的生命內容有所不足而已。詩史上杜甫的誕生，就清楚證明了詩歌形式仍然可以對戰亂和幽囚等生命內容提供絕大的表現空間，顯見關鍵

---

[111]〔日〕入谷仙介著，盧燕平譯：《王維研究（節譯本）》，第8章〈晚年的王維〉，頁281-282。

[112] 根據考證，此詩應獨立成篇，題作〈題輞川圖〉。參陳鐵民校注：《王維集校注》，卷5，頁477。

[113]「宿世」與下句之「前身」犯合掌。胡應麟指出：「作詩最忌合掌，近體尤忌，而齊、梁人往往犯之，……沈、宋二君，始加洗削，至於盛唐盡矣。」見《詩藪．內編》卷4，頁61。考晚唐張彥遠《歷代名畫記》引作「當世」，意即岡村繁所譯之「現世」；且「當世」與「前身」對偶更為工整，合乎當時詩律，文意亦更錯落完備。〔日〕岡村繁：《歷代名畫記譯注》（上海：上海古籍出版社，2002年10月），卷10，頁464-465。另外，唐代朱景玄《唐朝名畫錄》與宋代郭若虛《圖畫見聞志》卷5引述此句時，也都作「當世謬詞客」，應從之。

不在於詩歌形式的局限，而在於詩人自身對詩歌本質的態度。若進一步追索此一否定的原因，或許應該考慮佛教觀念的影響。

對「晚年唯好靜」的王維而言，整個生命靈魂浸染佛理更深更切，由其詩中頻頻出現的「無生」一詞⑭，以及儲光羲〈同王十三維哭殷遙〉所聲稱的「故人王夫子，靜念無生篇」，在在可見大乘般若空觀以「無生」達到一切皆空的無我之境的思想領導地位；而「無生」恰恰正是「無我」的前提。⑮雖先前大半生作爲詞客時，於若干詩歌中已展現「入而能出」的超升過程，然在「出」之前的「入」之際猶且深具哀樂之情，煥發濃厚的詩人秉性；而佛教認爲詩是「綺語」——即「雜穢語、無義語。指一切淫意不正之言詞」⑯，於是隨著修練日深，所謂「愛染日已薄，禪寂日已固」（〈偶然作六首〉之三），至其晚年時已幾達「全出」之境，哲學家的成分乃將詩人的比重取而代之，「賦詩」之「綺語」遂無立足之地。

這兩種不同的生命範疇及其意義，也暗合於德國哲學家謝林

---

⑭ 包括〈登辨覺寺〉之「空居法雲外，觀世得無生」、〈謁璿上人〉之「一心在法要，願以無生獎」、〈哭殷遙〉之「憶昔君在時，問我學無生」、〈與蘇盧二員外期遊方丈寺而蘇不至因有是作〉之「安知不來往，翻得似無生」、〈遊感化寺〉之「誓陪清梵末，端坐學無生」、〈秋夜獨坐〉之「欲知除老病，唯有學無生」、〈燕子龕禪師詠〉之「上人無生緣，生長居紫閣」、〈宋進馬哀辭〉之「學無生兮庶可，幸能聽於吾師」等八處。

⑮ 王維〈能禪師碑〉中即引述慧能之說，謂之「乃教人以忍曰：『忍者無生，方能無我。』」

⑯ 釋慈怡主編：《佛光大辭典》（高雄：佛光出版社，1988年12月），頁5888。必須補充說明的是，這並不妨礙僧侶或教徒作詩，甚至在南朝的發展上，更產生僧人大作宮體豔詩的現象，所謂「六朝釋子多賦豔詞」（清毛先舒《詩辯坻》卷2，《四庫全書存目叢書補編》第45冊，濟南：齊魯書社，2001年，頁186），張伯偉藉「穢解脫法」與「淫欲即是道」的角度對此多方闡述，從佛教思想體系內部充分論證了佛教與豔詩綺語之關係的合理性，參張伯偉：《禪與詩學》（杭州：浙江人民出版社，1996年4月），頁189-195。連此一極端狀況都具備佛教思想系統的內部合理性，則一般教徒之作詩，固當沒有矛盾之處。

（Friedrich W. J. von Schelling, 1775-1854）所指出的，要脫離世俗的現實，只有兩條出路：詩提升我們到理想世界，哲學使這個現實世界完全消失。[117]就此說來，當王維尚且作爲「當世詞客」之時，其詩中之「入而能出」即是一種提升自己到理想世界的努力；而當他到了「老來懶賦詩」之際，則進入到以哲學使這個現實世界完全消失的階段。於是這位哲學家詩人乃向詩歌及詩歌所立足的感性世界告別，以哲人「宕出遠神」的方式作爲其整個人生的最後收結，而漸漸在詩歌國度裡消失了蹤影。

（本文原載於《臺大中文學報》第32期，2010年6月）

---

⑪ 引自蔣寅：〈以詩為性命——中國古代對詩歌之人生意義的幾種理解〉，《古典詩學的現代詮釋》（北京：中華書局，2003年3月），頁242。

# 第二章

## 李、杜「閒適詩」比較論

## 第一節　「閒適詩」的定位與意義

閒適詩，顧名思義是在閒暇而不匆迫、安適而不蹇促的平和狀態下所完成的詩歌作品。凡人莫不有屛居退守的時刻，詩人縱筆消閒，寫出了閒適的篇章，這似乎是順理成章的結果。

然而，中國是一個古老悠久而羣體性發達的社羣，在其特殊文化傳統長遠而透入的浸潤之下，閒適詩早已不是單純隨機的抒情表現，而是具有深刻人文內涵與意義，足可挖掘偉大詩人心靈深度並抉發文化特質的一大寶藏。因此劉若愚先生便肯定了閒適詩在中國詩裡所占的地位，特別在其《中國詩學》一書中，以專節強調了「閒適」是「時常構成中國詩之實際主題或者基礎構架」，是「一些典型的中國概念與思想感覺方式」之一①，以作爲有別於西方文學的一個顯例；而盛唐的李白、杜甫身當中國詩史上光芒萬丈、輝耀古今的兩大巨擘，其閒適詩的構成要素，無疑地會因文化習染與個人色彩等外在影響與內在傾向的差異，而呈示出不同的典型性，更由於此種個人化的典型特徵十分強烈而突出，正可作爲解析整體文化向度，探入詩人靈魂深處的一條路徑。

由於從「以大我爲己任」的中國道統中所孕育出來的人格典範，向來是「任重道遠」、「憂國弔民」的實踐精神，是「亦余心之所善兮，雖九死其猶未悔」②的熱烈執著，所謂仁民愛物、濟世活國

① 引文見〔美〕劉若愚著，杜國清譯：《中國詩學》（臺北：幼獅文化事業公司，1983年10月），上篇第5章，頁75。

② 兩句出自戰國．屈原：〈離騷〉，宋．洪興祖：《楚辭補注》（臺北：長安出版社，1984年9月），頁14。

的理想，有如聖潔崇高的光環一般，帶領著絕大多數的知識分子踏上了爲淑世而受難的坎坷之途。但是，這是一個全然有待於外，無法操之在己的單向道，因爲社會現實的存在有其必然而難以撼動的根基，不論是歷史的慣性、人性的弱點、政治的包袱、經濟的匱乏或制度的不良，在在都是無法憑藉個人之力來跨越超攀的複雜障礙，勢必逼使一味向外尋求實現的主觀意願步步受挫。由於所待者外，便不免心隨意動，愁喜不由自主；因爲所待者大，爲抽象而龐巨的社會羣體，於是憂心勞神，無日或已。一個生命如何承擔如此永無止限的重荷？於是在左衝右突的拼力奮鬥，與外界相刃相靡之餘，人生的鐘擺在平衡的潛在需求下，必然會擺盪到反求於內、得以盡其在我的另一端，從個人生活中汲取怡足自得的涓滴泉源，而使得向外進取、發散力量的社會性實踐，可由另一方面向內自足、品味生活情趣的個人性安頓取得互補與協調。歷代詩史上不絕如縷的「諷諭詩」、「閒適詩」這兩大詩類，正是源自於此種文化與心理上的雙重性所引帶出來的必然產物。

諷諭詩和閒適詩的出現，可以說是由來已久，兩者之間也形成了雙生相倚的互補結構，雖然詩類的定名與界說，要遲至中唐詩人白居易的手上才完成。[③]白居易〈與元九書〉中曰：「謂之『諷諭詩』，兼濟之志也。謂之『閑適詩』，獨善之義也。」[④]兼濟、獨善是維繫中國士人處事立身之天平的兩端，所謂「窮則獨善其身，達則兼濟天

③ 有關閒適詩類名的提出、閒適詩類的形成和其特質與功能，可參楊承祖：〈閒適詩初論〉，收入《臺靜農先生八十壽慶論文集》（臺北：聯經出版事業公司，1981年11月），頁535-557。

④ 唐‧白居易著，顧學頡校點：《白居易集》（北京：中華書局，1985年10月），卷45，頁964-965。

下」，窮與達是所有士人共同面對的兩大課題，因此作爲兼濟與獨善兩種狀況之文字表露的諷諭詩與閒適詩，便具有互爲表裡的密切關係。

以本文探討的主題而言，在獨善其身的情況下所完成的閒適詩，是白居易所謂「或退公獨處，或移病閑居，知足保和，吟玩性情者」⑤，而在閒居獨處、保和知足的內外條件下，構成閒適情境之內容的，則在白居易〈序洛詩〉中有所表述：

> 除〈喪朋〉、〈哭子〉十數篇外，其他皆寄懷於酒，或取意於琴，閑適有餘，酣樂不暇；苦詞無一字，憂歎無一聲，豈牽強所能致耶？蓋亦發中而形外耳。斯樂也，實本之於省分知足，濟之以家給身閑，文之以觴詠絃歌，飾之以山水風月：此而不適，何往而適哉？茲又以重吾樂也。予嘗云：治世之音安以樂，閑居之詩泰以適。⑥

在清閒泰適之際，以琴酒絃歌自娛，在這片誠中形外的酣樂之地是沒有憂嘆之聲立足的空間的；此外，似乎被白居易視爲必不可缺，因此特意點出的自然景物、山水風光，更是閒適詩賴以構成的根本背景，琴聲、酒意都必得在賞鑑大自然之美的品味中才能完成它們助興的功能，也唯有與自然交融的超俗狀態下，閒適詩才建立了它本身的正宗風格，而達到「脫離世俗的憂慮和欲念，本身心平氣和或者與自然和

⑤ 見唐·白居易：〈與元九書〉，唐·白居易著，顧學頡校點：《白居易集》，卷45，頁964。

⑥ 見唐·白居易著，顧學頡校點：《白居易集》，卷70，頁1475。

諧相安的一種心境」。[7]

明乎「閒適詩」之定位與一般構成要素，準此繩諸李白、杜甫之詩集，則去其憂苦愁悶之音，選擇各人身心舒放時的恬然之作進行分析，先個別抉發兩大詩人閒適詩之特質，其後再進行比較，以進窺雙方在精神和融、不假外求的獨善時刻，其具體境界與生命型態有何異同。

## 第二節　李白閒適詩之內涵與特質

李白奔騰橫放的生命型態，有如疾飛劃過眾星羅織之夜空的燦爛彗星，每一刻都全心全意、淋漓盡致地燃燒生命，意圖把死亡的陰影和時間的摧毀力推到更遠的邊界，把人世間由卑瑣、平庸和苟且所匯集而成的無底深淵徹底棄絕。當這隻「其翼若垂天之雲」[8]的大鵬鳥奮力地擺脫地心引力，而搏擊扶搖振翅高飛，向青冥高天飄引而去時，他會引吭高呼：「俱懷逸興壯思飛，欲上青天覽明月」（〈宣州謝朓樓餞別校書叔雲〉）、「吾將囊括大塊，浩然與溟涬同科」（〈日出入行〉）；當他欲飛不能、陷身塵溷而愁緒滿懷時，他會縱聲狂歌：「抽刀斷水水更流，舉杯消愁愁更愁」（〈宣州謝朓樓餞別校書叔雲〉）、「五花馬、千金裘，呼兒將出換美酒，與爾同銷萬古愁」（〈將進酒〉）。他會睥視權威，糞土王侯，掀眉傲然地

---

⑦ 引文為劉若愚對「閒」字的詮釋，見〔美〕劉若愚著，杜國清譯：《中國詩學》，頁85。

⑧ 《莊子．逍遙遊》云：「北冥有魚，其名為鯤。鯤之大，不知其幾千里也。化而為鳥，其名為鵬。鵬之背，不知其幾千里也；怒而飛，其翼若垂天之雲。」清．郭慶藩：《莊子集釋》（臺北：漢京文化公司，1983年9月），頁2。李白每以大鵬自喻，正是其凌摩霄漢、逍遙壯恣之雄偉生命的寫照。

宣告：「安能摧眉折腰事權貴，使我不得開心顏」（〈夢遊天姥吟留別〉）；也會完全了解一往深情、九死不悔的娥皇、女英，而代她們發抒天地為之失色的永恆信約：「蒼梧山崩湘水絕，竹上之淚乃可滅」（〈遠別離〉）。如此一個橫絕人世、熾烈激切的人，其平和詳謐、與世無爭的閒適情境，勢必是別具一格，有其獨特面貌的。

首先，李白式的閒適與他的整體精神主體一樣，並不能在習常狎近的一般人間找到棲身之處，而必須遠舉高蹈，同超脫凡俗、人跡罕至的世外名山去尋求。似乎唯有山羣永恆不移、屹立不搖的堅穩特性，以及毫無人煙喧囂干擾而得以全然展露其清風朗月、奔瀑幽泉之美的美感價值，才能使生命中充滿力與美的李白產生同類相吸的共鳴而深受吸引，不但有資格提供給詩仙一枝梧桐之棲，讓斂翼停歇的大鵬安適地向永恆而美好的大自然汲取休息的力量，甚至更以清新俊逸之姿，讓李白屢次想棄世隨之而去。試看以下諸詩文皆有詩人明確的剖白：

- 歷行天下，周求名山。（〈冬夜於隨州紫陽先生餐霞樓送煙子元演隱仙城山序〉）
- 此行不為鱸魚鱠，自愛名山入剡中。（〈秋下荊門〉）
- 而我樂名山，對之心益閒。……且諧宿所好，永願辭人間。（〈望廬山瀑布二首〉之一）
- 別君去兮何時還，且放白鹿青崖間，須行即騎訪名山。（〈夢遊天姥吟留別〉）
- 名山發佳興，清賞亦何窮？（〈下尋陽城泛彭蠡寄黃判官〉）

- 心愛名山遊，身隨名山遠。羅浮麻姑臺，此去或未返。（〈金陵江上遇蓬池隱者〉）
- 願遊名山去，學道飛丹砂。（〈落日憶山中〉）
- 久欲入名山，婚娶殊未畢。（〈聞丹丘子於城北營石門幽居中有高鳳遺跡僕離羣遠懷亦有棲遁之志因敘舊以贈之〉）
- 孤負宿願，慚未歸於名山。（〈秋于敬亭送從姪耑遊廬山序〉）
- 五岳尋仙不辭遠，一生好入名山遊。（〈廬山謠寄盧侍御虛舟〉）

詩人再三地致意「愛名山」、「樂名山」，且點出其原因在於「名山發佳興」，能啓人清賞之趣，因此「一生好入名山遊」，不斷地「求名山」、「訪名山」而「身隨名山遠」，甚至到了爲投合自己對名山的林水泉石之癖，而想要「此去或未返」、「永願辭人間」，這種可能的結果在另一首〈遊泰山六首〉之一中也同樣表露過：「曠然小宇宙，棄世何悠哉！」登泰山而小天下的後果，竟是悠然瀟灑地棄世而去，與古人恰恰是同曲而異工，李白對象徵著集大自然至精至美、永恆而崇高之精華的名山，其偏好、眷戀之深摯由此可以想見，也難怪他會因爲辜負歸於名山之宿願而感到慚愧了。

因此在李白的一生中，隨其浪跡之萍蹤所到，不論是大江南北，每造一地則尋山訪勝，使屈指難數的大小山景因詩人的鍾情賞愛而增色。其中留名者如：戴天山、巫山、徂徠山、寶圖山、峨嵋山、匡山、穎陽山、王屋山、皖公山、天門山、高鳳石門山、木瓜山、敬亭山、終南山、銅官山、三山、會稽山、九華山、白兆山、北山、泰山、碧山、黃山、藍山、黃鶴山、棲霞山、天臺山、陵陽山、太白山、五松山、鵲山、蓮花山、龍山、峴山、嵩山、樓山、壽山、白壁山、東山、南岳衡山、焦山、松寥山、商山、西岳華山、九疑山、望夫山、靈墟山、荊門山、梅崗及天姥山等，李白或親自訪遊，或遠望臨眺，都能把握到羣山時而嶔崎崢嶸之磅礴壯恣，時而幽靜祥和之柔謐淡遠，又時而仙氣縹渺之神幻多變的眞風貌。尤其是對於鍾靈毓秀、出塵不染的廬山，李白不但是一訪再訪、常遊不倦，甚至在不得不辭別離去時，對它立下了從不輕易向人許諾的誓言，並祈求亙古無言的山谷林壑以及天上神靈見證這由衷至誠的盟約，《方輿勝覽》引《圖經》之記載云：

> （李）白性喜名山，飄然有物外志。以廬阜水石佳處，遂往游焉。卜築五老峰下，有書堂舊基。後北歸，猶不忍去，指廬山曰：「與君再會，不敢寒盟，丹崖綠壑，神其鑒之。」⑨

正因爲李白在山的懷抱裡產生了不容疏隔的親密歸屬感，他獲得了完全的接納與滋養，而使不斷遭受虛無感和孤獨意識侵蝕的苦悶，得以在羣山永恆而壯美的浸潤之下取得紓解；使不停依違在自我理想與世俗現實之間、又不容妥協苟且的緊張痛切，得以在清風煙雲的撫慰之中獲取生命的和解。除了「壯心魄」⑩的力量汲引外，更重

⑨ 宋・祝穆撰，祝洙增訂，施和金點校：《方輿勝覽》（北京：中華書局，2003年6月），卷17，頁312。

⑩ 「壯心魄」一詞出於李白〈赤壁歌送別〉：「一一書來報故人，我欲因之壯心魄。」

要的是「清心魂」的性靈安頓[11]，名山，這種以超離紅塵人間的殊景清境爲魅力要素的自然轄區，以其絕美風色與永恆性質而往往通往仙境[12]，就是李白完成閒適之樂與和諧之情的聖地，因此他明確地指出：「五色粉圖安足珍，眞山可以全吾身。若待功成拂衣去，武陵桃花笑殺人！」（〈當塗趙炎少府粉圖山水歌〉）其中「山」與「桃花源」的等同關係乃是顯然可見的，而名山作爲李白樂園體驗之所在，更當之無疑。因此可以說，名山對李白而言乃是一種「精神家園」，亦即出於對沉淪的抗拒，對自由的訴求，而欲引領自我回歸本體時，所找到的一個絕對的存在之域，其中實蘊含著一份對存在的詩意化沉思。[13]

那麼，在遠離人煙的山林中，李白所進行的具體活動和心靈狀態究竟如何呢？首先我們可以注意到，李白對作爲他心靈聖地的名山，態度上是近乎純淨而虔誠的，因爲他絕少偕衆共遊，不容人聲的喧嘩和足跡的雜遝來破壞山中與其心中的一片寧靜。那裡唯有欣欣流轉、蓬勃不息的自然生機才是整個聖地的主宰，山花、流鶯、衆鳥、孤雲、以及桃花流水、清溪幽泉、青松綠蘿、明月翠微等，親切地包圍著李白，以無限和融與李白徐緩的心靈律動交織著、應和著，像一片無形的柔網潛進他的生命底層，維繫著使他不致於失衡而進退無

⑪「清心魂」一詞源自李白〈入彭蠡經松門觀石鏡緬懷謝康樂題詩書遊覽之志〉詩：「余方窺石鏡，兼得窮江源。將欲繼風雅，豈徒清心魂？」

⑫因此前引〈落日憶山中〉云：「願遊名山去，學道飛丹砂。」〈廬山謠寄盧侍御虛舟〉亦曰：「五岳尋仙不辭遠，一生好入名山遊。」足證李白的名山之愛實混雜了仙道之追求，這也繼承了六朝以來「山水是道」（出自晉宋間孫綽〈遊天臺山賦〉）與「山水以形媚道」（見劉宋・宗炳〈畫山水序〉）之概念。

⑬精神家園之說，參暢廣元編：《文學文化學》（瀋陽：遼寧人民出版社，2000年6月），頁229。

據。因此我們在那些奠基於自然名山的閒適詩中，看到的往往是李白一個人獨自在山中倘佯，若有他人相伴，也多是山人、野人、幽人、逸人、隱者、僧侶或道士之類與世無爭的化外之民，以最輕微的人間氣息、最淡薄的紅塵屬性才能使他們在李白的名山聖地中得到一席之地，而分享李白的閒適之樂，與同樣自稱山人、逸人、野人的李白⑭交融為一，並在詩中留名。以下試取幾首典型詩作為例：

- 眾鳥高飛盡，孤雲獨去閒。相看兩不厭，只有敬亭山。（〈獨坐敬亭山〉）
- 對酒不覺暝，落花盈我衣。醉起步溪月，鳥還人亦稀。（〈自遣〉）
- 問余何意棲碧山，笑而不答心自閒。桃花流水窅然去，別有天地非人間。（〈山中問答〉）
- 兩人對酌山花開，一杯一杯復一杯。我醉欲眠卿且去，明朝有意抱琴來。（〈山中與幽人對酌〉）
- 桃陂一步地，了了語聲聞。闇與山僧別，低頭禮白雲。（〈秋浦歌〉之十七〉

⑭ 除了詩題顯著可見的例子以外，〈月夜聽盧子順彈琴〉詩中曰：「閒夜坐明月，幽人彈素琴。」直接稱彈琴者盧子順為「幽人」，此外尚有〈夜泛洞庭尋裴侍御清酌〉一詩尤堪玩味：詩題稱所尋者為「裴侍御」，侍御者，乃社會框架中建構出來的俗世名銜，但在詩中，李白卻捨「侍御」之名而逕呼為「逸人」，謂：「遇憩裴逸人，巖居陵丹梯。」可見具有離世性質的「逸人」這一面，才是崔氏被李白視為同調而尋訪共酌的因素。況且李白亦往往自稱山人、逸人、野人，如〈代壽山答孟少府移文書〉中云：「昨於山人李白處見吾子移文。」又曰：「近者逸人李白自峨眉而來。」〈上安州裴長史書〉則稱：「白野人也，頗工於文。」可見李白之自我定位。

- 羣峭碧摩天，逍遙不記年。撥雲尋古道，倚樹聽流泉。花暖青牛臥，松高白鶴眠。語來江色暮，獨自下寒煙。（〈尋雍尊師隱居〉）
- 朝涉白水源，暫與人俗疏。島嶼佳境色，江天涵清虛。目送去海雲，心閒遊川魚。長歌盡落日，乘月歸田廬。（〈遊南陽白水登石激作〉）

在這些詩中，李白或獨坐與山相看，在「人亦稀」的落花溪月裡以酒自遣；或與幽人對酌，與山僧細語送別，其中強烈的離世色彩十分明顯，何況他甚至明確地表示，當他在此一心靈聖地追尋生命的安頓與和諧時，根本是有意與俗世人羣隔絕的，如〈遊南陽白水登石激作〉詩中說：「朝涉白水源，暫與人俗疏。」而〈山中問答〉宋本題作〈山中答俗人〉，所謂的「別有天地非人間」也直指他的閒適所在與人間正是彼此割裂，涇渭分明地不容侵擾的兩個世界。李白之性情純眞而熱烈，再加以率性恣意、狂放不羈的舉止，一旦與這庸庸蠕蠕、模稜兩可的社會接觸，其結果便無法免於折鋒挫銳、鎩羽斷翅之辱，試看〈上李邕〉所說的「時人見我恆殊調，見余大言皆冷笑」，以及〈送蔡山人〉的告白：「我本不棄世，世人自棄我。」便可知與世相忤的李白只能、也只願在「非人間」的「別有天地」裡覓得一處休憩蘇息之所。當自己已處在「心自閒」的狀態中時，又何須理會俗人的疑問不解呢？因此李白「笑而不答」，只顧縱目於桃花流水的山林勝景中，再也無心於世人的眼光而獨享那自適自得之樂了。由此可知，「笑而不答」並非有意爲了表達其中某種渾然眞意，而以放棄語言的使用來超越語言限制的「忘言」表現[15]，恰好相反，這正是出於對象之不足與言，而索性一笑置之的必然反應，是聖地與俗世斷然分隔的結果，此觀〈山中問答〉之詩題於宋本中作〈山中答俗人〉，尤其能透露其中消息；而「桃花流水窅然去」的「窅然」一詞更說明了別有天地的聖地與外界的俗世人間，彼此之間具有一道難以跨越的鴻溝，就如同凡人之尋訪桃花源無法突破的界限一樣。

在超塵出世的名山之中，李白獨自歇息，或者與一些同樣超塵脫俗的世外之人分享和諧的心境；山人、逸人、幽人是脫身於名利場外的高士，隱者也不問世上種種的得失徵逐，僧侶甚至置七情六慾於度外，而道士更一心想掙開肉身的束縛和死亡的界限而飛升成仙。這是一個唯有「超俗」的特質才能介入的境地，唯有「離世」的情調才能存在的世界，李白在這裡不再承受來自現實社會的茫昧不平的苦痛，也不必負荷著對足以摧毀生命的時間的恐懼，因而在他閒適的天地裡，不斷地威逼他、煎熬他的時間感消失了，虛無感也被生機盎然的大自然給暫時驅散了。試看李白最典型的閒適詩代表作〈下終南山過斛斯山人宿置酒〉一詩，我們不但可以找到前述幾項特質，並可得到進一步的分析，詩云：

暮從碧山下，山月隨人歸。卻顧所來徑，蒼蒼橫翠

---

⑮ 呂興昌認為，李白在〈山中問答〉詩中所表現的基本心態乃根源於「忘言」的意識，以超越語言的有限性，而不致於扭曲損傷「真意」的內涵表達，故把「笑與閒」視為棲碧山的心理狀態。參呂興昌：〈和諧的剎那——論李白詩的另一種生命情調〉，呂正惠編：《唐詩論文選集》（臺北：長安出版社，1985年4月），頁179-180。但若就李白之性格、全詩之結構與其全部閒適詩的共同特質來審察，可以斷言李白真正要超越的並不是有限的語言，而是庸俗凡鄙的人間；「閒」固然是棲碧山的心理狀態，但「笑而不答」卻是對「不可與言者」拉開距離的策略，對付無法溝通的方法，與南朝齊陶弘景〈詔問山中何所有賦詩以答〉所謂「山中何所有？嶺上多白雲。只可自怡悅，不堪持寄君」有異曲同工之妙。

> 微。相攜及田家，童稚開荊扉。綠竹入幽徑，青蘿拂行衣。歡言得所憩，美酒聊共揮。長歌吟松風，曲盡河星稀。我醉君復樂，陶然共忘機。

人們一切向外徵逐追求的活動，都隨著白日的結束和黃昏的到來而停止了，李白在暮色中循山徑而下，感到山月有情，依依隨人，而回首來時路時，過往種種已被蒼茫的雲霧遮斷，於是在過眼雲煙的短暫回顧之後，逐漸地心境也一步步從外界的波動中抽離，回歸寧靜的本心。不久隱居林泉的斛斯山人與之攜手，來到卜居終南山中遠離人煙的簡陋居所，而一位純眞不染的童稚爲他打開了休息的大門，多麼像被天使引領跨進聖地門檻的儀式！艾利亞得（Mircea Eliade, 1907-1986）曾提出所謂的「門檻」的意義：

> 分隔兩個空間的門檻也標示著介於兩種生存模式之間的距離，即凡俗的與宗教的。門檻是區別與對立兩個世界的界限、邊界與邊境——同時也是那些世界互相溝通，使由凡俗通往神聖的世界之通道成爲可能的矛盾地帶。⑯

另外，G·辛邁爾也在《橋與門扉》中指出橋和門扉都具有蘊含結合

---

⑯ Mircea Eliade, *The Sacred and the Profane: the Nature of Religion*, translated by Willard R. Trask, New York: Harcourt, Brace & World, Inc., 1959, P.25。此處中文譯文錄自張淑香：〈邂逅神女——解《老殘遊記二編》逸雲說法〉，國立臺灣大學中文系編印：《語文、情性、義理——中國文學的多層面探討國際學術會議論文集》（臺北：國立臺灣大學中國文學系，1996年7月），頁449。

和分割雙義的邊界作用[17]，則詩中由這一位純眞童稚所開啓的這一扇「荊扉」，無疑地將李白導向了與外面俗界的分割，進而與內心之聖境相結合；而在他通過這扇由原始質樸、毫無雕琢的荊扉所構成的門檻之後，又蒙受了身心上一層層的滌蕩澄清，那不染的大自然爲他洗滌沾身的塵埃，藉小徑上密生的茂竹和樹上垂落的青蘿拂淨了他沾塵的衣裳。經過身心洗禮、內外淨化的李白終於卸下了沉重的煩憂，而暢懷說道「歡言得所憩」，這正是一顆剛受到清涼慰藉的熾熱心靈所發出的由衷喜悅，是一個剛得到止歇喘息的騷動靈魂所直抒的肺腑之言。因此李白不再需要狂烈呼喊：「百年三萬六千日，一日須傾三百杯。」也毋須熱切建議：「烹羊宰牛且爲樂，會須一飮三百杯。」[18]此時此地，酒已非勉強用來塡平深淵，以消愁解憂的辛辣黃湯，而是「美酒聊共揮」，一種姑且可以低斟淺酌，以微微的暖意感受到自在和諧的琥珀水。在自在和諧的交融情境中，李白不禁放懷長歌，隨著松風的清淨吟味天地間悠悠充盈的喜樂，而忘懷了時間的流逝，也泯除了人際的機心；不知不覺地曲已盡、河星已稀，就在這酣醉而陶然忘我的超然情境中得到全幅生命的自在圓滿。

綜觀整首〈下終南山過斛斯山人宿置酒〉一詩，其中名山之所在地（終南山）及世外之共享者（斛斯山人）這兩個要素十分明確，同時又融入了構成李白閒適詩的另外兩項特點，亦即是琴、酒、歌等品味藝術的滋發浸潤，以及時間意識的泯化不存。

所謂「品味的藝術」，是指在一種從容悠閒的態度下對人爲創作物的美感領受。琴與歌固然是出於追求聽覺之美感而產生的人爲產物，酒

---

⑰ 引自李永熾：〈從江戶到東京〉，《從江戶到東京》（臺北：合志文化事業公司，1988年12月），頁29。

⑱ 此兩聯分見李白：〈襄陽歌〉和〈將進酒〉詩。

亦是取自五穀百果，再經人工釀造的「麥麴之英，米泉之精」[19]，在美感觀照之下，都足以成爲以美爲主要價値的活動；而稱之爲「品味的藝術」是因爲當李白處身於名山勝地而擺脫塵俗之際，於悠然和諧的閒適情境中，琴、酒、歌等都不再是「苦悶的象徵」，也不再是宣洩胸中充塞之積鬱或解決無法弭平之矛盾衝突的憑藉，而是增添美感、提升性靈的藝術表現。試看李白閒適詩裡的琴、酒與歌，都是節奏低柔舒緩而非平時的高亢激越，曲調從容優雅而無常日的狂烈昂揚，呈現的乃是一種迥異於痛飲狂歌的低吟淺酌；而且當它們與周遭之山林雲泉並置時，也沒有人爲與自然的扞格不入，反倒充滿了天與人相融相通的和諧一致性；而李白的一舉一動更都和周遭的自然景物微妙地契合爲一體，成爲大自然之美的一個組成部分。除了前引諸詩例之外，又有不少詩作可以盡現其境，如：

- 處世若大夢，胡爲勞其生。所以終日醉，頹然臥前楹。覺來盼前庭，一鳥花間鳴。借問此何時，春風語流鶯。感之欲嘆息，對酒還自傾。浩歌待明月，曲盡已忘情。（〈春日醉起言志〉）
- 蜀僧抱綠綺，西下峨眉峯。爲我一揮手，如聽萬壑松。客心洗流水，遺響入霜鐘。不覺碧山暮，秋雲暗幾重。（〈聽蜀僧濬彈琴〉）
- 坐月觀寶書，拂霜弄瑤軫。傾壺事幽酌，顧影還獨盡。（〈北山獨酌寄韋六〉）

[19] 引自唐・白居易：〈酒功贊〉，唐・白居易著，顧學頡校點：《白居易集》，卷70，頁1465。

- 採薇行笑歌，眷我情何已？月出石鏡間，松鳴風琴裏。（〈金門答蘇秀才〉）
- 一笑復一歌，不知夕景昏。醉罷同所樂，此情難具陳。（〈答從弟幼成過西園見贈〉）
- 空歌望雲月，曲盡長松聲。（〈遊南陽清冷泉〉）
- 抱琴出深竹，爲我彈鵾雞。曲盡酒亦傾，北窗醉如泥。（〈夜泛洞庭尋裴侍御清酌〉）
- 九日龍山飲，黃花笑逐臣。醉看風落帽，舞愛月留人。（〈九日龍山飲〉）

在這些詩裡，我們看到李白與山中幽人約定「明朝有意抱琴來」（〈山中與幽人對酌〉），並曾聽蜀僧揮手奏綠綺琴，在萬壑松濤般的琴聲中，心有如被流水淌過而潔淨澄明（〈聽蜀僧濬彈琴〉），且在裴逸人抱琴爲他彈〈鵾雞曲〉時一杯一杯地傾酒而醉（〈夜泛洞庭尋裴侍御清酌〉）；即使是獨處之際，李白也「拂霜弄瑤軫」（〈北山獨酌寄韋六〉）或「松鳴風琴裏」（〈金門答蘇秀才〉），可見琴聲的清音逸韻可與松風和鳴，與江山共響，而滌清聆聽者的心靈。酒的角色則已如前言，在李白閒適詩裡，酒不是辛辣苦澀的，而是溫潤和暖的，所謂「孕和」、「產靈」、「熙熙融融、膏澤和風」⑳，正是酒在此處所發揮的功用，它突破了精神的拘束，鬆解了內在的局限，而促進人我之際、和自我與自然之間的交融，因此在他酣歌醉舞之時，大自然也跟著躍動起來參與他的閒放自得，所謂「我歌月徘

⑳ 引自唐・白居易：〈酒功贊〉，唐・白居易著，顧學頡校點：《白居易集》，卷70，頁1465、1466。

徊，我舞影零亂」（〈月下獨酌〉）和「醉看風落帽，舞愛月留人」（〈九日龍山飲〉），可見月不但是他歌舞的旁觀者，同時更是參與者，和李白彼此打成一片，成爲一個互相滲透共感的有情世界。

此外，在這些詩裡，我們看到的是放懷忘情的清聲吟唱，像是「長歌盡落日，乘月歸田廬」、「浩歌待明月，曲盡已忘情」、「長歌吟松風，曲盡河星稀」、「採薇行笑歌，眷我情何已」、「空歌望雲月，曲盡長松聲」，而非摧心裂肝、可以當泣的悽愴悲歌。當其方歌之時，風吹、松響都融入其中，交織成天地間音籟互感、彼此應和的和聲；當其曲盡之時，天邊日落，河星已稀，似乎又與大自然輪轉更替的秩序潛在而密切地呼應著。此刻的李白，已掙脫了時間無情催迫的鎖鏈，將其尖銳敏感的時間意識泯化在大自然的永恆律動之中，不再被人文世界裡分分秒秒變動不居且毫不止歇的直線性歷史時間所摧毀，卻只能無奈地強自高唱：「今日非昨日，明日還復來。白髮對綠酒，強歌心已摧。」[21]充滿「君不見黃河之水天上來，奔流到海不復回。君不見高堂明鏡悲白髮，朝如青絲暮成雪」[22]之狂愁；相反地，置身在生發不息、亙古如新的自然時間中，李白似乎還原爲宇宙的赤子，在大自然日沒月出、花落星沉的靜默運行中安時隨分，順任大化，以致往往不覺時間的動態流動，而使自己凝定在靜止的和諧情境裡，所謂「對酒不覺暝，落花盈我衣」、「不覺碧山暮，秋雲暗幾重」、「一笑復一歌，不知夕景昏」，這種種對黃昏已至、暮色四合所象徵的時間流逝卻「不覺」、「不知」的反應，正是李白渾然浸化於自然時間的確證；而〈尋雍尊師隱居〉詩所說的「羣峭碧摩天，逍遙不記年」，則是他脫越了「年月」所隱含的歷史時間的明示。

---

㉑ 見唐・李白：〈攜妓登梁王棲霞山孟氏桃園中〉詩。

㉒ 見唐・李白：〈將進酒〉。

在如此「不覺暝」、「不記年」而超越歷史人文的自然時間與知諧情境中，李白描述自己的身心是處在虛妙自得、領略不假外求之眞趣的狀態，有如陶淵明的桃花源般，處於「不知有漢，無論魏晉」（〈桃花源記〉）、「雖無紀歷志，四時自成歲」（〈桃花源詩〉）而不斷循環再生的圓形時間中，領受靜止寧定的永恆喜悅。故〈日夕山中忽然有懷〉詩說：「素心自此得，眞趣非外借。」〈金門答蘇秀才〉詩更謂：「得心自虛妙，外物空頹靡。身世如兩忘，從君老煙水。」正是因爲此時此刻已「身世如兩忘」，進入到〈春日醉起言志〉所謂的「忘情」境界，和〈下終南山過斛斯山人宿置酒〉所說的「忘機」情境，於是可以「落花盈我衣」、「醉看風落帽」而不爲所動，可以「相看兩不厭，只有敬亭山」、「借問此何時，春風語流鶯」而物我交融。在這泯除了歷史時間而悠悠靜止的美好時刻，李白與大化同流，和周遭的景物自然而然地融合在一起，整個人就是嵌入於大塊天地裡的一片和諧風景，臻至「李白宇宙化，宇宙李白化」[23]的渾然境界。

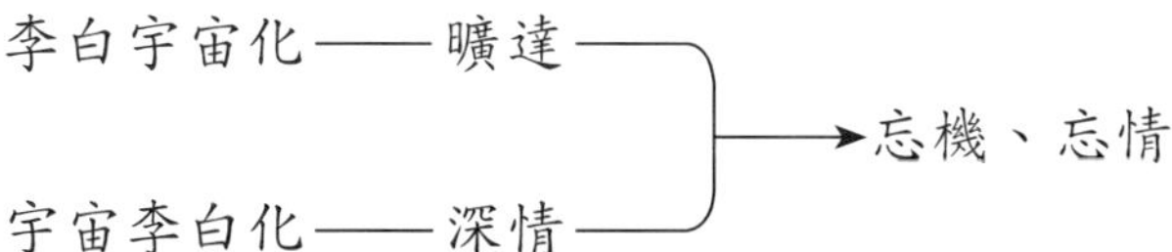


掌握住構成李白閒適詩的幾項基本特質之後，如果我們進一步將

---

㉓ 而「李白宇宙化」可以見出李白的曠達，「宇宙李白化」則可以見出李白的深情，毫無矛盾地交融為一。借自李長之：《道教徒的詩人李白及其痛苦》（臺北：長安出版社，1987年10月），頁35。「李白宇宙化」者，諸如：「落花盈我衣」等；「宇宙李白化」則如：「借問此何時，春風語流鶯」、「相看兩不厭，只有敬亭山」等，至於〈九日龍山飲〉一詩，即以第二句「黃花笑逐臣」與第四句「舞愛月留人」所呈示的「宇宙李白化」，與第三句「醉看風落帽」的「李白宇宙化」相互交織，更見兩者之並行不悖、融於一爐的「忘機」境界。

這些個別的閒適詩放在以李白作品爲背景的框架中觀察，在宏觀的角度下，更可以抉發出特屬於李白的生命模式，對照於一般人生的階段性進程的普遍樣態，尤其能顯現出與衆不同的意義。

所謂一般人生的階段性進程的普遍樣態，可以白居易在自編詩集時所使用的類名爲路標，指示出一個適用於大部分人的通則。於〈與元九書〉中，白居易自述其檢討囊帙中的新舊詩，將之各以類分，分爲卷目，共得諷諭、感傷、閒適、雜律四類。其中諷諭詩多作於早期，往往揭發時弊，得罪權貴政要，而肇貶官之困，遷謫期間，自傷之情取代了憂時之痛，「天涯淪落人」之失意落寞使得感傷詩大增；唯陷溺已久，一旦感到自憐無益，有思解脫，便會另尋出路，而以身心之舒放自安爲務，於是大量的閒適詩就出現了，「由諷諭而感傷而閒適，其心境亦已進入晚年。當年杜甫亦由熱烈抨擊暴露而歸諸平和閒適之境」。[24]其實不獨杜甫、白居易爲然，「我們中國的詩人墨客，很多是少年讀書，壯年爲仕，老年退隱」[25]，因此，以爲仕（及求仕）之社會參與爲主的階段，和以退隱之個人安頓爲主的階段，往往是前後有序而各成段落，約略可歸納爲足以綜攝大多數人們生涯演進的一般範式，表現在創作方面，由諷諭而感傷而閒適的轉折順序，便是相應於此種人生階段的自然發展。

而李白閒適詩的特殊性，在於它們展現的是散置於一生之中各

---

㉔ 引文見葉慶炳：《中國文學史》（臺北：臺灣學生書局，1984年9月），第17講，頁335。「由諷諭而感傷而閒適」云云，語出白居易〈與元九書〉中所言，乃其整理個人作品後所區分標定的類目，不過原信中的分類依序是：「諷諭」、「閒適」、「感傷」、「雜律」，葉先生調整順序而與儒者一生的不同階段相對應，可謂有意義的創造。

㉕ 引自梁實秋：〈與自然同化〉，《梁實秋論文學》（臺北：時報文化出版公司，1978年9月），頁49。

個階段的片刻情境，是一個個「和諧的刹那」[26]，交替出現在澎湃激切的主調之間，有如規模宏偉、聲量高亢的交響曲中間歇停頓的休止符和慢板樂章，又彷彿是竭力於驚才絕豔的鴻文巨製之後，隨心點染塗寫的抒情小品。生命的急流在襲捲一切的奔瀉過程中，不時地轉一個彎，或是順行於平地，在進入到下一個缺口或懸崖之前，便形成了波瀾不興而足以鑑雲映月的一流清淺，此刻原本在水面上不斷激旋噴發、攪擾喧囂的擁擠的泡沫已消失得無影無蹤，如明鏡般的平靜水面終能直行無礙地投影出周遭的不言之美，使得松聲鶯語清晰可聞，也讓雲光鳥影、星輝月色等幽謐景物一一畢現。但在盡享此刹那的和諧之後，另一段驚心動魄的旅程又展開了，全力以赴的李白唯有在下一個轉彎或平地才會再迎接短暫的恬適安閒，於是便形成了在兩極間起伏交替，在狂與逸、強愁與輕悅間正反辯證的特殊型態；而此種兩極交替、正反辯證的模式是自少至老，終其一生不變的常軌，不論是青年時期或垂暮之年，在李白四十多年的詩齡中，同樣純淨曠遠的閒適詩不斷綻現了一個個和諧的刹那。這顯示了李白不為年齒所限的高度純粹的生命內涵，但也透露了李白在人生的辯證過程中，有「正」與「反」或「反」與「正」的拉鋸互補，卻沒有和光同塵、圓融觀照人世的「合」的終極境界。

試舉李白各時期的活動軌跡和創作狀況大略言之[27]：

---

㉖「和諧的刹那」一詞借自呂興昌〈和諧的刹那——論李白詩的另一種情調〉一文，收入呂正惠編：《唐詩論文選集》，頁173-189。唯其文專力於「和諧」之義的分析，因此本文將闡釋「刹那」的表現型態與特殊性，以足成其義。

㉗以下所述遊蹤與所舉詩例皆依詹鍈《李白詩文繫年》定其年代，收入夏敬觀等：《李太白研究》（臺北：里仁書局，1985年5月）；詹譜未繫者，則參考安旗主編：《李白全集編年注釋》（成都：巴蜀書社，1992年4月）。唯李白一生浪跡天涯，萍蹤不定，較難劃清明確之分期，且其作品達千首之多，不暇一一遍舉，此處唯勾勒其生平與作品之大概而已。

（一）廿五歲出蜀前的年輕李白就是慷慨倜儻，「喜縱橫術，擊劍爲任俠，輕財重施」[28]的鮮明個性，〈與韓荊州書〉自言「十五好劍術，徧干諸侯」。〈上安州裴長史書〉則自稱「大丈夫必有四方之志，乃仗劍去國，辭親遠遊」，遂出蜀遊天下，於此十年之間劍不離身，年少氣盛，不論讀書或學劍，豪宕雄邁之氣與勃然突進之志俱是歷歷在目；但也是在此時期，十九歲（開元七年）的李白隱居戴天山，寫下「無煙火氣」[29]的〈訪戴天山道士不遇〉，廿四歲時又作〈登峨嵋山〉詩。

（二）出蜀後，李白遊襄漢、上廬山，作〈望廬山瀑布二首〉、〈望廬山五老峰〉及〈廬山東林寺夜懷〉等詩，不久，廿七歲的李白開始了此後所謂「酒隱安陸，蹉跎十年」[30]的階段，期間經鄂州、遊龍門、至洛陽，又隱嵩山、行江夏、客東都、赴太原，不但著成「文章，歷抵卿相」，且上書裴長史、韓荊州以試探提拔擢掖之可能性，一方面自負其「日試萬言，倚馬可待」之能與「長不滿七尺，而心雄萬夫」之志[31]，一方面又寄寓其「孤劍誰託，悲歌自憐。迫于悽惶，席不暇暖」[32]的失落無依之感，壯厲之氣時時可見。在此之際，他創作藉以投石問路的干謁詩文及深心懷念故鄉的〈春夜洛城

---

㉘ 見宋・歐陽修等：《新唐書》（臺北：鼎文書局，1992年1月），卷202〈文藝傳〉，頁5762。

㉙ 清・賀貽孫《詩筏》評此詩云：「何物戴天山道士，自李白寫來，便覺無煙火氣。」郭紹虞輯：《清詩話續編》（臺北：木鐸出版社，1983年12月），頁169。

㉚ 見唐・李白：〈秋于敬亭送從姪耑遊廬山序〉，瞿蛻園等注：《李白集校注》（臺北：里仁書局，1981年3月），卷27，頁1566。

㉛ 此三段引文皆出自唐・李白：〈與韓荊州書〉，瞿蛻園等注：《李白集校注》，卷26，頁1539-1540。

㉜ 引自唐・李白：〈上安州李長史書〉，瞿蛻園等注：《李白集校注》，卷26，頁1529。

聞笛〉詩，還有酣暢縱恣的〈襄陽歌〉、〈江上吟〉，與恐老之將至而自傷不見於用的〈古風五十九首〉其二十六「碧荷生幽泉」，其二十七「燕趙有秀色」與其五十二「青春流驚湍」等懷才不遇之辭。但除此之外，清麗閒美的〈題元丹丘潁陽山居〉並序、〈奉餞十七翁二十四翁尋桃花源序〉以及前文屢次引述的〈山中問答〉、〈自遣〉、〈山中與幽人對酌〉和〈春日醉起言志〉等閒適詩也點綴其間，錯落互見。

（三）三十六歲移家東魯後，至天寶二年（四十三歲）入長安前的七年間，李白曾與孔巢父等五人同隱徂徠山，酣飲縱酒，號「竹溪六逸」，又居魯中、入洛陽、去淮南、至巴陵，再北遊訪孟浩然於襄陽，於南陽遊後旋歸東魯，兩年後攜妻子入會稽，與道士吳筠隱於剡中，約一年而入長安禁中。此一階段裡，李白寫下思鄉之辭〈客中作〉與卑視傳統儒生的〈嘲魯儒〉，又有〈關山月〉、〈子夜吳歌四首〉等表達對征戰悲劇的幽思悲憫，並作〈擬恨賦〉申述「僕本壯夫，慷慨不歇；仰思前賢，飲恨而沒」，爲古人志願未遂抱恨而死者致慨，又作〈古風五十九首〉之五十一「殷后亂天紀」詩吐露對時事的哀思怨怒，另外還以〈長干行〉抒發女子的深情眞愛。而在這同時，〈遊南陽白水登石激作〉、〈遊南陽清冷泉〉、〈焦山望松寥山〉等寫景優美脫俗的閒適作品，則傳示了此期另一面的舒和狀態。

（四）接踵而來爲時約兩年任職翰林供奉的長安時期，李白有〈大鵬賦〉、〈大獵賦〉、〈蜀道難〉和〈少年行〉表現壯恣磅礴之器度，有〈侍從遊宿溫泉宮作〉、〈宮中行樂詞八首〉和〈清平調詞三首〉等詩展露宮廷華貴旖旎之風色，也有〈春思〉、〈烏夜啼〉、〈玉階怨〉、〈怨歌行〉等作品發抒女性「一生哀樂由他人」的深微隱痛；他曾作〈白馬篇〉言「人當立功立事，盡力爲國，不可念私」

的一片赤忱[33]，也寫〈天馬歌〉、〈行路難三首〉、〈古風五十九首〉其五十六「越客採明珠」和其三十七「燕臣昔慟哭」等詩來自傷不用於世而被黜見棄。但當此大起大落的人生際遇中，卻也浮現了〈下終南山過斛斯山人宿置酒〉、〈月下獨酌四首〉、〈登太白峰〉與〈古風五十九首〉之五「太白何蒼蒼」等迥絕人寰、清拔遺世的閒放佳篇，有如滌清塵穢的明月朗星一般，內容與現實之錦繡或愁慘完全無涉，如此強烈之對比，更襯托出李白截然分化而又不互相牽滯混雜的兩極性格。

（五）自玄宗賜金放還（四十四歲）後，李白依然浪遊四方，直到安史亂起（五十五歲）的十一年間，其足跡遍及西北歧邠坊諸州，與東都、梁宋、魯郡、江東之會稽、金陵、廬江郡等地，又往尋陽、至洛陽，返魯省家，歸梁後乃北遊塞垣、邯鄲、薊門、幽川、魏郡、太原，後經洛陽返梁宋後，再南下宣城、金陵、廣陵，往來宣城諸處。此間李白有〈擬古詩十二首〉之八放言「日月終銷毀，天地同枯槁」之深悲巨痛；有〈將進酒〉用豪恣壯浪之氣勢勸酒消愁，以對抗時間巨大的摧毀力量；有〈夢遊天姥吟留別〉展示其「安能摧眉折腰事權貴，使我不得開心顏」之傲岸不馴；有〈送岑徵君歸鳴皋山〉及〈答王十二寒夜獨酌有懷〉爲自己的偃蹇發抒「一生傲岸苦不諧，恩疏媒勞志多乖」的失意不平之氣，更有〈梁甫吟〉一詩宣洩「智者可卷愚者豪，世人見我輕鴻毛」的憤世嫉俗之慨；此外又有〈經下邳圯橋懷張子房〉寄託其對張良椎擊秦始皇於博浪沙之英風無限的欽敬嚮往，而留下「報韓雖不成，天地皆振動」的追思欽慕：有〈古風五十九首〉其三「秦王掃六合」詩，敘寫在死亡的面前，一切豐功偉

---

㉝ 見〈求闕齋讀書錄〉，引自詹鍈：《李白詩文繫年》，收入夏敬觀等：《李太白研究》，頁45-46。

業與豪情壯志都淪爲空幻的強烈虛無感，同組詩其一「大雅久不作」則自許繼承文學道統，效法孔子之述作而思以創作不朽於世；同時還有〈遠別離〉一詩藉舜與娥皇、女英二妃死別之悲，來表達對時事昏昧、政局不安的憂國念君之思，筆調飄忽淋漓，悽愴入骨。我們可以看到李白未因遭玄宗放歸之失敗挫辱而消沉退縮，相反地，他以與昔日同等強度的心性去追求理想之美好、感受國事之不堪和一己折翼之灼痛，也用同等強度的心性自尊自傲並面對時間的摧毀侵蝕和死亡的無底深淵，絕未曾因現實的打擊而銷磨個性。但也正是在如此強烈不移的性情基調上，產生了〈登梅崗望金陵贈族姪高座寺僧中孚〉、〈題嵩山逸人元丹丘山居〉、〈獨坐敬亭山〉、〈聽蜀僧濬彈琴〉、〈銅官山醉後絕句〉、〈與南陵常贊府遊五松山〉和〈清溪行〉等灑然出塵的山林遊吟之作，其中描繪之清景佳致和詩人自己忘懷世俗的閒逸之情，可謂絲毫未損，閒適與激情兩極化的傾向依然十分明確。

（六）最後進入到李白一生的末期，由安史亂生（五十五歲）到肅宗寶應元年（六十二歲）的七年之間，李白依然馬不停蹄地遊歷各地，往來宣城、當塗、溧陽之間，旋赴剡中，又自餘杭經金陵、秋浦至潯陽，而隱居廬山屏風疊，此時應邀入永王璘幕府，猶有「爲君談笑靜胡沙」之志[34]，後受迫隨之東巡，因而獲罪，被朝廷判流夜郎，幸經大赦而在中途的巫山獲釋。此後李白還憩江夏、岳陽，旋赴零陵、巴陵，歸江夏後，復如潯陽，寓居豫章，又遊金陵，往來宣城、歷陽等地。當上元二年李光弼東鎭臨淮以抗拒史朝義時，六十一歲的李白竟聞訊請纓，毅然從軍，唯因病中途折返，而於次年病逝。

此期之詩人已年老體衰，然而精神志氣不減少年，熱血上湧之

---

㉞ 見唐・李白：〈永王東巡歌十一首〉之二。

際，不但縱聲高唱〈扶風豪士歌〉，寫出「撫長劍，一揚眉，清水白石何離離。……張良未逐赤松去，橋邊黃石知我心」這種充滿俠情豪興而逸氣曠蕩之句，更且請纓殺敵，願親身披掛上陣，其熱情壯心眞是貫徹一生，始終如一，因此又有〈登金陵鳳凰臺〉詩由懷古而動懷君之思，深憂「浮雲蔽日」之朝政，未因永王璘事件而自暴自棄、頹敗不振。此期最可注意的是，李白一方面仍然延續過去的習性，創作純粹歌詠自然的詩作，如〈廬山謠寄盧侍御虛舟〉兼寫名山之壯觀與仙氣之縹緲，〈九日龍山飲〉寫花含笑、月留人的天機和融、物我交織，都令人一洗塵心凡想；但除此之外，較多的例子是閒逸自得與憂時自傷的兩極表現同時鎔鑄在一首詩裡，更濃縮、更集中地展現了李白不以一般的圓融老成模糊掉其間的界限，而保持了兩種心性的高度純粹，以致兩極化擺盪的對比益發鮮明。如〈古風五十九首〉其十九「西上蓮花山」詩先言仙界「素手把芙蓉，虛步躡太清。霓裳曳廣帶，飄拂昇天行」的淩虛飄逸之悠想，末了卻急轉而入現實界「俯視洛陽川，茫茫走胡兵。流血塗野草，豺狼盡冠纓」的血腥慘酷之憂痛；〈鸚鵡洲〉詩前面大半洋溢著蘭葉香風、桃花錦浪的溫暖欣悅，末聯又突變爲「遷客此時徒極目，長洲孤月向誰明」的怨望孤憤；兩另一首〈與史郎中欽聽黃鶴樓上吹笛〉詩則前半言遷謫遠放之處境，後半卻悠然擺開，全神貫注於清瑩涼潤如梅花般飄落的笛音之美，此皆所謂「想落天外，局自變生」[35]的表現。而將截然迥異的風格內涵壓縮在短短的一首詩中，其實正是李白正、反兩個極端之性格表現的縮影。

以上分六期不憚詞費地勾勒出李白一生大致的活動情形和創作

---

㉟ 此本沈德潛評李白歌行之語，此處藉以形容李白詩匯融兩極的轉折表現。見清・沈德潛著，蘇文擢詮評：《說詩晬語詮評》（臺北：文史哲出版社，1985年10月），卷上，頁232。

狀況，我們清楚地看到，這位與衆不同的詩人確然由少至老、終其一生不變地以同樣強度的生命力和活動力在身心兩方面都盡情發揮，不但馬不停蹄地輾轉各地，在中國大地上劃下流動的軌跡，而且旺盛地騰躍每一分精神志氣，從十五學劍術開始，一直到五十六歲的〈扶風豪士歌〉猶曰「撫長劍」之豪逸，乃至六十一歲的耳順之年依然請纓從戎，欲上陣殺敵，可見他那把英銳逼人的劍戟從未曾鏽蝕鈍缺，而始終光彩凌厲。因此年齡的變化和經驗的影響似乎不曾在李白身上產生效果，我們徹頭徹尾只見到同樣強烈的兀傲不羈，同樣純粹的崇高理想，同樣令人眩目的奇思逸趣，同樣驚心動魄的深憤狂愁；而當他「因現實的挫傷而有折翼之痛，因時光的易逝而有銷亡之悲，故詩中往往傾洩了奔騰的憂憤和襲捲一切的哀愁」時[36]，一個又一個融鑄了山林之美與和諧之情的閒適情境，就會適時出現而點綴其間，成爲鬆解生命中過度張力的有效力量。此刻李白一心灑然擺落人與世界和社會人羣的關連，現實界不論是錦繡大好或是愁慘難堪都完全與之無涉，因此便造成了一篇篇清拔迥絕、毫無煙火之氣的閒適詩作。而從十九歲的〈訪戴天山道士不遇〉開始，一直到六十二歲命終之年的〈九日龍山飲〉爲止，可以發現李白閒適情境中超絕塵俗的性質也是始終如一、貫徹到底，維持著極高的純粹度和一致性，絕少受到減損或扭曲，而展現同樣清新絕俗的明朗。

於是我們可以看到，李白一生的心靈一直都在截然劃分而不互相牽滯混同兩極狀態中大幅擺盪，沒有灰色的中間地帶，也少有和光同塵的折衷做法，其中一個極端狀態所結晶得來的閒適詩，就和另一個極端所產生的諷諭感傷詩交錯互見，狂歌與牧歌彼此對立應答、更

---

㊱ 引自歐麗娟：《唐詩選注》（臺北：里仁書局，1995年11月），頁136。

迭交替，而巧妙地維繫了生命的平衡。閒適詩所代表的寧靜淡遠之時刻，可以說是掙扎於濁亂庸鄙之人間的李白眞正的「永恆的回歸」，名山自然是唯一足以讓他棲身養息的完美樂園。

## 第三節　杜甫閒適詩之內涵與特質

一般而言，杜甫的性情人格與其詩歌藝術都堪稱達到「溫柔敦厚」的境界，因爲他除了一部分天授神予的天賦外，不論是對人生的體驗或詩歌的鍛鍊，都是孜孜矻矻地以「十日畫一水，五日畫一石」㊲的精神和「轉益多師」㊳的態度，而廣泛地學習與吸收，經過長期的積澱、醞釀之後，終於形成「地負海涵，包羅萬彙」㊴、「渾涵汪茫、千彙萬狀」㊵的風格，取得了生命上與詩藝上的雙重成就，可以說是「人而聖」者的最高典範。由於杜甫是詩史的集大成者，他在閒適詩的創作上同樣也有重要的成果，可以說，「閒適詩到杜甫，已更爲成熟；成都草堂時期前後，閒適之作尤多尤美。……無論從量與質看，杜甫在閒適詩的發展上，都是陶（淵明）以後白（居易）以前最重要的大家。」㊶此外，杜甫既是人而聖者的極致，他所經歷的人生軌跡或生命模式，較諸李白乃益加貼近常人的一般型態，而更具有普遍意義，因此探討杜甫閒適詩的特點，對其他詩人的同類作品將有較

---

㊲ 此乃杜甫：〈戲題王宰畫山水圖歌〉中語，清・楊倫：《杜詩鏡詮》（臺北：華正書局，1990年9月），卷7，頁327。

㊳ 見杜甫：〈戲為六絕句〉之六，為其詩論或創作學習之夫子自道，清・楊倫：《杜詩鏡詮》，卷9，頁399。

㊴ 語見明・胡應麟：《詩藪》（臺北：正生書局，1973年5月），〈內編〉卷4，頁67。

㊵ 出自宋・歐陽修等：《新唐書》，卷201〈文藝傳・杜甫傳〉贊語，頁5738。

㊶ 引自楊承祖：〈閒適詩初論〉，《臺靜農先生八十壽慶論文集》，頁546-547。

大的共通性和適用性存在。

首先，我們注意到杜甫在「成都草堂時期前後，閒適之作尤多尤美」，這正是前文所言「由諷諭而感傷而閒適」的階段性成果。杜甫早年漫遊天下，至天寶五年（三十五歲）入長安，乃開始認眞努力求仕，也肇端了此後十三年的以長安爲中心而奔波轉徙的困頓與諷諭詩的寫作。[42]在其一生中，絕大部分揭露社會黑暗、民生疾苦，而足以鞭撻當政者之良心的諷諭詩，主要都在此期完成，如寫民苦行役的〈兵車行〉，刺諸楊遊曲江的〈麗人行〉，諷朝廷輕啓戰端陷人民於水火的〈前出塞〉九首、〈後出塞〉五首，以及全面抉發綱紀淪喪、倫常崩毀之社會慘況的〈三吏〉、〈三別〉，都是寫實詩的顚峰之作；而在諷諭寫實的同時，也伴隨了壯志難伸、沉淪下僚的淒涼憤怒，因此隨之有〈樂遊園歌〉、〈白絲行〉、〈醉時歌〉等感傷作品。而自肅宗乾元二年（四十八歲）於華州司功參軍任上棄官去職開始，杜甫便完全與十三年來依戀不捨的長安遠離。此刻之心境，「於自己行蹤則有不知託足何地之感，於個人事業則因既已絕意仕途，遂轉而歌詠古今所謂高蹈遠引之士，如不入州府之龐德公，達生避俗之陶淵明，上書乞骸骨之賀知章，與布衣終老之孟浩然，且以詩貽彼『貧知靜者性，白益毛髮古』之阮隱士，乃至以詩託詠『在山泉水

---

[42] 以十三年為期的算法，乃因除了一般劃分的「長安十年」時期之外，接踵而來的三年（即「四年流徙」的前三年）杜甫或於奔行在時被安史亂軍俘至長安，困居約九個月；或於逃出後任左拾遺之職，而在收京後攜家返長安，約半年餘被貶為華州司參軍，其間之活動仍以長安為輻輳點，且其活動性質同樣是以向外尋求實踐為主，就此而言可視為前期之延續，故曰「十三年的以長安為中心而奔波轉徙」；至於第十四年（即「四年流徙」之第四年），則是杜甫毅然棄官後展開了由華州至秦州，由秦州再往同谷，最後抵達成都，即杜甫〈發同谷縣〉詩所謂「奈何迫物累，一歲四行役」的艱苦旅程，可視為由長安到四川、由諷諭感傷到閒適的過渡。

清』之空谷佳人。」[43]可見杜甫的人生階段在此時決心告別宦途的轉捩點上已然大幅轉向，而邁向新的歷程，雖憂時恤民之念不容或已，然而向外實踐的努力卻明確地爲向內自足的營求所取代。

在此之後，他展開了晚年「漂泊西南天地間」[44]的歲月，而處於此一階段的杜甫已「本無軒冕意」，從政治實踐的外向活動中抽離，甚至將早年「致君堯舜上，再使風俗淳」的理想志業託付他人，而「致君堯舜付公等，早據要路思捐軀」[45]，自此之後終於卸下經世大業的杜甫，更坦言其「但有故人供祿米，微軀此外更何求」及「衰顏甘屏跡，幽事供高臥」[46]的心境。可謂鋒銳挫盡而獨善其身的無奈告白；而他所卜居落腳的成都浣花溪畔，又恰恰提供了故人分米、鄰人供蔬的外緣條件，再加以天府之國溫暖豐饒的地理環境，就在這心境轉折變化與周遭環境內外配合的契機之下，一片創作閒適詩的沃土便水到渠成了，「不獨一家得其安身之所，及飛鳥語燕亦得以同棲。從此浣花溪西之草堂，成爲中國文學史中之聖地。」而「自草堂營就後，杜甫始結束其十載長安四年流徙之生涯，既與關輔嚴重災荒及幣制紊亂現象相隔，又與中原兵戈擾攘及邊塞胡虜交逼之禍害相離，而投身於夙稱富庶地區之成都，於是生活比較安靜，形骸亦暫得休息。在閒靜之中，對於自然界景物皆生興會，因之作成不少歌詠自然之

---

[43] 引自劉孟伉主編：《杜甫年譜》（臺北：學海出版社，1978年9月），頁106。

[44] 見唐・杜甫：〈詠懷古跡五首〉之一，清・楊倫：《杜詩鏡詮》，卷13，頁650。

[45] 三段引文出自〈獨酌〉（五十歲作於成都）、〈奉贈韋左丞丈二十二韻〉（三十七歲作於長安），與〈暮秋枉裴道州手札率爾遣興寄遞近呈蘇渙侍御〉詩（五十八歲作於潭州）。

[46] 兩段引文乃杜甫〈江村〉與〈屏跡三首〉之一詩中語，分別為肅宗上元元年（四十九歲）及代宗寶應元年（五十一歲）時於成都草堂所作。後來大曆二年（五十六歲）於夔州亦有「壯心久零落，白首寄人間」（〈有嘆〉）之感慨，可見詩人之暮年心懷。

詩篇。」[47]從此在蜀地數年時間中所作之閒適詩質量俱足，包括〈田舍〉、〈江村〉、〈江漲〉、〈南鄰〉、〈客至〉、〈遣意二首〉、〈漫成二首〉、〈春水〉、〈水檻遣心二首〉、〈獨酌〉、〈徐步〉、〈江畔獨步尋花七絕句〉、〈絕句漫興九首〉、〈進艇〉、〈畏人〉、〈屏跡二首〉、〈奉酬嚴公寄題野亭之作〉、〈涪城縣香積寺官閣〉、〈上牛頭寺〉、〈敝廬遣興奉寄嚴公〉、〈春日江村五首〉、〈長吟〉、〈絕句六首〉、〈撥悶〉、〈十二月一日三首〉、〈水閣朝霽奉簡雲安嚴明府〉……等不下百首之多，較諸本期之前閒適詩的稀少零丁，可見大幅度集中於晚年的特定階段，確是杜甫閒適詩的一大特點，也與李白閒適作品之散見於人生各時期的型態迥異。

其次，與李白之偏愛名山勝地有別的，是杜甫多以田村鄉舍爲閒適的所在地；且李白之閒適總不染人間煙火，富含脫逸塵俗的世外之趣，杜甫之閒適則一直伴隨著濃厚的人情味，而饒具親切暖融的倫常之樂。整體說來，就人、事、景、物在取材和表現上的差異而言，李白之閒適詩較近於傳統所謂的「山水詩」，杜甫之閒適詩則更類似一般定義的「田園詩」。試看以下諸詩例：

- 錦里煙塵外，江村八九家。圓荷浮小葉，細麥落輕花。卜宅從茲老，爲農去國賒。遠慚勾漏令，不得問丹砂。（〈爲農〉）
- 田舍清江曲，柴門古道旁。草深迷市井，地僻懶衣裳。欅柳枝枝弱，枇杷樹樹香。鸕鷀西日照，曬翅滿漁梁。（〈田舍〉）

---

[47] 兩段引文出自劉孟伉主編：《杜甫年譜》，分見頁120、頁121。此處言「十載長安四年流徙之生涯」與本文所言「十三年的以長安為中心而奔波轉徙的困頓」並不衝突。

- 清江一曲抱村流，長夏江村事事幽。自去自來梁上燕，相親相近水中鷗。老妻畫紙爲棋局，稚子敲針作釣鉤。多病所須唯藥物，微軀此外更何求。（〈江村〉）
- 舍南舍北皆春水，但見羣鷗日日來。花徑不曾緣客掃，蓬門今始爲君開。盤飧市遠無兼味，樽酒家貧只舊醅。肯與鄰翁相對飲，隔籬呼取盡餘杯。（〈客至〉）
- 囀枝黃鳥近，泛渚白鷗輕。一徑野花落，孤村春水生。衰年催釀黍，細雨更移橙。漸喜交遊絕，幽居不用名。（〈遣意二首〉之一）
- 寒食江村路，風花高下飛。汀煙輕冉冉，竹日淨暉暉。田父要皆去，鄰家問不違。地偏相識盡，雞犬亦忘歸。（〈寒食〉）
- 舍西柔桑葉可拈，江畔細麥復纖纖。人生幾何春已夏，不放香醪如蜜甜。（〈絕句漫興九首〉之八）
- 用拙存吾道，幽居近物情。桑麻深雨露，燕雀半生成。村鼓時時急，漁舟箇箇輕。杖藜從白首，心跡喜雙清。（〈屏跡三首〉之二）

詩中勾勒出來的，是一個江水周繞、青野處處而鄰舍數椽的田村景致，不僅有修竹柔桑、江畔細麥、雨露桑麻和釀黍移橙、雞犬忘歸的農家風物，還有圓荷浮葉、欅柳枝弱、枇杷樹香以及梁燕來去、羣鶴親近的純樸情境；而村居所見尚不止此，在蜿蜒的小徑上信步走過，觸目皆是盎然之野趣，如「野船明細火，宿鷺起圓沙」（〈遣意二首〉之二）、「細雨魚兒出，微風燕子斜」（〈水檻遣心二首〉之一）、「啅雀爭枝墜，飛蟲滿院遊」（〈落日〉）、「仰蜂黏落絮，行蟻上枯梨」（〈獨酌〉）、「芹泥隨燕嘴，花蕊上蜂鬚」（〈徐步〉）、「俱飛蛺蝶元相逐，並蒂芙蓉本自雙」（〈進艇〉）、「留連戲蝶時時舞，自在嬌鶯恰恰啼」（〈江畔獨步尋花七絕句〉之六）、「江鸛巧當幽徑浴，鄰雞還過短牆來」（〈王十七侍御掄許攜酒至草堂奉寄此詩便請邀高三十五使君同到〉）、「鳥下竹根行，龜開萍葉過」（〈屏跡三首〉之一）、「小院迴廊春寂寂，浴鳧飛鷺晚悠悠」（〈涪城縣香積寺官閣〉）、「泥融飛燕子，沙暖睡鴛鴦」（〈絕句二首〉之一），與「風輕粉蝶喜，花暖蜜蜂喧」（〈敝廬遣興奉寄嚴公〉）等，無不令人心生如沐春風之感。在這萬物蓬勃而不繁雜、活潑而不喧鬧的地方，各式各樣包含昆蟲、游魚和多種飛禽在內的小生命都適性自然地生存著，彼此各得其所、各遂其性而相安無事，構成一幅生氣流衍而平易近人的圖景；且除了視覺上蓬勃活潑的動態美感之外，杜甫也發揮了敏銳的嗅覺，使整幅生機流衍而平易近人的圖景瀰漫著花開的芬芳，當細膩幽傳的馨香撲鼻而來時，空氣的流動也更加溫柔了：「風含翠篠娟娟淨，雨裛紅蕖冉冉香」（〈狂夫〉）、「雲掩初弦月，香傳小樹花」（〈遣意二首〉之二）、「澄江平少岸，幽樹晚多花」（〈水檻遣心二首〉之一）、「遲日江山麗，春風花草香」（〈絕句二首〉之一）。這樣一個欣欣向榮而又親切熟悉的江村田園，就是杜甫賴以託身安命的樂土；而在這萬物適性樂生、各安其命的田野。

杜甫整個生命由內而外都浸化在一片欣欣生意和閒適悠情之

中，對日常生活和周遭習見的自然景物也莫不有優美細膩的觀察和體會，發而爲詩，遂多幽、細、輕、小、纖、弱、疏、微等形容詞，諸如小葉、細麥、輕花、細雨、幽花、細火、幽樹、扁舟、細水、小徑、微風、細草、疏簾、小舟、小艇、幽徑、短牆、小築、小院，還有竹細、風輕，以及初弦月、小樹花、孤雲細，和「潤物細無聲」（〈春夜喜雨〉）、「楊柳弱嫋嫋」（〈絕句漫興九首〉之九）、「地晴絲冉冉，江白草纖纖」（〈絕句六首〉之五）、「短短桃花臨水岸，輕輕柳絮點人衣」（〈十二月一日三首〉之三）等等物色，這些經過幽細、輕小、纖弱、疏微等形容詞加以限定的景物，呈現出更加巧緻柔性的風貌，可以說是詩人安詳心情充分直接的流露，也是村野自然親和善意的回應。比較上而言，如果說李白閒適所在的名山勝地偏向於壯美的性質，那麼杜甫閒適所在的江村田野便較偏於柔美的一面了。

在這安詳恬和的田野江村中生活的杜甫，還有溫暖喜慰的倫常親情參與了或分享著他的閒適心境，所共同從事的家居娛樂也是那麼地平凡而雋永，再加上忘形爾汝、眞率相投的遠客佳賓和舍邊鄰人，構成的便是一幅和樂溫馨、充滿人間情味的鄉居圖，歡情洋溢而充滿人情之美。試看以下詩作，可以見到杜甫對友朋鄉鄰們鄭重敦睦的友好之情：

- 有客過茅宇，呼兒正葛巾。自鋤稀菜甲，小摘爲情親。（〈有客〉）
- 竟日淹留佳客坐，百年粗糲腐儒餐。不嫌野外無供給，乘興還來看藥欄。（〈賓至〉）
- 舍南舍北皆春水，但見羣鷗日日來。花徑不曾緣客

掃，蓬門今始爲君開。盤飧市遠無兼味，樽酒家貧只舊醅。肯與鄰翁相對飲，隔籬呼取盡餘杯。（〈客至〉）

- 愛酒晉山簡，能詩何水曹。時來訪老疾，步屧到蓬蒿。（〈北鄰〉）
- 錦里先生烏角巾，園收芋栗未全貧。慣看賓客兒童喜，得食階除鳥雀馴。秋水纔深四五尺，野航恰受兩三人。白沙翠竹江村暮，相送柴門月色新。（〈南鄰〉）
- 鄰人有美酒，稚子也能賒。（〈遣意二首〉之二）
- 江上被花惱不徹，無處告訴只顚狂。走覓南鄰愛酒伴，經旬出飲獨空床。（〈江畔獨步尋花七絕句〉之一）
- 藥許鄰人斸，書從稚子擎。（〈正月三日歸溪上有作簡院內諸公〉）

對遠道而來的賓客，杜甫鄭重地端正葛巾以不失待客之禮。當開啓蓬門迎客的時候，那份喜悅之情也溢於言表；而鄭重之餘有更多的「情親」，因此不以粗糲濁酒爲怠慢，或親自鋤栗摘蔬、用單味的盤飧以充美饌，或以剩醪舊醅以當佳釀，甚至不避親疏之別，而欲隔籬呼來鄰翁一同對飲盡杯，其中可謂充滿親近無間的情誼。對比鄰而居的鄰人，杜甫就更不分彼此而兩無嫌猜了，非但時相往來造訪、結伴出遊，或成酒徒，以杯中物助興佐歡；或秋水野航，晚歸時更月下相送，雙方也可以互通有無，不吝賒借美酒、割取藥草，關係更是密切相依。因此某次杜甫遭到田父強迫飲酒時，也不以對方之粗野無禮爲忤，反而寬容看待，將其「情狀聲吻，色色描繪入神，正使班馬記事，未必如此親切，千載下讀者無不絕倒」[48]，此即〈遭田文泥飲美嚴中丞〉詩中所云：

> 田翁逼社日，邀我嘗春酒。……朝來偶然出，自卯將及酉。久客惜人情，如何拒鄰叟？高聲索果栗，欲起時被肘。指揮過無禮，未覺村野醜。月初遮我留，仍嗔問升斗。

此詩清楚地告訴我們，杜甫正是因爲遍嘗了作客異鄉、流徙不定的生活況味，所以對人情特別地珍視愛重，所謂「久客惜人情」，正是道盡杜甫心中對一切因緣偶聚的人們一份眞誠的護惜；而鄉居鄰人能夠率直而不做作地與之爲友，豈不令重視倫常人情的杜甫倍感可親！

比鄰人友朋更契入生活內核的，是血濃於水、臍帶相連的至親家人。杜甫篤於人倫，對家庭尤其不能割捨，當他飢餓窮山、流離道路時，仍然攜家帶眷，不忍須臾之離，共存亡的親密感情使他們一家人緊緊地連繫在一起。王安石的〈杜甫畫像〉就曾生動傳神地摹寫其狀：「青衫老更斥，餓走半九州。瘦妻僵前子仆後，攘攘盜賊森戈矛。」[49]因此，晚年得以倖居安定之所時，便全心全意地盡享稚子純眞、老妻深情的室家之樂，或與妻子對坐下棋、乘艇遊江，或看稚子江邊垂釣、水中洗浴，甚至課子讀書或遣兒賒酒，都是足慰平生的快

---

⑱ 引自清・楊倫注：《杜詩鏡銓》，卷9，頁394。

⑲ 見宋・王安石：《臨川先生文集》，《四部叢刊初編》第51冊（臺北：臺灣商務印書館，1979年5月），卷9，頁99。

事，讓一生奔波流離的詩人深感滿足。試看他詩中透露的訊息，即可明確知曉：

- 老妻畫紙爲棋局，稚子敲針作釣鉤。（〈江村〉）
- 藥許鄰人斸，書從稚子擎。（〈正月三日歸溪上有作簡院內諸公〉）
- 呼婢取酒壺，續兒讀文選。（〈水閣朝霽奉簡雲安嚴明府〉）
- 晝引老妻乘小艇，晴看稚子浴清江。（〈進艇〉）
- 鄰人有美酒，稚子也能賒。（〈遣意二首〉之二）

正因爲家庭人倫之親不容割離，因此杜甫表現了與李白不同的極端：李白往往斷然凌空飛去、浪跡天涯，唯有在偶然思及之時才遙想妻子兒女，寫〈贈內〉詩爲「雖爲李白婦，何異太常妻」的寂寞伴侶深致歉意，作〈寄東魯二稚子〉詩對一別三年的兒女表達悲憐的繫念，而有「念此失次第，肝腸日憂煎」的眞情流露；杜甫卻正好相反。他雖然具有一對和李白同樣巨大而堅強有力的翅膀，可供他飛越碧落在青天上翺翔，但他卻寧願收攏束緊，落在平凡的大地上保護他的妻小。因此雖然他對佛理之精奧深感智性上的興趣，而曾因緣際會至佛寺聽經，可是對家庭感性上的深切顧念，卻優先決定了他腳步的方向。如〈謁眞諦寺禪師〉詩所說：

未能割妻子，卜宅近前峰。

以及〈別李祕書始興寺所居〉詩所言：

> 重聞西方止觀經，老身古寺風泠泠。妻兒待米且歸去，他日杖藜來細聽。

正說明了佛理之高妙和所提出的離世拔苦的救贖希望，在情感的天平上還是屈次於家庭倫常的重要性的。由此可見，杜甫晚年好不容易才獲得的平居閒適之樂必得有至親家人的角色嵌入其中，這幅鄉野閒逸圖才算構圖完整無缺，而渾然天成。此與李白之孤獨自放、最大限度僅願與世外者爲伍的樣態，確然是有極大的不同。

探討至此，我們也隱約察覺到杜甫在閒適情境中的大略活動，不外乎是下棋垂釣、飲酒、讀書、農事及待客、訪鄰等，其中需待再加說明的是「讀書」和「農事」兩項。就「讀書」此項言之，我們從詩作中可以知道杜甫在閒居高臥的日子裡並不忘開卷用功，時時把握或創造展讀汲取知識的機會，如：

- 傍架齊書帙，看題減藥囊。（〈西郊〉）
- 讀書難字過，對酒滿壺傾。（〈漫成二首〉之二）
- 書亂誰能帙，杯乾自可添。（〈晚晴〉）
- 銜泥點汙琴書內，更接飛蟲打著人。（〈絕句漫興九首〉之三）
- 青青屋東麻，散亂床上書。（〈溪漲〉）
- 熟精文選理，休覓彩衣輕。（〈宗武生日〉）
- 卻看妻子愁何在？漫卷詩書喜欲狂。（〈聞官軍收河南河北〉）

再加上前文已述及的「書從稚子擎」和「續兒讀文選」，可知杜甫常常手不釋卷，涵養在書冊之間而與時俱進，尤其對總結了六朝詩文重要作品的《文選》一書更是愛不釋手，一再親炙到熟精的地步，甚至成爲親子教育的主要內容；但即使是讀書一事，閒淡疏懶的氣息也呼之欲出，如書籍散亂地堆置，或遇到難字時便放過不予細究，頗有田園詩之祖陶淵明在〈五柳先生傳〉中所稱的「好讀書，不求甚解」之風。

而「躬耕」的活動也似乎和陶淵明一脈相承，只是陶淵明所種者豆，所謂「種豆南山下，草盛豆苗稀」（〈歸園田居五首〉之三），杜甫則植樹、栽竹、培藥等，和種植園蔬同時進行，而且樹林、竹園和藥圃都頗具規模，是經過杜甫匠心經營的成果。當杜甫初至成都營建草堂時，便急急尋樹覓竹栽果，使草堂置身於一片蒼翠之中，足以爲幽居之地，其詩有〈蕭八明府實處覓桃栽〉、〈從韋二明府續處覓綿竹〉、〈憑何十一少府堂覓榿木栽〉、〈憑韋少府班覓松樹子栽〉和〈詣徐卿覓果栽〉等詩，從諸詩中可知杜甫栽種桃樹一百根，植榿木於溪邊十畝之地，而從六年後寫成的〈營屋〉一詩中所說的：「我有陰江竹，能令朱夏寒。……愛惜已六載，茲晨去千竿。」可知草堂周遭更是竹影森森、風吟細細，遠望如綠煙般綿密，因此草堂落成時，杜甫作〈堂成〉詩寫其景爲「背郭堂成蔭白茅，緣江路熟俯青郊。榿林礙日吟風葉，籠竹和煙滴露梢」，竹林之茂美的確增添了隱逸之雅趣。此外，出於身體療疾及家計之所需的藥草，也在杜甫的培植之列，如：

- 不嫌野外無供給，乘興還來看藥欄。（〈賓至〉）
- 傍架齊書帙，看題減藥囊。（〈西郊〉）
- 近根開藥圃，接葉製茅亭。（〈高柟〉）
- 枸杞因吾有，雞栖奈汝何？（〈惡樹〉）

- 種藥扶衰病，吟詩解嘆嗟。（〈遠遊〉）
- 藥許鄰人斸，書從稚子擎。（〈正月三日歸溪上有作簡院內諸公〉）
- 藥條藥甲潤青青，色過椶亭入草亭。（〈絕句四首〉之四）
- 移船先主廟，洗藥浣花溪。（〈絕句三首〉之二〉
- 鉤簾宿鷺起，丸藥流鶯轉。（〈水閣朝霽奉簡雲安嚴明府〉）
- 曬藥安垂老，應門試小童。（〈獨坐二首〉之二）

看藥、斸藥、洗藥、曬藥、丸藥，減藥囊等工作，都是由種藥所延伸出來的後續勞務，而培藥與育林、栽竹之類的活動，雖和一般田間有關稻粱黍麥等農作不盡相同，隨之而來的剪伐除草等附帶工作卻是殊無二致，因此杜甫有時持斧剪除惡木，如〈惡樹〉詩中說：「獨繞虛齋徑，常持小斧柯。幽陰成頗雜，惡木翦還多。」有時爲了在茂密的竹林間開闢出小路而伐竹，如〈中丞嚴公雨中垂寄見憶一絕奉答二絕〉之二詩中云：「只須伐竹開荒徑，倚杖穿花聽馬嘶。」有時更爲了無所不在又頑強有毒的草而荷鋤掘除，如〈除草〉詩以嫉惡如仇的筆調敘述其事：「草有害於人，曾何生阻修。其毒甚蜂蠆，其多彌道周。……荷鋤先童稚，日入仍討求。……頑根易滋蔓，敢使依舊丘。」因此杜甫的閒適生活自有其以詩酒自娛，以垂釣下棋爲樂的一面，但是若用半個農夫來稱呼他也並不爲過，於是相對地，林園農事也構成了杜甫閒適生活的另一個面相。這與李白之純粹賞景、泯化於自然山水與藝術美感之中的表現，更是絕大的差異。

然而，我們不能因爲李白之絕俗棄世，與杜甫之不離人間兩種型態的不同而忽略了一個重要的問題，那就是雖然杜甫身在俗世之中，甚至其閒居之地也是半人工化的自然環境，但杜甫屛跡避俗以求成全眞率之性靈的心態，卻是與李白完全相同的。他曾以詩爲媒介，明白地宣告這種幽獨避俗的本性：

- 喧卑方避俗，疏快頗宜人。（〈有客〉）
- 此邦俯要衝，實恐人事稠。應接非本性，登臨未銷憂。（〈發秦州〉）
- 漸喜交遊絕，幽居不用名。（〈遣意二首〉之一〉
- 眼邊無俗物，多病也身輕。（〈漫成二首〉之一）
- 我遊都市間，晚憩必村墟。（〈溪漲〉）
- 畏人成小築，褊性合幽棲。（〈畏人〉）
- 不愛入州府，畏人嫌我眞。（〈暇日小園散病將種秋菜督勤耕牛兼書觸目〉）
- 世路知交薄，門庭畏客頻。（〈從驛次草堂復至東屯茅屋二首〉之二）
- 拾遺曾奏數行書，懶性從來水竹居。（〈奉酬嚴公寄題野亭之作〉）
- 我生性放誕，雅欲逃自然。嗜酒愛風竹，卜居必林泉。（〈寄題江外草堂〉）
- 居然綰章紱，受性本幽獨。平生憩息地，必種數竿竹。（〈客堂〉）

事實上，凡是以眞性情爲骨，並努力追求眞生命的詩人，莫不因虛矯瑣碎的俗務或人際關係而深感苦惱，所以杜甫也許並不採取和李白一樣睥睨不屑、斷然棄絕的傲岸態度，但也絕不輕易向卑俗的人事妥協，所謂「眼邊無俗物，多病也身輕」，正是自稱性格疏快放誕的杜甫發自內心的感受。就一般認識下的杜甫形象，總不脫「溫柔敦厚」一詞所包攝的意涵，仁民愛物、慈心廣被，愛憐並承擔天地萬物之苦難，充滿了哀矜勿喜的仁者胸懷，但這並非意味杜甫是個隱惡揚善，對偏私短視、虛榮假飾之人性弱點視而不見的鄉愿。

他曾對「當面輸心背面笑」的年少幕僚開誠地相勸「寄謝悠悠世上兒，不爭好惡莫相疑」（〈莫相疑行〉），寬厚之中並未掩藏對方翻臉如翻書的輕薄虛僞；也曾因社會上「翻手作雲覆手雨，紛紛輕薄何須數」的涼薄風氣，而感慨「君不見管鮑貧時交，此道今人棄如土」（〈貧交行〉），從未隱晦當代之人心不古來粉飾太平；而其他諸如「世情惡衰歇，萬事隨轉燭」（〈佳人〉）、「人情逐鮮美，物賤事已睽」（〈泛溪〉）和「物微世競棄，義在誰肯徵」（〈棧拂子〉）等沉痛的錐心之語，也莫不是出於對充滿冷酷自私之人性的戰慄之情。因此杜甫對人性的庸鄙面乃至陰暗面其實有著深刻透徹的認識，所謂「世路知交薄」正此之謂，久而久之，遂有「畏人」、「門庭畏客頻」這種強烈的反應，也才會有「避俗」和「逃自然」的選擇，並終於在風竹林泉之間覓得一處保存眞性情之所。所謂「懶性從來水竹居」、「嗜酒愛風竹，卜居必林泉」與「平生憩息地，必種數竿竹」，實具有養眞自適、堅持本性的意義，不獨熱愛自然而已。此乃李、杜兩位大家寫作閒適詩時，在性格上近似的共通點。

此外，需補充說明的是，雖然杜甫選擇的是以江村田園爲閒適之境，乃一處被人工化了的地貌，全然異於李白所處的名山不假人爲雕琢而渾然天成，但從杜甫有家庭牽絆的角度來看，安頓於江村田園的選擇是必然的結果，一來是江村田園較易於就地取材，獲得生活之資；二來更重要的是江村田園介於喧嚷的城市和孤絕的山林之間，既可遠避俗物煩擾，又可兼得自然之趣，從而享有「幽居素心之樂」[50]，確爲平衡出世與入世的最佳場所。試看杜甫對其地的形容爲「城中十萬戶，此地兩三家」（〈水檻遣心二首〉之二）、「錦里煙塵外，江村八九家」（〈爲農〉），屈指可數的農戶悄然地隱蔽在綠野田疇和林蔭竹影之中，煙塵不到，與世無爭，唯有和諧恬靜之風物悅人眼目、融暢心懷，故明王嗣奭評〈爲農〉一詩云：

> 此喜避地之所，而「煙塵外」三字爲一詩之骨。自羯虜倡亂，遍地煙塵，而錦里江村，獨在煙塵之外，舉目所見，圓荷、細麥，皆風塵外物也，故將卜宅而終老於茲，爲農以食力而已。……煙塵不到，便同仙隱，而以不得丹砂爲慚，戲詞也，喜在言外。[51]

此處所謂的「如同仙隱」正是閒居樂的心情，不忮不求，無以已悲，一派的從容淡泊，〈江亭〉詩中的名句「水流心不競，雲在意俱遲」可謂其最佳註腳，因而杜甫閒適詩中頗多「幽」字、「懶」字，顯示

---

[50] 此為楊倫評〈過南鄰朱山人水亭〉詩之語，清・楊倫注：《杜詩鏡銓》，頁520。

[51] 引自明・王嗣奭：《杜臆》（臺北：臺灣中華書局，1986年11月），卷4，頁123。

出內心已安然自足於退居生活的深度自覺。[52]

此時「幽棲地僻經過少」（〈賓至〉）、「無人覺來往，疏懶意何長」（〈西郊〉）、「漸喜交遊絕，幽居不用名」（〈遣意二首〉之一），身心疏懶的杜甫自認爲息交絕遊，無人來往，莽莽紅塵中的繁務俗子如今都斷線絕緣了，但「由來意氣合，直取性情眞」[53]的詩人幽居退守，其實是清靜而不寂寞，避世而未完全出世的，因爲總有些依附著深情的少數親鄰友朋爲這片江村景色濡染一片人情之美。所謂「唯有會心侶，數能同釣船」[54]，加一「唯」字，就明確限定了範圍，有內外親疏之分：只有「意氣合、性情眞的會心侶」才能通過詩人所設下的藩籬，而進入這片閒適的天地，無關乎身分地位，也與出世入世無涉，但超過這個範圍之外的俗人則會令杜甫感到「老病忌拘束，應接喪精神」[55]了。

至於此種田園農村、親友相守的生活型態，其實是繼承陶淵明而來的一脈流緒，陶淵明不但在掛冠求去之後寫作了大量的閒適詩，其中更反映出充滿人倫情親的田園歲月，所謂：

---

[52] 除本文中引用的「幽事供高臥」、「疏懶意何長」、「幽居不用名」、「地僻懶衣裳」、「幽居近物情」、「受性本幽獨」、「褊性合幽棲」、「懶性從來水竹居」、「幽棲地僻經過少」、和「長夏江村事事幽」之外，尚有〈落日〉之「落日在簾鉤，溪邊春事幽」、〈早起〉之「春來常早起，幽事頗相關」、〈獨酌〉之「薄劣慚真隱，幽偏得自怡」、〈漫成二首〉之二的「近識峨嵋老，知余懶是真」、〈范二員外邈吳十侍御郁特枉駕闕展待聊寄此作〉之「幽棲誠簡略，衰白已光輝」、〈屏跡三首〉之三的「晚起家何事，無營地轉幽」、〈寄李十四員外布十二韻〉之「渚柳元幽僻，村花不掃除」、〈絕句六首〉之二的「幽棲身懶動，客至欲如何」……等。

[53] 見唐·〈贈王二十四侍御契四十韻〉詩，清·楊倫注：《杜詩鏡銓》，卷11，頁524。

[54] 見唐·〈寄題江外草堂〉詩，清·楊倫注：《杜詩鏡銓》，卷12，頁453。

[55] 見唐·〈暇日小園散病將種秋菜督勤耕牛兼書觸目〉，清·楊倫注：《杜詩鏡銓》，卷16，頁777。

- 命室攜童弱，良日登遠遊。（〈酬劉柴桑〉，《陶淵明集校箋》卷2）
- 試攜子姪輩，披榛步荒墟。徘徊丘隴間，依依昔人居。（〈歸園田居五首〉之四，《陶淵明集校箋》卷2）
- 鄰曲時時來，抗言談在昔。奇文共欣賞，疑義相與析。（〈移居二首〉之一，《陶淵明集校箋》卷2）
- 弱子戲我側，學語未成音。此事眞復樂，聊用忘華簪。（〈和郭主簿二首〉之一，《陶淵明集校箋》卷2）
- 日入相與歸，壺漿勞近鄰。（〈癸卯歲始春懷古田舍二首〉之二，《陶淵明集校箋》卷3）
- 丈夫志四海，我願不知老。親戚共一處，子孫還相保。（〈雜詩十二首〉之四，《陶淵明集校箋》卷4）
- 僮僕歡迎，稚子候門。……攜幼入室，有酒盈樽。……悅親戚之情話，樂琴書以消憂。（〈歸去來兮辭〉，《陶淵明集校箋》卷5）
- 黃髮垂髫，並怡然自樂。……自云先世避秦時亂，率妻子邑人，來此絕境，不復出焉。（〈桃花源記〉，《陶淵明集校箋》卷6）

其中清楚可見，陶淵明在「親戚共一處，子孫還相保」的信念中，過著「弱子戲我側」、「命室攜童弱，良日登遠遊」、「試攜子姪輩，披榛步荒墟」、「稚子候門。……攜幼入室」的家居生活，日常且共鄰人相與過從，互訪伴歸之外更一同談笑議論，享有「黃髮垂髫，並怡然自樂」的人生樂趣，與乎杜甫晚年的生活型態，確然十分接近。

因此我們了解到，杜甫的閒適內涵是在人情之中，卻又在俗世之外，是既有世俗的性質，卻又兼具離世的色彩。處於城市邊緣的江村田園，一方面成全了杜甫率性養眞的人格傾向，一方面也保存了他維繫綱常的人倫實踐，可以說是出世與入世的交會地，是自然與人爲的疊合處，也是自我與社會的折衷點。這與李白閒適詩雖然在具體對象的選擇上有著霄壤之別，卻都有以「意氣合、性情眞之會心侶」爲伴的相同點，最終結果固然有異，卻無礙於原始初衷之相通，可謂兩家閒適詩異中有同的地方。

## 第四節　結　語

人與世界的關係是複雜多變的，但在特定的文化制約之下，往往會有幾種特定的反應模式可尋。在中國傳統裡，窮與達是知識分子區分自我與社會之關係的基本座標，被二元化的際遇認知也帶來了相對而極化的人生內涵。於通達之際，個人的力量與才情可以選擇充分外露，向廣袤無垠的現實界進軍，以理想之名在奮戰的過程中迸發激熾的光與熱；而當注視的雙眼從全體大我轉向個人小我時，那被掩藏遮蓋的內在本貌，就會往無所徼逐、波瀾不興的平靜狀態更細膩而無礙地呈現出來。向來贏得較大關注的，是具有高度寫實成分及社會功能的諷諭詩，因爲可藉由微言觀大義；但與諷諭詩互爲表裡的閒適詩卻也並非「小道不足觀」，因爲閒適詩的內涵最易流露出個人的特質，而透顯出詩人更微妙深層的自我。

本文基於此一認識而展開了以上兩節的論析，綜合起來，可以歸納出李、杜閒適詩有下列幾項不同的特點：

（一）抒發閒適之情的所在地，在李白爲超俗遺世、人跡罕至的世外名山，具有徹底棄絕人間的離世性質；在杜甫則爲介於都市與山水之間、位在城鎮邊緣的江村田園，可以兼顧率性養眞的人格傾向，和維繫綱常的人倫實踐，爲自我與社會的折衷點、出世與入世的交會地和自然與人爲的疊合處，因此與塵俗具有若即若離的關係，屬於自陶淵明以來「結廬在人境」又「曖曖遠人村」[56]的閒適系統。

然而，雖然李、杜閒適之所在地有如此明顯的差異，但是在空間位置的配置關係上，都表現出與具有軸心意義的都市相對立，而偏向「邊界」的特質，並如山口昌男所說：「在特定的時間內將自己安置在邊界上或邊界中，以便從日常生活有效性所支配的時空之軛中解放自己，……而擁有『生命轉換』的體驗。」[57]若藉由西方學者艾利亞得（Mircea Eliade, 1907-1986）所提出之「中心神話」（myth of the center）中「聖」與「俗」的對立說法[58]，則李、杜所擇以解脫都市所代表的文明壓力與精神之軛，而尋求心靈之自由和生命轉換之體驗的地方，無疑都可算是與俗世對立的「聖地」，成立在距離俗世裡都市中心點以外的邊界地帶：杜甫之江村田園恰好在邊界的內緣，李白之名山幽境則遠遠超離於邊界之外，卻都具有不容塵俗侵擾的聖地性質，可與下文之第七點互見。

---

㊺ 兩句分別出自晉·陶淵明：〈飲酒詩二十首〉之五、〈歸園田居五首〉之一。

㊻ 〔日〕山口昌男：《文化與兩義性》，引自李永熾：《從江戶到東京》，頁30。

㊼ Mircea Eliade, *The Sacred and the Profane: the Nature of Religion*, translated by Willard R. Trask, New York: Harcourt, Brace & World, Inc., 1959.

（二）由於所在地的不同，所塑造的景物意象也隨之有別。在李白閒適詩裡，描繪的是青山、幽泉、清溪、飛瀑、明月、翠微、白雲、松風、河星、青蘿、深竹、山花和流鶯等山水景致，而出現在杜甫閒適詩裡的，則是田野、園林，桑麻、綠竹、黍麥、柳荷、鷗燕、鶯雀、鳧鷺、蜂蝶、行蟻、飛蟲、雞犬和藥草等田園風光，因此李白閒適詩較近於山水詩，歌詠渾然天成、不假人工雕琢的純粹大自然，清麗中時有闊遠之壯美；杜甫閒適詩則偏向於田園詩，抒寫文明改造過的半人爲的自然環境，親切中多見細巧之柔美。

（三）能參與這一方閒適情境者，在李白是「未許凡人到此來」[59]，因此或者只有孤獨的自我，或者爲隱者、山人、幽人、逸人、僧侶、道士等野逸於世俗框架之外的人，故可盡享世外之趣；在杜甫則是「未割妻子惜人情」[60]，因此相伴者往往是妻子、稚子、友朋、舍鄰等仍在世情之內的倫常之親者，而得以分潤人情之美。

（四）在閒適情境中所從事的活動，在李白爲清吟長歌、酌酒撫琴，充滿了品味藝術的滋潤；在杜甫則爲植樹栽竹、下棋釣魚和讀書種藥，洋溢著日常生活中躬耕自讀的怡悅。

（五）閒適詩固然都以知足保和、恬靜自安爲必備條件，但因性情不同，閒適之具體心理狀態也自然有異。李白在閒適的時刻中，暫時消解了深沉的虛無感，泯化了逼人的線性時間意識，更超越了種種因社會參與而帶來的挫折和悲憤，而達到「身世如兩忘」的「忘機」

---

⑲「未許凡人到此來」一句原為《紅樓夢》中對「大觀園」之創建性質所下的斷語，出自《紅樓夢》第18回賈元妃歸府省親時，李紈應命所作的題詠。見清・曹雪芹著，馮其庸等校注：《紅樓夢校注》，頁276。

⑳此句為筆者熔裁杜甫〈謁真諦寺禪師〉的「未能割妻子」及〈遭田父泥飲美嚴中丞〉的「久客惜人情」兩句而成。

或「忘情」的境界；杜甫則超脫了求仕淑世的執著和政治理想，而全然將注意力集中在生活周遭的日常事物上，因此在其細膩的眼光之下，不但有家居人倫之樂，亦呈現出蟲魚鳥獸欣欣然各遂其性、各得其所的可親面貌，而達到深情無私、均霑萬物的境界。

（六）就閒適詩的創作時機和分布情形而言，李白是穿插在一生中各個階段裡短暫而隨興的抒發，是分布於生命流程中一個個「和諧的剎那」，與他奔騰憤激的狂放性情形成高度反差的鮮明對比，而不斷在其生活中交替互補，展現了一再向此一閒適樂園「永恆回歸」的模式；杜甫則是集中於漫長而持續的晚年時期的成果，是長期奮鬥於社會實踐之後，完全歸於平淡的階段性和諧，可以說是對積極進取的青壯年時代一種無奈卻徹底的告別。因此李白的閒適是再出發之前的短暫休息，而杜甫的閒適卻是絕意於仕途之後的長期退隱。

（七）除了以上述及的幾項差別之外，李、杜閒適詩所賴以奠基的基本條件也有相通的地方，那就是自然無僞、不耐俗物的眞率性情。這種維護眞我、固守本心的堅持，對兩人而言都是一致的，只是李白表現得直接而決絕、明快而徹底，杜甫則表現得較溫和而婉轉，具有較大的包容性，但兩人無心與俗人應接周旋的性格卻都十分坦白明確，如此才能劃設一方不被侵擾的個人世界，而獲取未受減損的眞閒適之樂。因此雙方所開闢的閒適情境容或大相歧異，然其爲封閉而具有選擇性的樂園特質，卻殊無二致。

論析至此，李、杜閒適詩個別之內涵與特質已明，我們可清楚看到雙方的閒適詩恰如其人，爲深層人格的展現；而其閒適情境又塑造了不同典型的樂園型態，對探索心靈的文化而言不失爲一條途徑，且提供了若干答案，這正是閒適詩類值得重視之處。[61]

（本文原載於《國立編譯館館刊》第27卷第2期，1998年12月〔今經修訂〕）

---

[61] 本文之主要概念及多項結論形成於多年前執教之初，民國81年4月9日先草成一稿，作為博士班「唐代文學專題」課堂上之報告。唯其稿僅以兩千多言勾稽要點，未全然盡其底蘊，遂發展成此篇，以足成其義。是為後記。

# 第三章 李賀詩歷代評論之分析

李賀，中唐時期一位早夭之詩人。年命雖短，天才噴薄難以自掩，以有限之生命卻足以與其他名家在詩歌藝術中一爭長短，其特殊之風格更獨樹一幟，吸引歷代讀者之注目。雖然難與李杜並列大家，但於中國詩壇上仍有其深切影響，據有一席之地，因此，從歷代詩註評論中觀其地位升沉、評價取向與乎論議優劣，亦不失爲掌握李賀於文學史中被了解、被接受情形之一法；同時可觀各代詩歌風氣潮流之一般傾向。

本文依據的資料來源主要有：清代何文煥輯《歷代詩話》、丁福保輯《歷代詩話》與《清詩話》、郭紹虞編《清詩話續編》，與成文出版社出版、國立編譯館主編之唐、宋、元、明、清歷代《文學批評資料彙編》，並檢索評論專書如宋代魏慶之《詩人玉屑》、明代胡應麟《詩藪》、胡震亨《唐音癸籤》等，旁及李賀詩各家選註者之意見，加以綜合分類，一則參考羅聯添先生〈白居易詩評論的分析〉①一文所作的斷代考察方法，分唐、兩宋、元、明、清及民國等六個階段逐一討論；二則也希望從歷代唐詩選本的擇次情形，觀察李賀詩歌被接受的一般狀況。

以下便分歷代唐詩選本之考察、箋註之情況及評論之內容三個重點進行討論。

## 第一節　唐五代時期

李賀短短二十七年生命，生息於中唐時期，生於德宗貞元六年庚

① 羅聯添：〈白居易詩評論的分析〉，收入中國唐代學會編：《唐代研究論集第二集》（臺北：新文豐出版公司，1992年11月），頁671-716。

午（790），卒於憲宗元和十一年丙申（816）。②其詩歌流傳在其生前便已騰喧一時，遍在人口（說詳下文），反映於唐人選唐詩中，理應多被採擇，與其流行狀況符契爲是；然而檢閱現存唐人選本之編選情形，卻又大相逕庭。除了一些編選者早於李賀，而年歲不相及的案例，如元結《篋中集》主選開元天寶間詩人之不遇者，殷璠《河嶽英靈集》和芮挺章《國秀集》俱於天寶年間結集，高仲武《中興間氣集》著眼於肅代兩朝詩，所選終於大曆暮年，這些不能作爲反映李賀被唐人所接受之程度的依據外，其他選本竟亦對李賀詩歌少有青睞，如結集年代與李賀卒年相當之姚合《極玄集》和令狐楚《御覽詩》中，遍尋不著李賀詩作之踪影，直到五代後蜀韋穀所編《才調集》裡才收錄〈七夕〉一詩，不但量數單薄，其質亦未足以呈顯李賀詩之風格特色。與這些選本相對照之下，張爲《詩人主客圖》取李賀詩句「飛香芝紅滿天春」、「酒酣喝月使倒行」、「踏天磨刀割紫雲」，以之爲「高古奧義」一派中客從「上入室」、「入室」、「升堂」、「及門」四等中第二等之「入室」者③，推尊之意似亦未有過之。因此如果只就唐五代唐詩選本以觀李賀之聲譽地位，無疑將會得到負面而消極的答案，誤以爲他雖躋身詩人之列，其聲音卻是十分微弱而乏人傾聽的。

但是如果轉向時人散見於詩、序、表奏及詩話中對李賀詩之評論，我們卻能得到全然不同的觀感。與李賀同遊韓愈門下的友人沈亞

---

② 李賀之生年有《舊唐書》根據李商隱〈李賀小傳〉所言的約二十四歲之說，與《新唐書》根據杜牧〈李長吉歌詩序〉所主張的約二十七歲之說兩種。茲依葉慶炳〈兩唐書李賀傳考辨〉一文定其生卒年歲如此，見葉慶炳：《唐詩散論》（臺北：洪範書店，1977年8月），頁126。

③ 唐・張為：《詩人主客圖》，丁福保輯：《歷代詩話續編》（北京：中華書局，1983年8月），頁80。

之曾云：

> 余故友李賀善擇南北朝樂府故詞，其所賦不多，怨鬱悽豔之功，誠以蓋古排今，使爲詞者，莫得偶矣。惜乎其終亦不備聲絃唱。賀名溢天下，年二十七，官卒奉常，由是後學爭踵賀，相與綴裁其字句以媒取價，嗚呼，貢諷合韻之勤益遠矣！④

就其所述李賀名溢天下，後學爭相接踵綴裁之盛況，五代人亦多所記載：

- 其文思體勢如崇巖峭壁，萬仞崛起，當時文士從而效之，無能髣髴者。其樂府詞數十篇，至於雲韶樂工，無不諷誦。⑤
- 詞子才人，時有遺賢，不霑一命於聖明，沒作千年之恨骨。據臣所知，則有李賀、皇甫松、李羣玉、陸龜蒙，……俱無顯遇，皆有奇才。麗句清詞，徧在詞人之口；銜冤抱恨，竟爲冥路之塵。⑥
- 李賀，字長吉，唐諸王孫也。父瑨肅，邊上從事。賀年七歲，以長短之製，名動京華。⑦

---

④ 見唐・沈亞之：〈序詩送李膠秀才〉，《沈下賢文集》，《四部叢刊初編》第160冊（臺北：臺灣商務印書館，1965年），頁47。

⑤ 五代・劉昫等撰：《舊唐書》（臺北：鼎文書局，1977年6月），卷137本傳，頁3772。

⑥ 唐・韋莊：〈乞追賜李賀皇甫松等進士及第奏〉，清・董誥輯：《全唐文》（臺北：大通書局，1979年7月），卷889，頁11716。

⑦ 五代・王定保：《唐摭言》，卷10，羅聯添編：《隋唐五代文學批評資料彙編》，頁268。

由此可見李賀以其清詞麗句的樂府長短之製贏得世人之傾愛，乃至同門友人推許爲登室造極、古今莫偶的誇賞，的確是受到極大肯定。至於各家所肯定的成就，則幾乎一致地指向他奇詭魅豔、刻露天巧的詩歌內容與風格，如貞元中人張碧自序已詩云：

> 碧嘗讀李長吉集，謂春折紅翠，霹開蟄户，其奇峭者不可及也。⑧

陸龜蒙〈書（李商隱）李賀小傳後〉一文亦云：

> 吾聞淫畋漁者，謂之暴天物。天物既不可暴，又可抉擿刻削露其情狀乎？使自萌卵至于槁死，不得隱伏，天能不致罰耶！長吉夭，東野窮，玉溪生官不挂朝籍而死，正坐是哉，正坐是哉！⑨

僧齊己〈讀李賀歌集〉一詩中對其奇峭凌縱，出乎意外之想像更有極爲形象化的描寫：

> 赤水無精華，荊山亦枯槁。玄珠與虹玉，璨璨李賀抱。清晨醉起臨春臺，吳綾蜀錦胸襟開。狂多兩手掀蓬萊，珊瑚掇盡空土堆。⑩

---

⑧ 見宋・計有功著，王仲鏞主編：《唐詩紀事校箋》（成都：巴蜀書社，1989年8月），卷45，頁1235。

⑨ 見唐・陸龜蒙：《甫里先生文集》，《四部叢刊正編》第37冊（臺北：臺灣商務印書館，1965年），卷18，頁150。

⑩ 見清・康熙敕編：《全唐詩》（北京：中華書局，1990年2月），卷847，頁9585。

李賀詩巧奪天工、無險不入，能上天縱海，將隱微之天物抉摘出來，並畢肖其情狀，洩露天機於苦吟描摹中，甚至換得陸龜蒙以此爲夭壽之故的推測，可知李賀嘔心瀝血之寫作方向及其極端的程度。而在這些述評文字中最具有代表性的，首推杜牧爲李賀文集所作的序言：

> 雲煙綿聯，不足爲其態也；水之迢迢，不足爲其情也；春之盎盎，不足爲其和也；秋之明潔，不足爲其格也；風檣陣馬，不足爲其勇也；瓦棺篆鼎，不足爲其古也；時花美女，不足爲其色也；荒國陊殿，梗莽丘壠，不足爲其恨怨悲愁也；鯨呿鼇擲，牛鬼蛇神，不足爲其虛荒誕幻也。蓋〈騷〉之苗裔，理雖不及，辭或過之。〈騷〉有感怨刺懟，言及君臣理亂，時有以激發人意。乃賀所爲，無得有是！賀能探尋前事，所以深嘆恨今古未嘗經道者，如〈金銅仙人辭漢歌〉、〈補梁庾肩吾宮體謠〉，求取情狀，離絕遠去筆墨畦逕間，亦殊不能知之。……世皆曰：「使賀且未死，少加以理，奴僕〈命〉騷可也。」⑪

這段序言要言不煩，不但以極其形象性的語句描述李賀奇豔詭媚、虛荒古幻之特點，較前引諸說更爲生動貼切；又指出李賀詩與楚騷幽趣之關聯；加上「無理」之憾的提出，可以說已全面開顯評論李賀詩歌的幾條途徑，爲後代塑造了體會或論議的方向，不論是贊成或反對，是引申或保留，這些時花美女、牛鬼蛇神的比譬，楚騷苗裔之讚嘆，

⑪ 見唐·杜牧：《樊川文集》（臺北：漢京文化公司，1983年11月），卷10，頁149。

以及有理與否的辯證，廣泛地散見於歷代的評論之中，帶有不可磨滅的痕跡。例如五代孫光憲，即因前有杜牧首倡「無理」之說乃敢自抒同感，《北夢瑣言》曰：

> 愚嘗覽李賀〈歌詩篇〉，慕其才逸奇險，雖然嘗疑其無理，未敢言於時輩。或於《奇章公集》中，見杜紫薇牧有言，長吉若使「稍加其理，即奴僕命騷人可也」。是知通論合符，不相遠也。⑫

此說便是明顯一例。因此我們可以斷言，杜牧這篇序乃是幫助讀者及評論家了解李賀，並進而評價其整體成就的最早、且最充沛的源頭，淵遠流長，沾溉後世獨多且厚，值得再三探索。

從以上的資料可以看出，唐五代人對李賀詩的接受與評價是廣泛而正面的，不但讚賞其絕去畦逕、奇詭莫偶的文思體勢，連「牛鬼蛇神」之類的意象塑造亦未有負面之批評，可見其藝術魅力獨出一格，吸引人心所向之一斑。唯一白璧微瑕的「無理」之憾，也因李賀英年早逝，未能擁有充分發展機會的無奈而沖淡，與其說是對其缺陷的不滿，毋寧說是對讀者及整體創作的期許，期許一個成熟而完善之李賀的誕生，其意味是溫厚而深長的。

其次，歷代將李賀與詩仙李白並列比較的評論方法也在這個時期開始。前引貞元中人張碧，於詩集自序中云：

> ……其奇峭者不可及也。及覽李太白詞，天與俱高，

⑫ 五代・孫光憲著，賈二強點校：《北夢瑣言》（北京：中華書局，2002年6月），卷7，頁166。

> 青且無際，鵬觸巨海，瀾濤怒翻，則觀長吉之篇，若陟嵩之巔視諸阜者耶。余嘗銳志，狂勇心魄，恨不得攤文陣以交鋒，覩拔戟挾輈而已矣。⑬

其行文間雖將二李作一優劣判別，以爲李賀之於李白猶如小阜之於嵩山，高下自異；但其中已可循繹出兩人風格間近似的關係，雖一高一低，卻同屬奇峭絕俗、天外翻空的性質，因而給予人們發展聯想的線索。同樣地，齊已也有〈還人卷〉一詩，以杜牧式的形象語言敘寫二李充滿幻思奇想的詩歌特質，道：

> 李白李賀遺機杼，散在人間不知處。聞君收在芙蓉江，日鬭鮫人織秋浦。金梭釕釕文離離，吳姬越女羞上機。鴛鴦浴煙鸞鳳飛，澄江曉映餘霞輝。仙人手持玉刀尺，寸寸酬君珠與璧。裁作霞裳何處披，紫皇殿裡深難覓。⑭

兩人已被視爲二位一體，因此從首句「李白李賀遺機杼」之後甚至不再區分，而通篇一統爲論，並極盡淋漓頌讚之能事，以致在〈謝荊幕孫郎中見示《樂府歌集》二十八字〉中，齊已更直接表露說：「長吉才狂太白顛，二公文陣勢橫前。誰言後代無高手？奪得秦皇鞭鬼鞭。」⑮其次，裴虔餘〈唐故秀才河東裴府君（巖）墓志銘〉亦指出：

---

⑬ 宋・計有功著，王仲鏞主編：《唐詩紀事校箋》，頁1235。

⑭ 清・康熙敕編：《全唐詩》，卷847，頁9588。

⑮ 清・康熙敕編：《全唐詩》，卷847，頁9593。

> （裴巖）數年之間，遂博通羣籍，能倣古爲歌詩，迴出時輩，多誦於人口。前輩有李白、李賀，皆名工，時人以此方之。⑯

以今日眼光看來，將裴巖比諸二李實在未免溢美；然而李白、李賀之聯名並提，並被視爲詩歌藝術的制高點，成爲衡量作品程度的標準，則又再添一例。自此以後，宋人將二李比並互觀之論蔚然成風，或優劣長短，或互爲補充，皆可以唐代張碧之語爲濫觴。

總上文可見，唐朝時李賀詩歌即普遍流行，廣被管絃。唐人對其評價幾乎全屬正面肯定，學效者亦衆。然當代詩選本卻完全不反映此一事實，形成極大的落差。在評論角度方面，對李賀詩風格之特殊已有深入之抉發，而杜牧「無理」說的提出，更影響了後代的評議線索，加上李賀與李白風格比較論的呈現，和指出李賀詩具有楚騷及南北朝樂府的淵源，可謂觸及了李賀詩的全面討論，是極具創發意義的一個階段。

## 第二節　兩宋時期

就宋人（含金）選唐詩而言，對李賀似更加忽視，竟於選本中一無所及。王安石《四家詩選》選收李杜韓歐四家作品，另編《唐百家詩選》以錄餘子，不但無李賀之作，於王維、韋應物、元、白、張籍、孟郊亦未嘗取之，因此難以判斷其擇次臧否之標準何在，只能確

⑯ 吳鋼主編：《全唐文補遺・千唐志齋新藏專輯》（西安：三秦出版社，2006年6月），頁394。

定其於李賀寄意不高；另趙蕃昌、韓淲仲選，謝枋得註《唐詩絕句選》中有賈島，無李賀；而周弼分絕句體、七言體、五言體以論唐賢的《三體詩法》也是頻頻引用賈島、鄭谷、陸龜蒙以論詩法度，卻刊落李賀，一無所取；金元好問《唐詩鼓吹》中首尾不見其作品，因此就兩宋時期唐詩選本而言，李賀是湮滅不聞的。

就詩論而言，則因爲「北宋論詩者於唐代詩人，除李、杜外，最重視者厥爲韓愈及其門人，……此外，於唐代其他詩人，所論及者則不多。」⑰至南宋苦吟風氣盛行，賈島之流更被推稱⑱，對李賀詩歌之評論亦呈紛然多樣之貌，正反俱足。爲醒眉目起見，茲分風格、內容及字句鍛鍊三方面看宋人對李賀之批評態度。

就風格而言，「譎怪」（或「奇詭」）兩字首被宋人拈出，成爲李賀詩評論的慣用術語。如宋祁《新唐書·文藝傳序》曰：

> 言詩則杜甫、李白、元稹、白居易、劉禹錫，譎怪則李賀、杜牧、李商隱，皆卓然以所長爲一世冠，其可尚已。⑲

黃裳〈陳商老詩集序〉亦云：

---

⑰ 見黃啓方編：《北宋文學批評資料彙編》（臺北：成文出版社，1978年9月），緒論，分見頁64、頁66。

⑱ 如劉克莊《後村先生大全集》卷97〈晚覺翁藁序〉一文曰：「近時詩人竭心思搜索，極筆力雕鐫，不離唐律」，卷98〈林子顯序〉一文又曰：「雖郊島才思拘狹，或安一字而斷數髭，或先得上句，經歲始足下句，其用心之苦如此，未可以唐風少之。」分見張健編：《南宋文學批評資料彙編》（臺北：成文出版社，1978年12月），頁475、481。

⑲ 宋·歐陽修等撰：《新唐書》（臺北：鼎文書局，1992年1月），卷201，頁5726。

> 然使諸子才之靡麗者不至於元稹，……新奇飄逸者不至於李白，……譎怪奇邁者不至於賀牧商隱輩，亦無足取者，安能得名於世哉？⑳

相對於唐人大量運用形象化之評述方式，如前引杜牧、僧齊己、張碧、陸龜蒙和《新唐書》等所表現者，宋人則偏向於用一言以蔽之的抽象形容詞，簡潔明要地總括詩歌風格，這些語詞實際上包涵了許多閱讀經驗中具體如牛鬼蛇神、崇巖峭壁、春拆紅翠的意象感受，卻只提煉出簡單而抽象的整體概念用於詩歌評論之中，呈現與唐人批評方式的明顯差異，「譎怪」一詞的使用便是彰著之一例。張耒於〈李賀宅〉一詩中所謂：

> 少年詞筆動時人，末俗文章久失眞。獨愛詩篇超物象，祇應山水與精神。㉑

其「超物象」之說也屬於這個性質，整體詩作與僧齊己之〈讀李賀歌集〉對照，其表達方式之不同眞足堪玩味。此外，由此數家之說，也可以看到宋人對李賀以獨特風格標誌時代之成就的肯定，所謂「爲一世冠」可爲明證。

其次，我們可以發現，唐人將李賀與李白並論之端倪，於宋代更得到推激擴衍，形成一種風格比較論之風氣。最早發此比較論者，當推宋初宋祁（景文），馬端臨記其評述曰：

⑳ 宋・黃裳：《演山集》，卷21，引自黃啓方編：《北宋文學批評資料彙編》，頁211。

㉑ 宋・張耒：《張右史文集》，卷26，引自黃啓方編：《北宋文學批評資料彙編》，頁257。

> 宋景文諸公在館，嘗評唐人詩云：「太白仙才，長吉鬼才。」㉒

其後以仙、鬼並稱，軌二李比較者一時大盛，《滄浪詩話》云：

> 人言太白仙才，長吉鬼才。不然，太白天仙之詞，長吉鬼仙之詞耳。㉓

另外《迂齋詩話》也指出：

> 世傳杜甫詩，天才也；李白詩，仙才也；長吉詩，鬼才也。㉔

葉廷珪《海錄碎事》亦云：

> 唐人以李白爲天才絕，白樂天人才絕，李賀鬼才絕。㉕

不論是鬼才或鬼仙，都是旗幟鮮明，足以與大詩人李白各擅勝場，一仙一鬼，都不屬人間所有，卻又才高神逸，各爲人間之外、天上地下兩個世界之抉發者，這種不分優劣、共賞其絕的態度，比之張碧更

---

㉒ 元・馬端臨：《文獻通考》，《景印文淵閣四庫全書》第614冊（臺北：臺灣商務印書館，1986年3月），卷242〈經籍考69〉，頁519。

㉓ 宋・嚴羽著，郭紹虞校釋：《滄浪詩話校釋》（臺北：里仁書局，1987年4月），頁178。

㉔ 見宋・葉廷珪著，李之亮校注：《海錄碎事》（北京：中華書局，2002年5月），卷19，頁844。《迂齋詩話》的作者有李樗、樓昉兩說，皆南宋人，唯郭紹虞以為不可信，見郭紹虞：《宋詩話考》（北京：中華書局，1979年8月），頁158-159。

㉕ 宋・葉廷珪著，李之亮校注：《海錄碎事》，卷19，頁823。

加持平寬容，也提高了李賀於詩史上的地位，從上引諸條部可反映這個傾向。其中嚴羽對李賀尤其激賞，不但於畫分詩體時特立「李長吉體」，又云：「玉川之怪，長吉之瑰詭，天地間自欠此體不得。」因而當他刊落中晚唐名家，如元白、小李、小杜乃至韓愈，而說：

> 大曆以後，我所深取者，李長吉、柳子厚、劉言史、權德輿、李涉、李益耳。㉖

便不致令人過於意外。其推尊李賀之意乃有宋一代之最，對於李賀所開拓面對世界、發抒性情的獨特風格，可謂全心接納、肯定備至了。

於二李比較論中自亦有區分優劣、評判高下之說，如張戒《歲寒堂詩話》卷上云：

> 賀詩乃李白樂府中出，瑰奇譎怪則似之，秀逸天拔則不及也。賀有太白之語，而無太白之韻。㉗

朱子《語類》卷一四〇亦云：

> 李賀較怪得些子，不如太白自在。㉘

金元好問〈論詩絕句〉第十六首中亦隱隱有一樂觀明朗、一悲觀晦暗之分：

---

㉖ 宋・嚴羽著，郭紹虞校釋：《滄浪詩話校釋》，頁163。

㉗ 丁福保輯：《歷代詩話續編》，頁462。

㉘ 宋・朱熹著，宋・黎靖德編：《朱子語類》（臺北：文津出版社，1986年12月），卷140，頁3328。

> 切切秋蟲萬古情，燈前山鬼淚縱橫。鑑湖春好無人賦，岸夾桃花錦浪生。[29]

李賀詩乃苦吟而得，由「吟詩一夜東方白」（〈酒罷張大徹索贈詩〉）之自道，及李商隱〈李賀小傳〉中所記，以古錦囊盛日間所得而後足成之故事，其詩之雕琢斧痕當可以想見，與李白斗酒百篇，直抒胸臆、純任神行的自在秀逸，自然造成風格之差異，優劣之分即由此而生。值得注意的是，張戒不只比較兩人風格之異同而已，尚且指出李賀詩「自李白樂府中出」的淵源關係，雖然明指賀不如白，但因爲其間淵源之故，卻反使兩人有更緊密之聯繫，乃二李風格比較重要之一端。

對李賀風格持反面態度，發爲訾議者，亦頗有其人，石介〈三豪詩送杜默師雄〉一詩譏曰：

> 迴顧李賀輩，麤俗良可憎。玉川月蝕詩，猶欲相憑凌。[30]

張表臣《珊瑚鉤詩話》卷一曰：

> 篇章以含蓄天成爲上，破碎雕鎪爲下。……以平夷恬淡爲上，怪險蹶趨爲下。如李長吉錦囊句，非不奇也，而牛鬼蛇神太甚，所謂施諸廊廟則駭矣。[31]

---

[29] 金・元好問著，姚奠中主編，李正民增訂：《元好問全集（增訂本）》（太原：山西古籍出版社，2004年1月），頁269。

[30] 宋・石介：《徂徠集》，卷2，引自黃啓方編：《北宋文學批評資料彙編》，頁112。

[31] 清・何文煥輯：《歷代詩話》（臺北：漢京文化公司，1983年1月），頁455。

盧仝（玉川）〈月蝕詩〉奇譎險怪，足以爲韓門好奇者之尤，對曾撰〈怪說〉批評楊億，以爲：「反厥常則爲怪矣。……楊億之窮研極態，綴風月，弄花草，淫巧侈麗，浮華纂組，其爲怪大矣。」[32]的石介來說，自是不能苟同；而李賀之譎詭，自然也被視之爲「粗俗可憎」，全無與於聖人之道了。亦因執此「施諸廊廟」之標準，張表臣將杜牧客觀持平、全無貶意的「牛鬼蛇神」一語加入負面意涵，以爲怪險蹶趨、駭人眼目，因而不足爲取。由此可見，胸無定見、不執著於聖人之理的批評家，多能欣賞李賀穿幽入仄的脫俗風格，乃至與大詩人李白比肩；而手持特定標準以衡量藝術作品者，則不免有以訾議了。

由此，可進一步觀宋人對李賀詩歌內容之看法。

李賀詩內容本多神話鬼境等荒誕虛詭之說，對社會民生、聖統大道確然著墨甚少，自杜牧「理雖不及，辭或過之」及「少加以理，奴僕命騷」之說提出後，「無理」也成爲宋人批評李賀詩之一端。所謂「理」，便是杜牧所謂「感怨刺懟，言及君臣理亂，時有以激發人意」之騷旨[33]，亦即裨補於時用的實用性質。李賀詩無得有是，特別引起幾位南宋士子的批評，范晞文《對床夜語》卷二引陸游之批評道：

> 或問放翁曰：「李賀樂府極今古之工，巨眼或未許之，何也？」翁云：「賀詞如百家錦衲，五色炫耀，光奪眼目，使人不敢熟視，求其補於用，無有也。杜牧之謂稍

---

㉜ 宋・石介：《徂徠集》，卷5，引自黃啓方編：《北宋文學批評資料彙編》，頁116。

㉝ 羅聯添：〈李賀詩「無理」問題〉一文，引證所謂「理」乃指「篇意」之義，為歌詩之內容。見臺大中文研究所1992年「唐代文學專題」課堂講義，此處據之。

加以理，奴僕命騷可也。豈亦惜其詞勝！」㉞

張戒《歲寒堂詩話》卷上亦云：

元白張籍以意爲主，而失于少文，賀以詞爲主，而失于少理，各得其一偏。故曰：「文質彬彬，然後君子。」㉟

又有戴復古〈昭武太守王子文日與李賈嚴羽共觀前輩一兩家詩及晚唐詩，因有論詩十絕。子文見之，謂無甚高論，亦可作詩家小學須知〉第五首曰：

陶寫性情爲我事，留連光景等兒嬉。錦囊言語雖奇絕，不是人間有用詩。㊱

都認爲李賀雖得於詞勝語奇，卻失於「無用」而受限一偏，因此未甚許之，張戒甚且以峻切之語責斥曰：

李長吉詩只知有花草蜂蝶，而不知世間一切皆詩也。㊲

此眞無異於李白被王安石認爲「十句九句言婦人酒耳。」㊳同樣堂廡

㉞ 見丁福保輯：《歷代詩話續編》，頁422。

㉟ 見丁福保輯：《歷代詩話續編》，頁462。

㊱ 見宋．戴復古：《石屏詩集》，卷7，引自張健編：《南宋文學批評資料彙編》，頁401。

㊲ 見丁福保輯：《歷代詩話續編》，頁464。

㊳ 宋．陳善著：《捫蝨新話》，〈王荊公論李杜韓歐四家詩〉，《四庫全書存目叢書》第101冊（臺南：莊嚴文化公司，1997年），頁300。

狹小、識見不寬之劣評了。事實上，常被宋人拿來與李賀作風格比較論的李白，的確也被以「無理」而受到排詆，《詩人玉屑》卷十四引蘇轍之批評道：

> 李白詩類其爲人，俊發豪放，華而不實，好事喜名，不知義理之所在也。語用兵則先登陷陣，不以爲難；語遊俠則白晝殺人，不以爲非：此豈其誠能也。……杜甫有好義之心，白所不及也。漢高祖歸豐沛，作歌曰：「大風起兮雲飛揚，威加海內兮歸故鄉，安得猛士兮守四方。」高帝豈以文字高世者，帝王之度固然發於中，而不自知也。白詩反之，曰：「但歌大風雲飛揚，安用猛士守四方。」其不識理如此。[39]

李白詩既然難易不明、是非不分，論事用典又多所扭曲，乃至「不知義理」，自亦屬無理之流了，可見二李同褒同貶之近似風格。當然也有人以較保留的態度爲李賀詩「無理」之說試作辯護，北宋田錫〈貽陳季和書〉即曰：

> 夫人之有文，經緯大道，得其道則持政於教化，失其道則忘返於靡漫。……若豪氣抑揚，逸詞飛動，聲律不能拘於步驟，鬼神不能祕其幽深，放爲狂歌，目爲古風，此所謂文之變也。李太白天賦俊才，豪狹吾道，觀其樂府，得非專變於文歟！……世稱韓退之、

---

㊴ 宋・魏慶之：《詩人玉屑》（臺北：世界書局，1980年10月），頁295。

> 柳子厚萌一意、措一詞，苟非美頌時政，則必激揚教義，故識者觀文於韓柳，則警心於邪僻，抑末扶本，躋人於大道可知矣！然李賀作歌，二公嗟賞，豈非豔歌不害於正理，而專變於斯文哉！㊵

田錫雖然以經緯大道來畫分文字的功能，而有得道、失道之區別，但是並不黑白極端，自囿眼界，反於二者之外又承認一個不能被「道」的標準所拘限的「專變」一體，肯定李白、李賀之類不拘於正軌，幽深祕於鬼神的特殊風格，並謂李賀詩曾受韓公推重，應是「豔歌不害於正理」的結果。從這段話可以看到田錫不拘一執的調停態度，以及李白、李賀二家在宋代批評家眼中同時升沉、共列正變之命運，此又一佳例也。

田錫以「專變於文」來解決李賀詩「無理」之問題，而南宋末評點李賀詩集的劉辰翁，在「舊看長吉詩，固喜其才，亦厭其澀；落筆細讀，方知作者用心」之後，索性以長吉所長恰在理外，正因其不近人情而自成一家，來擺落有理與否的糾纏，曰：

> 樊川反覆稱道，形容非不極至，獨惜理不及騷，不知長吉所長正在理外，如惠施堅白，特以不近人情，而聽者惑焉是爲辯。若眼前語眾人意，則不待長吉言之。此長吉所以自成一家歟！㊶

---

㊵ 見宋‧田錫：《咸平集》，卷2，引自黃啓方編：《北宋文學批評資料彙編》，頁78-79。

㊶ 見陳弘治：《李長吉歌詩校釋》（臺北：嘉新水泥公司文化基金會，1969年8月），附錄，頁380。

辰翁以苛察繳繞，不近人情的惠施堅白之說，來說明李賀之所長的「理外」的特色，以與杜牧「理不及騷」之說對抗，此處之「理」顯然被理解爲具有邏輯關係的「條理之理」，而非「道理之理」，指不拘步驟、變化不近人習之常的篇法結構，並無美刺怨頌、裨補時世之意旨。雖與前人解釋不同，仍可見其欲超脫李賀於無理之譏之外的苦心。而由此一說，李賀詩歌即可磊然臻於無缺的完美之地，不受傳統道學和正規詩法之羈絆，此眞斧底抽薪之法也。

除了從風格、內容評斷李賀詩歌成就之外，宋人也在鍛鍊工夫這一角度上有不同意見。對李賀苦吟之工夫表示同情的了解，乃至表示讚賞之意者不乏其人，如北宋唐庚〈自說〉曰：

> 詩最難事也，吾於他文，不至蹇澀，惟作詩甚苦，悲吟累日，然後成篇。初讀時，未見可羞處，姑置之明日，取讀，瑕疵百出，輒復悲吟累日，返復改正，比之前時稍稍有加焉，復數日，取出讀之，病復出，凡如此數四，方敢示人，然終不能奇。李賀母責賀曰：「是兒必欲嘔出心乃已。」非過論也。今之君子，動輒千百言，略不經義，眞可貴哉！㊷

以李賀之苦吟鍛鍊，謹愼將事，來責備時人率爾操觚，動輒千百的弊病，不但有針砭時弊之意，亦且有夫子自道的切身經驗感受，故對李賀自能產生一種了解的同情。南宋劉克莊也是如此，其於〈跋呂炎樂

㊷ 宋・唐庚：《眉山唐先生文集》，卷28，引自黃啓方：《北宋文學批評資料彙編》，頁301。

府〉中曾云：

> 樂府李賀最工，張籍、王建輩皆出其下，然全集不過一小冊。……余幼而學之，老矣無一字近傍焉。㊸

由於自幼至老學習李賀，仍無一字近之，如此始知李賀詩之難及也，於是對苦吟成家之詩人更能賞其妙處、推尊其位了，故〈跋方寔孫樂府〉中云：

> 「看似尋常最奇崛，成如容易卻艱辛。」半山語也。樂府妙處，要不出此二句。世人極力模擬，但見其尋常而容易者，未見其奇崛而艱辛者。……昔之名家惟張籍、王建、李賀，……賀母憂賀嘔出心肝，以思苦而傳也。㊹

於〈諸士友詞〉又云：

> 長吉古錦囊，皆苦吟而得；少游小石調，豈放潑之謂乎？㊺

劉克莊從李賀詩之奇崛而更體會其艱辛，並且由其所推許的張籍、王

㊸ 宋．劉克莊：《後村先生大全集》，卷100，引自張健編：《南宋文學批評資料彙編》，頁484。

㊹ 宋．劉克莊：《後村先生大全集》，卷100，引自張健編：《南宋文學批評資料彙編》，頁486。

㊺ 宋．劉克莊：《後村先生大全集》，卷123，引自張健編：《南宋文學批評資料彙編》，頁500。

建、李賀三位樂府名家的成就，肯定了苦吟工夫的重要，所謂「思苦而傳」，便是明示苦吟乃詩歌傳世的一大法門。也由於李賀詩強烈的苦吟傾向，其佳句也常於宋人筆下流傳，如司馬光《續詩話》中記載：

> 李長吉歌「天若有情天亦老」，人以爲奇絕無對。曼卿對「月如無恨月長圓」，人以爲勍敵。㊻

許顗《彥周詩話》亦云：

> 李長吉詩云：「楊花撲帳春雲熱。」才力絕人遠甚。如「柳塘春水漫，花塢夕陽遲」，雖爲歐陽文忠所稱，然不迨長吉之語。㊼

此外如楊萬里以「女媧鍊石補天處，石破天驚逗秋雨」爲驚人句㊽；吳玕《優古堂詩話》認爲李賀以「桃花亂落如紅雨」之句名世㊾；曾季貍《艇齋詩話》謂：「李賀〈雁門太守行〉語奇。」㊿理學大家朱子亦讚之曰：「賀詩巧。」㊿這些記載都顯示宋人頗能欣賞李賀奇絕驚人之詩句，甚至在與各家佳句軒輊之中肯定其傲視羣倫的藝術效果，可見李賀詩以其獨特風貌流傳於宋人口耳之間的情形，足以據一

---

㊻ 見清・何文煥輯：《歷代詩話》，頁277。

㊼ 見清・何文煥輯：《歷代詩話》，頁383。

㊽ 《誠齋詩話》，見丁福保輯：《歷代詩話續編》，頁138。

㊾ 見丁福保輯：《歷代詩話續編》，頁241。

㊿ 見丁福保輯：《歷代詩話續編》，頁295。

51 南宋・朱熹著，南宋・黎靖德編：《朱子語類》，卷140，頁3328。

席之地。

然則譽之所至，謗亦隨之，李賀詩之雕琢工巧、刻意求新，也引起某些批評家的反動，如南宋袁燮〈題魏丞相詩〉便云：

> 唐人最工於詩，苦心疲神以索之，句愈新巧，去古愈邈。……詩本言志，而以驚人爲能，與古異矣。後生承風，薰染積習，甚者推敲二字，毫釐必計；或其母憂之，謂是兒欲嘔出心乃已。鐫磨鍛鍊，至是而極，孰知夫古人之詩，吟咏情性，渾然天成者乎！[52]

袁燮認爲李賀嘔心瀝血地求新求巧，爲有唐詩人之冠，鍛鍊雕鎪之工達到極致，然而也因此去古最遠，無法像陶淵明一般唯寫其胸中之妙，臻於渾然天成的最高境界，其得正復其失，立場丕變，褒貶亦隨之易位。

從以上兩宋人對李賀詩風格、內容及鍛鍊工夫三方面的評論情形，可知他們大致上並未越出唐人所開出的範圍，但由對李賀詩評論資料之豐富，也可看出這位早夭之詩人並未受到過分冷淡，仍據有其一席之地，只是褒貶不一而已。事實上，箋註李賀詩集也正由此期始，有南宋末劉辰翁評點，吳正子箋註；而效長吉體爲詩者，更有其人，如蕭貫之〈宮中曉寒歌〉及劉克莊有三樂府效李長吉體[53]，金朝亦有王鬱（字飛伯）踵繼，可見李賀之影響力。

---

[52] 宋．袁燮：《絜齋集》，卷8，張健編：《南宋文學批評資料彙編》，頁370。

[53] 明．楊慎：《升菴詩話》卷12「劉後村三詩」條云：「劉後村集中三樂府效李長吉體，人罕知之，今錄於此。其一〈李夫人招魂歌〉云……，其二〈趙昭儀春浴行〉……，其三〈東阿王紀夢行〉……。」詩歌內容不錄。見丁福保輯：《歷代詩話續編》，頁893。

總結本期而言，有宋一代承唐人所開展的途徑，對李賀詩之風格、內容、鍛鍊工夫皆有正反兩面之意見，評論參差、褒貶不一，呈現紛然多樣的豐富面貌。尤其在宋人眼中，李賀與李白同其浮沉，共具升降之命運，不僅風格內容之比較論形成一代風氣，且亦指出二李之間淵源的關係，最具突破前人的新詩觀；而對「無理」問題之探討也另出一說，更形豐富。

## 第三節　元朝時期

元代一朝，師效李賀之風大盛，踵步李賀詩法者風起雲湧、蔚爲可觀，有楊維楨（鐵崖）、李孝光、張昱與馬可翁、曾可則、張欅（字君材）[54]，乃至程鉅夫〈嚴元德詩序〉曰：

> 自劉會孟盡發古今詩人之祕，江西詩爲之一變。今三十年矣。而師昌谷、簡齋最盛，餘習時有存者。[55]

清人紀昀論列唐末以後詩風體製之流變，亦指出元代風從趨附之情形，〈冶亭詩介序〉曰：

---

[54] 楊維楨者，王世貞《藝苑卮言》卷4謂：「廉夫本師長吉。」見丁福保輯：《歷代詩話續編》，頁1022。至於李孝光、張昱兩人，宋琬《姚文燮昌谷集註序》則謂：「競工其體，而不明其心。」見清・王琦等評注：《三家評注李長吉歌詩》（上海：上海古籍出版社，1998年12月），頁197。馬可翁、曾可則、張君材者則見於吳澄為三人所作詩序，一謂「詩效昌谷者逼昌谷」，一謂「集中古體頗倣昌谷」，一謂「七言雜言似昌谷」，分見元・吳澄：《吳文正公集》卷10、11、13，引自曾永義編：《元代文學批評資料彙編》（臺北：成文出版社，1978年9月），頁408、416、429。

[55] 見元・程文海：《雪樓集》，卷15，引自曾永義編：《元代文學批評資料彙編》，頁480。

> 元人變為幽豔，昌谷、飛卿遂為一代之圭臬，詩如詞矣。鐵厓矯枉過直，變為奇詭，無復中聲。[56]

可見其中盛況。降及明初，此風猶熾不衰，胡應麟便道：「長吉則宋末謝皐羽得其遺意，元人一代尸祝，流至國初，尚有效者。」[57]元風之強勁波及明初，其勢之盛可以想見。在此情形下，選詩及評詩也傾向於對李賀的正面肯定，與此時代風潮相符。

就選詩而言，楊士弘《唐音》十四卷分「始音、正音、遺響」三紱，李杜韓三大家不入選，因為「李杜韓詩，世多全集，故不及錄。」（《唐音》凡例）而置李賀於「遺響」，主要是基於時代晚後之考慮，觀其引陸龜蒙及嚴羽等之佳評為導論，又選李賀詩二十三首可知；此乃前此唐詩選本之所未見，頗和元人踵效李賀之情形一致。就詩評而言，自然流譽衆口，奉李賀為圭臬，如楊維楨將之與李杜並列為詩之高格，〈兩潮作者序〉曰：

> 仲容季和放乎六朝而歸準老杜，可立有李騎鯨之氣，而君采得元和鬼仙之變。……

〈趙氏詩錄序〉亦云：

> 風雅而降為騷，而降為十九首，十九首而降為陶杜、

---

[56] 見清・紀昀：《紀文達公遺集》，卷9，引自吳宏一、葉慶炳編：《清代文學批評資料彙編》（臺北：成文出版社，1979年9月），頁487。

[57] 明・胡應麟：《詩藪》（臺北：正生書局，1973年5月），〈內編〉卷3，頁54。

爲二李。(58)

李賀不僅與李白並稱，且與陶杜共列爲直承風雅騷古風十九首正統詩歌發展之苗裔，楊維楨推譽程度可謂至極，無怪其師效李賀亦最近似，甚至以此故留名明清詩論之中了。另外郝經仿唐僧齊己〈讀李賀歌集〉之作法，有〈長歌哀李長吉〉一詩三十八句，通篇鯨呿虹繞，雲裂星摘，對李賀詩境之描摹及對李賀詩才之推崇，皆極備至：

> 元和比出屠龍客，三斷韋編兩毛白。黃塵草樹徒紛綍，幾人探得神仙格。青衣小兒下玉京，滿天星斗兩手摘。……赤虬嘶入造化窟，千丈虹光遶明月。人間不復見奇才，白玉樓頭耿皎潔。自此雄文價益高，翠華灼爍紫霓掣。我生不幸不同時，安得從衡鶩清絕。(59)

劉將孫〈刻長吉詩序〉中亦云：

> 先君子須溪先生於評諸家詩最先長吉。……每見舉長吉詩教學者，謂其思深情濃，故語適稱，而非刻畫無情無思之辭，徒苦心出之者。若得其趣，動天地、泣鬼神者固如此。又嘗謂，吾作《興觀集》，最可以發越動悟者在長吉詩。(60)

(58) 上引兩序皆見元．楊維楨：《東維子文集》，《四部叢刊初編》（臺北：臺灣商務印書館，1979年），頁47、49。

(59) 元．郝經：《陵川集》，卷8，曾永義編：《元代文學批評資料彙編》，頁91-92。

(60) 元．劉將孫：《養吾齋集》，卷9，曾永義編：《元代文學批評資料彙編》，頁366。

以爲長吉非爲奇而奇，乃有思深情濃以爲根柢，兩相符契，最可以發越人心，使人感悟，其詩趣乃能動搖天地鬼神，於是評論諸家詩時最先長吉，又舉長吉詩教學者，已將私心所好奉爲詩國之最，以致教授諸人，於李賀詩之流布更添推廣之助力，直接促進時代風氣。尤可注意者，李賀與李白共以「顚詩」並列，合爲「作豐大」之創作者摹臨師學之對象，劉壎《詩說》便云：

> 越二日往金谿訪平山曾公，作詩多雄健，於近世詩深取蒼山翁，且云：「少謁蒼翁於行都，翁曰：『君作豐大，合作顚詩一番。』然後約而歸之，正乃有長進，問何謂顚詩，曰：「若太白、長吉、盧仝是已。」然性不喜爲此體，竟不果學。今老而思當時，儻不以己見橫於胸次，而從前輩之教，用工一番，則吾詩當不止此，嘆息久之。[61]

這裡「顚詩」非但毫無貶毀之意，反而爲褒譽之詞，當是不遵常理，不循習道，法度非循規蹈矩而自在衍生之義。太白長吉同具此格，自亦是作豐大、擺落細碎規矩者才能學習的對象，非束縛拘於理者可比。劉壎〔平山曾公〕以未學而悔，可見對太白長吉「顚詩」之肯定。由以上各條也昭然可覘元代以李賀詩教授的詩壇風氣。

但在李賀詩風行草偃之下，亦不乏不以爲然者，如論詩大家方回即曾表示李賀詩歧出大雅，無補世道，〈觀淵明工部詩因嘆諸家之詩有可憾者二首〉之二便云：

---

[61] 元・劉壎：《水雲村稾》，卷13，曾永義編：《元代文學批評資料彙編》，頁251-252。

> 大雅寥寥迹已陳，覿詩徒重兩眉顰。蛙鳴蟬噪祇喧耳，鼉擲鯨呿尚駭人。豈但出言無補世，或猶挑禍自戕身。惟餘陶杜知其道，便只蘇黃駁未純。[62]

「鼉擲鯨呿」乃杜牧評李賀詩歌之語，此處以爲與世無用，甚且徒然招禍戕身，可見方回否定之情。此外，范德機《木天禁語》將李賀運用最佳之樂府篇章貶抑至低，曰：

> （樂府篇法）張籍爲第一，王建近體次之，長吉虛妄不必效。[63]

連李賀成家揚名之樂府體皆不足效之，則其成就眞一無是處，欲「唯留一簡書，金泥泰山頂」（〈詠懷二首〉）的李賀若地下有知，當更不瞑目矣，其理由只在長吉樂府篇法「虛妄」，概指內容多幻誕不經、脈絡無理可尋之故，因而不能與張、王比肩，唯有屈居下乘。敖器之亦評之曰：

> 李長吉如武帝食露盤，無補多慾。[64]

漢武帝求仙，金莖玉露，花費不貲，然長生之欲望未嘗得到滿足，依舊如凡人一般化歸塵土，這裡將李賀詩比之武帝食露盤，似亦是惜其虛妄，於世用無益。

---

[62] 元・方回：《桐江集》，卷3，曾永義編：《元代文學批評資料彙編》，頁151。

[63] 見清・何文煥輯：《歷代詩話》，頁746。

[64] 見元・劉壎：《隱居通議》卷6所引，曾永義編：《元代文學批評資料彙編》，頁262。

總結此期，如李賀於元代詩壇臻至一代導師之地位，或風從效之，或以之教授，形成時代風氣。雖亦有以之背離正道者，然整體言之，乃以稱譽者爲主流，具一面倒之趨勢；反映於選本上亦相契合。

## 第四節　明朝時期

本期李賀詩刻本大出，有小築明末葉刊本、凌刊朱墨印本、萬曆癸丑刊本、萬曆曾益昌谷詩注本及寶翰樓姚佺箋閱昌谷集句解定本；箋註者更有徐渭、董懋策、余光三家，還有丘象升、丘象隨、陳愫、陳開先、楊妍、吳甫六家之辯註，及孫枝蔚、張恂、蔣文運、胡廷佐、張星、謝啓秀、朱潮遠七家之同評[65]；詩風踵繼元代習尙，以李賀爲師者，又有李德、楊愼、徐渭等[66]遙承不輟，整體觀之，評論傾向似應趨於正面爲是，然繩諸各家議論，卻又不然。綜合觀之，乃以負面評價爲主導，正與元代評價相反。

就唐詩選本而言，試從號稱「選唐詩者，無慮數百家」[67]中舉其較著者以觀之：

明初高棅《唐詩品彙》在「編排體例上的匠心獨運，更屬創舉。……用體例來強調個人詩觀，而不受常規限制」[68]，其書卷帙浩

---

⑥⑤ 參陳弘治：《李長吉歌詩校釋》，〈凡例〉，頁1。

⑥⑥ 袁宏道〈答馮侍郎座主〉云：「宏於近代得一詩人曰徐渭，其詩盡翻窠臼，自出手眼，有長吉之奇，而暢其語。」楊愼則王世貞謂「其微趣多在長吉」，分別引自葉慶炳、邵紅編：《明代文學批評資料彙編》（臺北：成文出版社，1979年9月），頁665、416。

⑥⑦ 明·屠隆：〈唐詩類苑序〉中語，見《栖真館集》卷10。引自葉慶炳、邵紅編：《明代文學批評資料彙編》，頁512。

⑥⑧ 見蔡瑜：《高棅詩學研究》，（《臺大文史叢刊》之85（臺北：臺灣大學出版委員會，1990年6月），頁18。

繁，分「正始、正宗、大家、名家、羽翼、接武、正變、餘響、傍流」九目。李賀於七古類與韓愈列於正變，於五絕、七絕列於接武，五律、七律、五排不列目，雖能反映李賀詩於體製上之長短優劣，然其無與於大家，名家亦不可及，或屈居正變、餘響之附庸地位，或竟至除名不錄，除有身處中唐、時勢文風已衰之因素外，仍可顯示高棅未甚重之的心態。胡震亨即指出其缺失，《唐音癸籤》卷三一曰：「大謬在選中、晚必繩以盛唐格調，概取其膚立僅似之篇，而晚末人眞正本色，一無所收。」(69)高棅另有《唐音正聲》一編，以盛唐的音律表現爲取選中唐詩作的標準，不取賈島、李賀等苦吟奇詭的詩人，可見其選李賀詩時的偏差態度。

其後李攀龍有《唐詩選》一編，由於其人爲主張復古模擬的後七子之一，曾曰：「文自西京，詩自天寶而下，俱無足觀。」(70)故選詩亦詳於盛唐，多李杜、王孟、王昌齡之作，而略於中晚唐，唯收孟郊一首，賈島二首，對李賀詩作一無所錄。接著鍾惺、譚元春以竟陵派獨樹詩場，師心李賀，造怪句、押險韻，幽深孤峭之格調擅一時之勝，因此兩人合編《唐詩歸》中方收有李賀詩十六首，並對李賀加意迴護，稱之爲「詞家妙語」，譚曰：「長吉詩在唐爲新聲，實有從漢魏以上來者，人但以爲長吉泒耳。」鍾惺評〈苦晝短〉詩亦云：「放言無理，胸中卻有故。」(71)充滿善意體證之心態，此殆因其文學主張相近之故。

---

(69) 明・胡震亨：《唐音癸籤》（臺北：木鐸出版社，1982年7月），頁327。

(70) 見清・張廷玉修撰：《明史》（臺北：鼎文書局，1975年6月），卷287〈李攀龍傳〉，頁7378。

(71) 明・鍾惺、譚元春編：《唐詩歸》，《四庫全書存目叢書》集部總集類第338冊（臺南：莊嚴文化公司，影印清華大學圖書館藏萬曆四十五年刻本，1997年），卷31，頁468、471。

至明末熹宗天啓甲子（1624）時，姜道生有《唐中晚名家詩集》五卷，收李賀、溫庭筠、李商隱、韓翃、韓偓五家詩集，顯有重視揚勵之跡象，然不久龔賢彙集明末野香堂、貞隱堂等刊本所編《中晚唐詩》六十卷，又對李賀詩闕而不錄，反不及其他不見經傳之碌碌小家。由此觀之，雖有少數編選者慧眼相加，然一般選本卻有意刊落，遺漏不顧。另外陸時雍編《唐詩鏡》一書，仿前人分初盛中晚四期，於卷四十七中唐部分收錄李賀詩四十五首，且不避詭魅幽異之作，質與量似乎表現賞重之意，但實則陸時雍視李賀爲「妖」、爲「魔」，貶抑之程度似爲歷代之冠（詳見後），造成詩論與詩選的矛盾現象；其又曰：「賀詩之可喜者峭刻獨出。」[72]或許因「可喜」之部分亦不少，瑕不掩瑜，故亦大力收錄之故。

就評論而言，明代對李賀詩之論評十之八九爲惡評，其中不乏訾議程度極爲嚴酷者，足以爲歷代詩評之尤，整體說來毀多譽少。首先有宋濂主張「文者，道之所寓也」的文學理論，執之以謂「牛鬼蛇神，佹誕不經而弗能宣通者，非文也。」[73]基於此種標準，對李賀詩自無好評，〈答章秀才論詩書〉一文置之於劉夢得、杜牧之、孟郊、盧仝之後，並曰：

> 至于李長吉、溫飛卿、李商隱、段成式專誇靡曼，雖人人各有所師，而詩之變又極矣。比之大曆，尚有所不逮，況廁之開元哉？[74]

---

[72] 明．陸時雍編：《唐詩鏡》，《景印文淵閣四庫全書》第1411冊（臺北：臺灣商務印書館，1986年3月），頁802。

[73] 明．宋濂：《宋文憲公全集》，卷26〈徐教授（大章）文集．序〉，葉慶炳、邵紅編：《明代文學批評資料彙編》，頁93。

[74] 明．宋濂：《宋文憲公全集》，卷37，葉慶炳、邵紅編：《明代文學批評資料彙編》，頁106。

以誇張靡曼之故貶抑李賀，於其詩論十分契合。接著茶陵詩派主盟者李東陽出，以李賀詩雕琢新巧太過而表示不滿，其《麓堂詩話》云：

> 李長吉詩，字字句句欲傳世，顧過於劌鉥，無天眞自然之趣。通篇讀之，有山節藻棁而無梁棟，如其非大道也。(75)

指出拘限於字字句句之雕琢，則必傷於整體之渾厚，因此無天眞自然的渾融之趣，故而非作詩大道，無法支撐詩國之骨幹。其後前後七子主張模擬復古，後七子領袖王世貞乃謂：「文必秦漢，詩必盛唐，大曆以後書勿讀。」(76)於是仍對李賀無甚好評，於習染長吉詩風之同代人亦不容情。《藝苑卮言》卷四云：

> 李長吉師心，故爾作怪，亦有出人意表者。然奇過則凡，老過則稚，此君所謂不可無一，不可有二。(77)

又批評同代楊愼之詩云：

> 修撰筆任手運，誦由目成，……凡所取材，六朝爲冠，固一代之雄匠哉。特其搜擷太饒，格調時左，繁飾人工，或累天悟，又其微趣多在長吉，振奇之士，卑其刻羽雕棄，陋中之徒，駭其牛鬼蛇神。班郢之恩

---

(75) 見丁福保輯：《歷代詩話續編》，頁1381。

(76) 清・張廷玉修撰：《明史》，卷287本傳，頁7381。

(77) 見丁福保輯：《歷代詩話續編》，頁1010。

獨苦，膏言之病難醫，良可嘆也。(78)

以李賀「作怪」，語意不善；又推翻歷來對李賀詩「譎怪奇詭」之概論，謂之過於奇老而淪爲凡稚，此眞前所未有之看法；批評楊愼，則直與李賀同其卑薄，甚至謂之病入膏肓，可見其貶抑之情。

另外，謝榛及胡應麟也對李賀詩多有微詞，兩人皆以李賀不入大雅正道爲憾。謝榛《四溟詩話》卷二云：

白樂天正而不奇，李長吉奇而不正。奇正參伍，李杜是也。(79)

卷三又曰：

正者，奇之根；奇者，正之標，二者自有重輕。若歧而又奇，則墮長吉之下，惜乎！長吉不與陳拾遺同時，得一印正，則奇正相兼，造乎大家，無可議者矣。(80)

胡應麟《詩藪・內編》「古體七言」部分亦曰：

太白幻語，爲長吉之濫觴；少陵拙句，實玉川之前

(78) 見明・王世貞：《鳳洲筆記明海虞文告黃美中校刊本》卷9明詩評，葉慶炳、邵紅編：《明代文學批評資料彙編》，頁416。

(79) 見丁福保輯：《歷代詩話續編》，頁1169。

(80) 見丁福保輯：《歷代詩話續編》，頁1192。

導。集長去短，學者當先明此。[81]

又曰：

昌黎而下，門戶競開，盧仝之拙朴，馬異之庸猥，李賀之幽奇，劉叉之狂譎，雖淺深高下，材局懸殊，要皆曲徑旁蹊，無取大雅。[82]

謝榛以正爲重，以奇爲輕，對奇而不正，不能正奇相兼的李賀抱憾之情溢於言表；認爲李賀有奇才卻生不逢時，未能與陳子昂同壇共創新機，於是喪失了與李杜共躋於大家之位的機會。此處提出李賀之成就受限於時代之說，乃發前人所未發，細玩其意亦頗有見地。中唐以後，前有光焰萬丈之李杜，已少有著手之處，韓門開奇崛之庭戶，牢籠郊、島、仝、異，共闢新徑，李賀身處其時難免已有先天限制，只能順勢往「奇」之一途發展，以此胡應麟故有「要皆曲徑旁蹊，無取大雅」之說，由此可見謝榛所見的過人之處。而胡應麟承前之見，指出太白與長吉之淵源關係，除「太白幻語，爲長吉之濫觴」之外，又謂：

長吉險怪，雖兒語自得，然太白亦濫觴一二。[83]

雖非將二李比肩並列，而以白長賀短，叮嚀學者當明去取之道，以免自誤，仍屬有見；此外值得注意的是，他首先提出韓愈和李賀之間的

---

[81] 見明・胡應麟：《詩藪》，〈內編〉卷3，頁47。

[82] 見明・胡應麟：《詩藪》，〈內編〉卷3，頁48。

[83] 見明・胡應麟：《詩藪》，〈內編〉卷3，頁54。

淵源關係，前此雖有高棅《唐詩品彙》曾說：「韓愈李賀文體不同，皆有氣骨。」[84]但其只就氣骨相近而偶然並稱，未若胡應麟明指李賀為韓愈門下，來得眼力切入，明挑其間脈絡，在歷代李賀詩評論中可謂巨眼首見。其後明末胡震亨亦有此說，《唐音癸籤》卷七注云：

> 自張文昌、郊、島、長吉以至盧仝、劉乂，並一時遊韓公門，長聲價。公首推郊詩，與藉遊讌無間，島、賀亦指誘勤獎。……[85]

李賀與張籍、孟、賈、盧、劉之同遊韓門，形成一文學集團，雖為當時之事實，但評論李賀詩歌源流者，除了〈離騷〉、李白之外，直到此時才提出李賀與韓愈門派之關係，所謂「指誘勤獎」，隱隱然有李賀接受韓愈指導之意，透露了兩人間淵源影響之關聯。此亦前人之所未道者也。

陸時雍於其所編《唐詩鏡》中謂李賀「幽楚于鬼趣最近」，又曰：「李賀好作怪句，其實下語多拙。」[86]對李賀詩評語之嚴厲可謂前無古人，後無來者，其《詩鏡總論》曰：

> 書有利澀，詩有難易。難之奇，有曲澗層巒之致；易之妙，有舒雲流水之情。王昌齡絕句，難中之難；李青蓮歌行，易中之易。難而苦為長吉，易而脫為樂

---

[84] 見明．高棅：《唐詩品彙》（臺北：學海出版社，1983年7月），「七言古詩」第11卷敘目，頁269。

[85] 明．胡震亨：《唐音癸籤》，頁67。

[86] 明．陸時雍編：《唐詩鏡》，見《景印文淵閣四庫全書》第1411冊，分見頁802、頁803。

天，則無取焉。[87]

又曰：

妖怪惑人，藏其本相，異聲異色，極伎倆以爲之，照入法眼，自立破耳。然則李賀其妖乎？非妖何以惑人？故鬼之有才者能妖，物之有靈者能妖。賀有異才，而不入於大道，惜乎其所之之迷也。[88]

《唐詩鏡》評語亦曰：

世傳李賀爲詩中之鬼，非也，鬼之能詩文者亦多矣，其言清而哀。賀乃魔耳，魔能睒閃迷人。[89]

一則以李賀詩「難而苦」故一無取之；一則雖肯定李賀有異才，卻惜其迷失於大道之外，更直以「妖」、「魔」目之，將前人「鬼才」一詞所包涵的讚嘆之情全部取消，代換以異聲異色惑人的「妖怪」之意，李賀非但不得抉幽發冥、能人所不能的褒賞，反而擔當藏邪惑、極伎倆，不堪法眼照見的貶責，對李賀詩之負面評價可謂至是而極。

除了流行文壇之負面評價外，亦有獨嗜與衆不同，偏好長吉特殊風格者，如屠隆首先緩和時見，以爲各家詩風雖有不同，然殊途同歸，亦各有價値，〈唐詩類苑序〉云：

---

[87] 見丁福保輯：《歷代詩話續編》，頁1418。

[88] 見丁福保輯：《歷代詩話續編》，頁1422。

[89] 明・陸時雍編：《唐詩鏡》，《景印文淵閣四庫全書》第1411冊，頁802。

……東野苦心，其詩枯瘠；長吉耽奇，其詩譎宕，譬如參佛豫流，各自其見解而入焉，不無小大，及其印可證果則同。⑨⓪

以各家入路不同，卻能共同印可證果，故不以其小而非之；而一代奇人徐渭不但白眼與世絕交，獨好李賀亦與世不伴，〈與季友〉一文便云：

韓愈、孟郊、盧仝、李賀詩，近頗閱之，乃知李杜之外，復有如此奇種，眼界始稍寬闊。……菽粟雖常嗜，不信有卻龍肝鳳髓，都不理耶？⑨①

以「龍肝鳳髓」目李賀等人之詩，且以之寬闊眼界，無怪徐渭詩作頗有效李賀體者，爲時代潮流中之異數；另有江盈科將李賀與杜甫之正、李白之奇並列爲「奇之奇」，推許爲一代異才，其〈解脫集引〉曰：

至于長吉，事不必宇宙有，語不必世人解，信口矢音，突兀怪特，如海天蜃市，瓊樓玉宇，人物飛走之狀，若有若無，若滅若沒，此夫不名爲正，不名爲奇，直奇之奇者乎！蓋有唐三百年，一人而已。⑨②

---

⑨⓪ 葉慶炳、邵紅編：《明代文學批評資料彙編》，頁512。

⑨① 見明・徐渭：《徐文長文集》，卷17，葉慶炳、邵紅編：《明代文學批評資料彙編》，頁613。

⑨② 見明・江盈科：《雪濤閣集》，卷8，葉慶炳、邵紅編：《明代文學批評資料彙編》，頁728。

而郎文喚〈李賀詩解序〉亦將李賀與李杜並列爲深得《詩經》之旨，而鼎足成一源三派，各擅其雄：

> 《詩》有風有雅有頌。婉而諷，逸宕而有致，風之遺，李白得之；博大渾雄、莊麗典則，頌之遺，杜甫得之；曲而盡，嶮而多變，雅之遺，賀得之。之三子者源匯而派分者也，世有李杜，不可無賀。[93]

以李賀詩得雅之遺，其說前所未有；據此更推與李杜共尊，擺落其他無數唐代詩人，更是別具一格，可見在時代風潮之下仍容有這種獨特見解，不被壓倒。這種將李賀與李杜並稱之詩論，開啓了清代以李賀爲「詩史」以與杜甫比附之端，而漸成穿鑿附會、深文索隱之風氣，亦值得注意。實則明代評論中已有以「豪傑之士」、「荊軻之心」目李賀者，如楊愼《升菴詩話》卷十一云：

> 晚唐惟韓柳爲大家。韓柳之外，元白皆自成家，餘如李賀祖騷宗謝，李義山、杜牧之學杜甫，……不可以晚唐目之。數君子眞豪傑之士哉！[94]

方以智《通雅詩話》曰：

> 長吉好以險字作勢，然如「漢武秦王聽不得，直是荊

---

[93] 見明・曾益：《李賀詩解・序》，收入清・王琦等：《李賀詩注》（臺北：世界書局，1991年6月），頁2。

[94] 丁福保輯：《歷代詩話續編》，頁851。

軻一片心」，原自渾厚。(95)

此處所謂「豪傑之士」、「荊軻一片心」乃指其人足以置身詩國爭雄，其詩勢險而又渾老，一如荊軻用劍之心。然則如此比譬，推尊之餘，亦與傳統評論方式有異，隱隱然有歧出於舊、自鑄新意之感，可說頗爲獨特。而楊愼「祖騷宗謝」之說又在李賀詩淵源論中加入了謝靈運，亦是前所未有之創見，惜未見申論，不知根據何在。

另外，在明代詩論中除了注意到李賀與韓愈的關係之外，也提到了李賀與李商隱風格的近似現象，在影響論上，有比前人獨到的發現。如焦竑〈李賀詩解序〉云：

> 唐人詩率沖融和適，不爲崖異語；獨長吉、義山二家，擺落常詮，務爲奇崛，非得博雅者爲之注釋，難以通曉。……義山既表長吉之作，而其自運幾與之埒，長吉氣韻，義山詞藻，所操者異，而總非食煙火人所能辦。曾君當竝注之以行，亦勝事也。(96)

其中指出：一則長吉義山同秉奇崛，不爲常理牢籠，因此有賴博雅注釋以助通曉，此點胡震亨《唐音癸籤》亦曾指出過(97)；二則義山自運與李賀相埒，又曾表其詩作，風格近似間隱隱然有一脈相承之關聯；

---

(95) 周維德集校：《全明詩話》（濟南：齊魯書社，2005年6月），頁5100。

(96) 收入清・王琦等：《李賀詩注》，頁1-2。

(97) 胡震亨云：「有兩種不可不注：如老杜用意深婉者，須發明；李賀之譎詭、李商隱之深僻，及王建宮詞自有當時宮禁故實者，並須作註，細與箋釋。」《唐音癸籤》（臺北：木鐸出版社，1982年7月），卷32，頁338。

此點至清代民國大加發揮，李賀爲義山之前導幾成定論，可見明人發明此說，頗有創見。

其次，明代詩評家的眼光似更見精細，能抉發李賀詩中構成特色的字眼，如王思任〈李賀詩解序〉云：

> 人命至促，好景盡虛，故以其哀激之思，必作澀晦之調，喜用鬼字、泣字、死字、血字，如此之類，幽冷溪刻，法當夭乏。[98]

謝榛《四溟詩話》則認爲詩中用血字會流於粗惡，而李賀不避。[99]自此二家觀察入微，抉其幽渺，故發他人之所未見。尤其王思任指出李賀詩中充滿人命至促、時光逝速之作意，於李賀詩之內在精神更能深入一層，實屬難能。

以上可見明代李賀詩之刻本及評註大出，前朝莫比；但唐詩選本及一般評論多屬負面，或謂之牛鬼蛇神、專誇靡漫，師心作怪，奇而不正，又山節藻棁，過於劌鉥，而以不入大道，無取大雅非之，或竟直接視之爲「妖」爲「魔」，評語之嚴厲至是而極。而潮流之外的少數聲音，或以各有見解、同印證果而不非其小，或以龍肝鳳髓目之，或許爲有唐三百年之一人，乃至有將其與李杜並稱，鼎足爲《詩經》一源三派者，推許之程度亦趨向極端。値得注意的是在淵源方面，本朝首先注意到韓愈對李賀之影響，又提出「宗謝」之說，並謂李賀得「雅之遺」；加上李賀與李商隱風格之近似關係，亦於此時初發其端，此皆前人未道之創見。此外開始有批評家注意到李賀詩好用之字

---

[98] 明・曾益：《李賀詩解》，清・王琦等：《李賀詩注》，頁1。

[99] 見丁福保輯：《歷代詩話續編》，頁1204。

與其作意之所在，眼光亦較往昔深入也。

## 第五節　清朝時期

清代唐詩選本亦不少，試舉其犖犖大者以觀之：

清初顧有孝編〈錢謙益序〉《唐詩英華》，襲明人選本體製分初、盛、中、晚四期，中唐部分收賈島十六首、姚合七首，卻一無李賀作品；金聖嘆《貫華堂選批唐才子詩》中亦未見李賀踪影；王士禎《唐賢三昧集》，編乃其晚年所定，四庫提要云：「皆錄盛唐之作，名曰三昧，取佛經自在義也。」[100]以此亦無李賀詩；陳延敬等奉康熙敕編《御選唐詩》雖有收羅，但一共只有兩首凡淡之作，不但不足以突顯李賀詩歌特色，在數量上甚至無法和同爲中唐險怪派的賈島十二首相比，可見御選對李賀詩之不取；乾隆敕編、沈德潛等主編之《唐宋詩醇》未採任何李賀之作；沈德潛又自選《唐詩別裁》，收李賀七言古、絕八首及五言律、絕二首共十首作品，然因其選編標準在「去鄭存雅，……去淫濫以歸雅正，于古人所云微而婉、和而莊者，庶幾一合焉。此微意所在也。」（見前序）可見其著眼處未見得與李賀詩特色相合，此觀其所謂「特取明麗幾章以志畦逕之變」[101]可知。蘅塘退士孫洙所編《唐詩三百首》中所錄李賀詩無一；此外，方東樹評今古詩選不收長吉詩作，曾國藩《十八家詩鈔》中亦無一踪影。可見有清一代幾位名家對李賀不加重視之情形。

然衡諸其他選本，卻又頗有提高李賀地位之趨勢。康熙時黃之

---

[100] 清・王士禎：《唐賢三昧集》，《景印文淵閣四庫全書》第1459冊，頁1。

[101] 見清・沈德潛：《唐詩別裁集》（臺北：廣文書局，1970年1月），頁248。

雋有韓孟李三家詩選[102]，特將中唐奇險一派選出，刊印流傳，可見其對李賀之私心賞愛；乾隆時《全唐詩》編定後，徐倬復就之刪削裁汰，輯爲《全唐詩錄》百卷，收有李賀詩古體六十二首、近體三十九首，合共超過百首，其數雖次於李、杜、劉長卿、錢起、韋應物、劉禹錫、韓愈、孟郊、張籍、王建、杜牧、溫庭筠、李商隱，但同於元稹，勝於柳宗元、賈島，且此百零一首已幾占其全集二分之一，比例之大引人注目，顯見徐倬錄詩時對李賀的重視；其後陳沆《詩比興箋》專以抉發幽隱，發明比興之意，也收有常被譏爲無補於用的李賀詩二十首，可謂別出心裁。另陳世鎔《唐詩選》收長吉、飛卿、義山爲一卷，曰：「今觀七言古詩，昌谷奇麗，飛卿綺靡，異曲同工，亦可稱溫李也，故今以三人合爲一卷。」[103]於長吉與晚唐唯美詩人之關係可謂深有所見，故反映於選本取次上。此爲由選本反映之正面一端，比諸先前各朝，已有明顯轉變。

而清朝評注李賀詩者更屬輩出，與此一正面潮流似有暗合，有姚文燮《昌谷詩集註》、王琦《李長吉歌詩彙解》、陳本禮《協律鈎元》、黃陶安、黎二樵、蔣楚珍、陳式、葉衍蘭、錢澄之、周玉凫、黃秋涵、吳汝綸、吳闓生、方世舉等，可見其盛況。而檢視清代各家評論，可以發現他們大都跳出明代嚴酷之立論，而趨於正面肯定與賞愛，並且就前人所執以爲憾的「無理」問題提出反面的辯解，大力證明李賀創作有補於世用之一面，可謂開出前此未有的全新的批評途徑。爲便於陳述起見，下文依風格、內容、用字琢句及源流關係四方面進行分析。

[102] 參錢鍾書：《談藝錄》（香港：龍門書局，1965年8月），頁56。

[103] 引自吳宏一、葉慶炳編：《清代文學資料彙編》，頁713。

就風格而言，有舒位將之與大小李杜並列，〈讀三李二杜集竟，歲暮祭之，各題一首〉中云：

> 一賦高軒自有情，驚才絕豔少年行。傾囊別撰元和體，協律兼工樂府聲。天上宮樓徵著作，人間場屋避嫌名。幽蘭啼露香蘭咲，長瓜通眉肯再生。⑩④

此詩將李賀一生重要遭遇，其人及其詩的特色與成就完全鎔鑄爲一體，堪稱慧心獨具；而與其他二李二杜四人並列，其勢絲毫未讓，可見舒位對李賀之賞重。除此之外，其他評論家多以李賀詩爲詩途中側出之別調，自能於天壤間屹立，據一席之地，不可或缺，如施閏章〈定力堂詩序〉云：

> 唐以之取士，千人一律，幾同帖括，於是李杜諸大家而外，昌黎之崛奧，長吉之詭奇，閬仙、東野之巉削、幽寒，皆於唐人淹熟中，另爲別調以孤行者也，夫惟充乎其內，不徒務異其詞，故其盤空鑿險，風雨鬼神百出而不可殫究。……⑩⑤

推崇長吉之詭奇於唐人千篇一律之淹熟中自成一格，內充而詞異，自能成家；尤侗〈許漱石粘影軒詞序〉亦云：

---

⑩④ 見清・舒位：《缾水齋詩集》，卷1，引自吳宏一、葉慶炳編：《清代文學資料彙編》，頁592。

⑩⑤ 見清・施閏章：《學餘堂文集》，卷5，引自吳宏一、葉慶炳編：《清代文學資料彙編》，頁128。

> 于詩得李賀、盧仝，于文得孫樵、劉蛻，天地間自有此副筆墨，側生挺出，山不厭高，水不厭深，詩文豈厭幽靈哉？⑯

由於這種詩文不厭幽靈，天地間自有此體的態度，推而言之，不單欣賞方面如此，袁枚甚至以爲選詩者宜收此格，方稱全備，無虧選詩之道，〈再與沈大宗伯書〉曰：

> 至于盧仝李賀險怪一流，似亦不必擯斥；兩家所祖，從〈大招〉〈天問〉來，與《易》之龍戰、《詩》之天妹同波異瀾，非臆撰也。一集中不特豔體宜收，即險體亦宜收，然後詩之體備，而選之道全。⑰

施補華《峴傭說詩》亦云：

> 李長吉七古，雖幽僻多鬼氣，其源實自〈離騷〉來，殊不可廢，惜成章者少耳。
> 長吉七古，不可以理求，不可以氣求，譬之山妖木怪，怨月啼花，天壤間宜有此事耳。⑱

---

⑯ 見清・尤侗：《西堂雜俎二集》，卷3，引自吳宏一、葉慶炳編：《清代文學資料彙編》，頁141。

⑰ 見清・袁枚：《小倉山房文集》，卷17，引自吳宏一、葉慶炳編：《清代文學資料彙編》，頁453。

⑱ 見丁福保輯：《清詩話》（臺北：木鐸出版社，1988年9月），頁989。

李重華《貞一齋詩說》也道：

> 至昌谷七言，須另置一格存之。自有韻語，此種不可無一，亦不可有二也。⑽

各家所謂「險體亦宜收」、「殊不可廢」、「宜有此事」和「不可無一」之語，都表示李賀詩風格雖然奇詭特出，險異不常，但仍受到普遍的認可，不以詭魅而被斥，亦不以非關大道而被毀薄，反被視爲詩道總體中自備一格的偏殊成就，可見評論角度之寬博。而推崇李賀者，更不吝惜尊高其位，視爲中晚唐之大家，如翁方綱《石洲詩話》卷二判分其與險怪同調之孟郊的高下差別，曰：

> 李長吉驚才絕豔，鏘宮戛羽，下視東野，眞乃蚯蚓竅中蒼蠅鳴耳。雖太露肉，然卻直接騷賦，更不知其逸詩復當何如？此眞天地奇彩，未易一洩者也。⑾

直接騷賦、天地奇彩之李賀與蚯蚓竅中蒼蠅鳴聒之孟郊，其間差距眞判若天壤；毛先舒則以李賀爲大曆以後樂府之唯一大家，其《詩辯坻》卷三曰：

> 大曆以後，解樂府遺法者，唯李賀一人。設色穠妙，而詞旨多寓篇外，刻於撰語，渾于用意，中唐樂府，人稱張、王，視此當有郎奴之隔耳。⑿

⑽ 見丁福保輯：《清詩話》，頁926。

⑾ 見郭紹虞輯：《清詩話續編》（臺北：木鐸出版社，1983年12月），頁1389。

⑿ 見郭紹虞輯：《清詩話續編》，頁49。

中唐張籍、王建以樂府聞名，然毛先舒卻視之如郎奴，直以李賀爲正主，此眞李賀詩成就之一輝煌冠冕也。至吳闓生乃推而廣之，更進一步抬高其地位，而謂：

> 長吉苦心孤詣，戛戛獨造，在杜韓後卓然爲一大家。⑫

能與杜韓前後互映，鼎足而三，尊隆之勢，確然可觀。此處所謂「苦心孤詣」者，乃指險怪及風致之外，孤臣孽子之心與刺怨之意；杜甫號稱詩史，韓愈主張文以載道，皆苦心孤詣之表現，李賀繼之爲大家，亦屬此理；由此可知，自杜牧以來歷代評論李賀詩「無理」之說已開出新的發展了。

首先，賀貽孫爲李賀詩辯，以爲「無理」正是李賀詩及其所從出之騷體的根本妙處，非但不可以理求之，正應當固其無理，方成其體，《詩筏》云：

> 夫唐詩所以夐絕千古者，以其絕不言理耳。宋之程、朱及故明陳白沙公，惟其談理，是以無詩。……楚騷雖忠愛惻怛，然其妙在荒唐無理，而長吉詩歌所以得爲騷苗裔者，政當於無理中求之，奈何反欲加以理耶？理襲辭鄙，而理亦付之陳言矣，豈復有長吉詩歌？又豈復有騷哉？⑬

所謂「理」者，當是表現於事物之運行變化的「玄理」，爲程朱陳白

---

⑫ 見高步瀛：《唐宋詩舉要》（臺北：藝文印書館，1970年9月），頁280。

⑬ 清・賀貽孫：《詩筏》，見郭紹虞輯：《清詩話續編》，頁191。

沙所談之哲學內容，並非傳統中「感怨刺懟、君臣理亂」之理，亦非宋人劉辰翁所謂：「惠施堅白、不近人情」之理，更不是本朝朱鶴齡所謂：「杜陵之言愜、言高、言老成，即樊川之所謂理也。」⑭以及翁方綱所言：「此理字，即神韻也。……其實格調即神韻也，……其實肌理亦即神韻也。」⑮的理。因而唐詩以不言文理而夐絕千古，與忠愛惻怛之楚騷皆以情勝，不墮理襲辭鄙之陳言，如此乃成就楚騷及李賀詩詭豔幽渺之特色。此乃賀貽孫爲李賀詩「無理」說的辯護。而對傳統以爲李賀詩孤芳自賞外，無補世用的「無理」論，亦有不少評家正面提出反駁，一時蔚爲大觀。如清初順治時姚文燮特表其孤忠之志、切劘時政之意，所成《昌谷集註》一書，將李賀與杜甫並舉，其列爲有唐之「詩史」。〈自序〉曰：

> 且元和之朝，外則藩鎮悖逆，寇戎交訌；內則八關十六子之徒，肆志流毒，爲禍不測；上則有英武之君，而又惑于神仙。……賀不敢言，又不能無言，於是寓今託古，比物徵事，無一不爲世道人心慮。……故賀之爲詩，其命辭命意命題，皆深刺當世之弊，切中當世之隱，……藏其哀憤孤激之思於片章短什。⑯

〈凡例〉又云：

> 世稱少陵爲詩史，……昌谷余亦謂之詩史也。⑰

---

⑭ 見吳宏一、葉慶炳編：《清代文學資料彙編》，頁69。

⑮ 見吳宏一、葉慶炳編：《清代文學資料彙編》，頁534。

⑯ 見清・王琦等：《李賀詩注》，頁191-192。

⑰ 見清・王琦等：《李賀詩注》，頁203。

而爲其書作序者，如陳式、姜承烈、錢澄之、陳倬、宋琬、方拱乾、何永紹、黃傳祖等皆承其旨而推闡其意，使「詩史」之說一時並盛，可謂前無古人、奇峯突起。嘉慶時，陳沆隨之深文周內，索求比興之深意，務必得其所據，《詩比興箋》卷四以姚文燮能推杜牧之旨，而承其意箋注李賀詩云：

- （〈還自會稽歌〉）故自西京東還也，秋衾夢銅輦，脈脈辭金魚，孰謂長吉無志用世者，不然何取於庾肩吾之還家而必爲補之？
- （〈走馬引〉）刺倚恩怨之徒也，但快報復於睚眦，曾無保身之明哲，孰謂長吉詩少理者？
- （〈金銅仙人辭漢歌〉）長吉志在用世，又惡進不以道，故述此二篇以寄其悲，特以寄託深遙，遂爾解人莫索。⑱

都以長吉有志用世，以詩寄悲，故乃切中時弊，命意深長，評注李賀詩遂一反傳統，別出心裁，爲歷來「無理」之說提出新的辯護，呈現前所未有之風貌。此乃此期李賀詩評論於內容方面發明之一端。

就用字琢句方面，詩評家不但極度推崇李賀鍛鍊之工、造語之巧，又能深入於詩作之中，抉發李賀詩用字之特色，較之前人更進一步。前者如葉燮《原詩》曰：

李賀鬼才，其造語入險，正如倉頡造字，可使鬼夜

⑱ 以上三條分見清・陳沆：《詩比興箋》（臺北：廣文書局，1970年10月），頁508-509、514、519。

哭。⑲

黃子雲《野鴻詩的》曰：

> 昌谷之筆，有若鬼斧，然僅能鑿幽而不能抉明，其不永年宜矣。嘔心之句，亦亙古僅見。⑳

葉衍蘭亦云：

> 李長吉詩，如鏤玉雕瓊，無一字不經百鍊，眞嘔心而出者也。㉑

黎二樵復曰：

> 從來琢句之妙，無有過於長吉者。
> 細讀長吉詩，下筆無庸俗之病。㉒

所謂可使鬼哭、皆經百鍊，乃至琢句之妙，亙古僅見，都是對李賀詩歌藝術的最高推崇，較之前人有過之而無不及；而在抉發李賀詩用字特色也更加精細深入，發前人之所未發。如馬位《秋窗隨筆》曰：

> 長吉善用「白」字，如「雄雞一聲天下白」、「吟詩一夜東方白」、「薊門白於水」、「一夜綠房迎白

---

⑲ 見丁福保輯：《清詩話》，頁604。

⑳ 見丁福保輯：《清詩話》，頁865。

㉑ 見陳弘治：《李長吉歌詩校釋》，頁384。

㉒ 兩條皆見陳弘治：《李長吉歌詩校釋》，頁384。

曉」、「一山唯白曉」，皆奇句。⑫③

葉矯然《龍性堂詩話初集》曰：

長吉好用「牛」、「蛇」字。如「黃金絡雙牛」、「牛頭高一尺」、「書司曹佐走如牛」、「道逢騶虞，牛哀不平」。用蛇字，如「舞席泥金蛇」、「蕃甲鎖蛇鱗」、「竹蛇飛蠹射金沙」、「丹成作蛇乘白霧」、「蛇子蛇孫鱗蜿蜿」。信樊川謂「牛鬼蛇神，不足爲其虛荒誕幻也。」⑫④

《龍性堂詩話續集》又謂長吉詩中多用代字：

《筆精》載李長吉詩本奇峭，而用字多替換字面。如吳剛曰「吳質」，美女曰「金釵客」，酒曰「箬葉露」，劍曰「三尺水」，劍具曰「麗穀」，甲曰「金鱗」，燐火曰「翠燭」，珠釧曰「寶粟」，冰曰「泉合」，嫦娥曰「仙妾」，讀書人曰「書客」，桂曰「古香」，裙曰「黃鵝」，釵曰「玉燕」，蠶曰「八繭」，月曰「玉弓」、曰「碧華」，日曰「白景」、曰「頳玉盤」，……。⑫⑤

---

⑫③ 見丁福保輯：《清詩話》，頁830~831。

⑫④ 見郭紹虞輯：《清詩話續編》，頁979。

⑫⑤ 見郭紹虞輯：《清詩話續編》，頁1046。

代字之例甚夥，不及備載。由此諸條可知，清人評李賀詩已不只就整體風格作浮面印象之陳述或抽象之概稱而已，又能進入內層，就其用字之技巧與慣例做具體而細微的闡發，可見其評閱李賀詩時之細心投入，堪稱明代王思任發現李賀好用鬼、泣、死、血等字的擴大發展。

再就李賀詩的淵源及影響而言。先就淵源論以觀之，清人承襲前人所見，也指出李賀與風騷、漢魏樂府、李白、韓愈之關係，尤其是風格近似的現象多被注意。除前面引文或有所及之外，又有錢謙益〈徐元嘆詩序〉指出李賀爲騷之苗裔曰：

> 鉤剔抉摘，人自以爲長吉，亦知其所以爲騷之苗裔者乎？⑯

王琦〈李長吉歌詩彙解序〉又加上漢魏樂府之源頭，曰：

> 探求長吉詩中之微意，而以解楚辭漢魏古樂府之解以解之，其于六義之旨庶幾有合。⑰

謝堃〈與諸弟論詩八首〉之六以長吉與太白並稱：

> 長吉豈鬼語，太白豈仙才。不過篇什中，仙鬼借言懷。古人有深意，各立一門楣。區區抱菲薄，強派何爲哉？⑱

---

⑯ 見清・錢謙益：《牧齋初學集》，卷32，吳宏一、葉慶炳編：《清代文學資料彙編》，頁13。

⑰ 清・王琦：〈李長吉歌詩彙解序〉，清・王琦等評注：《三家評注李長吉歌詩》，頁3。

⑱ 見清・謝堃：《春草堂集》，卷2，吳宏一、葉慶炳編：《清代文學資料彙編》，頁671。

以爲仙鬼不過是伸懷之所借，自有深意可求，此義可與前面論李賀詩內容部分互觀；另何栻亦以二李爲同調，〈袁穀廉年丈邃懷堂詩鈔序〉云：

> 大才則前有陳思，後有子美，韓蘇其庶幾焉。奇才則青蓮長吉，異曲同工，此外無聞也。⑫⑨

此外翁方綱以李賀爲韓門之最，《石洲詩話》卷二道：

> 韓門諸君子，除張文昌另一種，自當別論。……惟孟東野、李長吉、賈閬仙、盧玉川四家，倚仗筆力，自樹旗幟。……此內惟長吉錦心繡口，上薄風、騷，不專以筆力支架爲能。⑬⓪

而朱庭珍亦注意到韓愈與李賀七古一體風格之近似，並以爲李賀不及韓愈，《筱園詩話》卷三云：

> 長吉奇而篇幅局勢不寬，退之奇而堂廡意境甚闊。長吉奇偉，專工鍊句；退之奇偉，兼能造意入理。長吉求奇，時露用力之痕；退之造奇，頗有自得之致。長吉專於奇之一格，退之則奇正各半，不止一體。此退之才力大於長吉，學養深於長吉處，所以能與李杜鼎

---

⑫⑨ 見清・何栻：《悔餘菴文稿》，卷4，吳宏一、葉慶炳編：《清代文學資料彙編》，頁749-750。

⑬⓪ 見郭紹虞輯：《清詩話續編》，頁1389。

足而立，爲古今大家也。⑬①

其中所言長吉詩專於奇之一格，專工鍊句、時露用力之痕，且篇幅局勢不寬都能指出其缺點，與韓愈高下之論自屬有據，非爲私心之見。而較奇特的是葉矯然《龍性堂詩話續集》指出長吉詩與謝靈運風格之類同：

> 長吉詩不及二百首，而字裏行間，秀拔天然，謝客之「芙蓉出水」也。不知者徒詫其替換字面，則皮相耳。⑬②

前此明人楊愼有李賀「祖騷宗謝」之說，似爲此處先導。所謂「秀拔天然」、「芙蓉出水」也許只就部分篇章成立，此評得當與否見仁見智，然亦可見評論家所見之一端。

就李賀詩之影響論而言，清人所見更具創發性，其一乃大力闡明溫庭筠、李商隱學效長吉之關係；其二乃指出長吉與詞風格之近似。前者明人焦竑〈李賀詩解序〉初發其端，至此則以爲義山學長吉殆無可疑，如陳世鎔《唐詩選》以長吉與飛卿異曲同工，亦可稱溫李，故合三人爲一卷；另李重華《貞一齋詩說》亦云：

> 如溫、李七古，步步規橅長吉，其弊俱失之俗。⑬③

⑬① 見郭紹虞輯：《清詩話續編》，頁2384~2385。

⑬② 見郭紹虞輯：《清詩話續編》，頁1047。

⑬③ 見丁福保輯：《清詩話》，頁925。

賀裳《載酒園詩話又編》復曰：

> 李賀骨勁而神秀，在中唐最高渾有氣格，奇不入誕，麗不入纖。雖與溫、李並稱西崑，兩家纖麗，其長自在近體，七言古勉強效之，全竊形似，此眞理不足者。⑬④

方世舉於《蘭叢詩話》曾云：

> 李賀集固是教外別傳，即其集而觀之，卻體體皆佳。……大抵學長吉而不得其幽深孤秀者，所爲遂墮惡道。義山多學之，亦皆惡。⑬⑤

於李賀詩集批語中又謂：

> 李白李賀皆取法於九歌，賀尤幽渺，學其長句者，義山死，飛卿浮，宋元人俗。工力之深如義山，學杜五排，學韓七古，學小杜五古，學劉中山七律，皆得其妙，獨學賀不近，賀亦詩傑矣哉！⑬⑥

全以爲溫李學長吉之七古，卻又不能探驪得珠，遂墮惡道，徒竊形似，亦俗亦死。然而其間師法淵源關係已成定論，李賀之影響力又增。

---

⑬④ 見郭紹虞輯：《清詩話續編》，頁353。

⑬⑤ 見郭紹虞輯：《清詩話續編》，頁781。

⑬⑥ 見陳弘治：《李長吉歌詩校釋》，頁385。

至於李賀詩與宋詞之關係而言，潘德輿《養一齋詩話》卷五所云最值得注意：

> 李長吉「天若有情天亦老」，秦少游以之入詞，緣此句本似詞也。……變險而媚，則又如「一雙瞳人翦秋水」、「小槽酒滴眞珠紅」……等句，此尤詞場騁妍之慣技。⑬⑦

又云：

> 長吉古詩，吾惟取其「星盡四方高，萬物知天曙」……「雄雞一聲天下白」，「涼風雁啼天在水」諸句，……餘非鬼語，則詞曲語，皆不得以詩目之。⑬⑧

其以爲長吉詩表現了詞場妍媚之風調，部分語句直爲「詞曲語」，甚至不可視之爲詩，抉發李賀詩與宋詞間風格近似之內在關聯，可謂深有所見。前此雖有明朝許學夷間接表示過：

> 商隱七言古，聲調婉媚，太半入詩餘矣。與溫庭筠上源於李賀七言古，下流至韓偓諸體。如……等句，皆詩餘之調也。⑬⑨

---

⑬⑦ 見郭紹虞輯：《清詩話續編》，頁2079。

⑬⑧ 見郭紹虞輯：《清詩話續編》，頁2078。

⑬⑨ 明．許學夷著，杜維沫校點：《詩源辯體》（北京：人民文學出版社，1998年2月），卷30，頁288。

然而直接將李賀詩與詞等同爲論，仍以潘德輿諸說最爲明確，不但爲李賀之影響力再添一筆，也間接提高了李賀在文學史上之地位。其後民國學者暢言李賀與詞之發展關係，實自此初發其端，不可忽視。

在以上論述中所見大多數評論趨向於對李賀的肯定之外，亦有少數詩評家表示負面評價，如郎庭槐《師友詩傳錄》記王士禎之語曰：

> 至於盧仝、馬異、李賀之流，說者謂其「穿天心、出月脇」，吾直以爲牛鬼蛇神耳。其病於雅道誠甚矣。何驚人之與有？⑭⓪

龐塏《詩義固說》下亦云：

> 中庸外無奇，作詩者指事陳詞，能將日用眼前、人情天理說得出，便是奇詩。李長吉、盧仝輩故爲險僻，欺世取名，所謂索隱行怪，後世有述者，有識之士不爲也。⑭①

陳世鎔《唐詩選》評語也道：

> 若長吉嘔心索句，錦囊所得，本無片段，大率粘綴成章，求其一篇首尾相屬，可以解說者，十不得一二。⑭②

或以李賀牛鬼蛇神，病於雅道，或以之行怪欺世，有識者不爲；陳世

---

⑭⓪ 見丁福保輯：《清詩話》，頁142。

⑭① 見郭紹虞輯：《清詩話續編》，頁739。

⑭② 見吳宏一、葉慶炳編：《清代文學批評資料彙編》，頁713。

鎔則以李賀詩條理不一貫，乃餖飣成篇，粘綴而就，故難以索解，自與太白不能比肩，此乃就內容風格而持否定看法。至於鄭板橋則分「私愛」與「公道」，因願子孫從事「富貴壽考」之公道，故不以私愛訓子弟，〈儀眞縣江村茶社寄舍弟〉曰：

> 郊寒島瘦，長吉鬼語，詩非不妙，吾不願子孫學之也。⑭³

長吉詩雖妙，亦只能割捨，以免子孫亦步上窮寒槁夭之地，有違家長深衷。可見對李賀詩抱持負面態度者，不超出前人見解之範圍，其程度也不激烈，評價李賀詩歌之主流終讓於正面肯定者矣。

總結有清一代，評注者並起不衰，爲正面肯定李賀詩者鋪陳了有利環境；就唐詩選本所反映之情形，也可明顯看到李賀較先前各朝受到重視。肯定李賀者，接受其特殊風格，以爲宜有此體、殊不可廢，不但勝於孟郊，亦高過張籍王建，爲杜韓後一大家，甚至是大曆以後唯一的樂府作手，無人可比；其次，本期爲「無理」之理提出種種有異以往的解釋，包括玄理之理、愜高老成之風格之理、格調神韻之理各端，而針對傳統以「感怨刺懟」爲本的無理說，也興起以李賀爲詩史的辯護，此皆突破傳統之見；其三，除了以楚騷、漢魏樂府爲李賀詩淵源，比較與謝靈運、李白、韓愈之風格外，更提出晚唐溫庭筠、李義山與李賀之間的師承關係，和李賀與宋詞格調之近似，亦爲一大創見；其四，除了大力推崇李賀鬼斧琢句之巧妙外，對李賀詩用字遣詞之技巧和習慣也有更精細的抉發。至於非毀李賀詩者相形之下寥寥

---

⑭³ 見清・鄭燮：《鄭板橋全集》「家書」類，吳宏一、葉慶炳編：《清代文學批評資料彙編》，頁424。

可數，仍繼承傳統所謂牛鬼蛇神、險僻行怪之說非之，唯有提出李賀詩粘綴片段、條理不明的見解，稍為特殊而已。整體觀之譽多毀少，較之前人評論亦多所創發。

## 第六節　民國時期

民國以後，主要由於西風東漸，加上國內社會政治變遷劇烈，批評方法及著眼角度更加開闊，也較易擺脫傳統評論，更創新局，呈現與前人有別的新風貌。為便於陳述起見，茲分國人與國際漢學研究情況兩方面分別討論。

就國人部分，民國以後唐詩選本中多有李賀的一席之地，如高步瀛《唐宋詩舉要》收李賀詩七古五首，余冠英《唐詩選注》收二十一首，上海辭書出版社編《唐詩鑑賞辭典》分析李賀詩三十二首，大陸編《中國歷代詩人選集》約四十家中李賀亦位列一家，單獨成書，另巴蜀書社所出賞析集中，亦有李賀一集。較例外者為早期學者所編，如戴君仁《詩選》及巴壺天《唐宋詩詞選》皆不收李賀作品，可見愈是晚近，能欣賞李賀詩者愈夥，且不分兩岸，共有此一趨勢。

對李賀詩的評論，一般都能超越詭魅險怪之感的局限，而正面接受其高度的藝術價值和個人特色，如梁啓超〈中國韻文裏頭所表現的情感〉講稿中歸之於《楚辭》、郭璞、李白、韓愈、盧仝一支，並以「超現實」一詞評之，又道：

> 不知者以為是賣弄詞藻，其實每一句都有他特別的意境，大抵長吉腦裏幻象很多，……我們不能不承認他

在文學史上的地位。[144]

而錢鍾書對李賀詩之批評允稱民國以來最持平而深入者，《談藝錄》指出長吉好取金石硬物作比喻；好用啼泣等字，有化工之筆；又好用代詞，不肯直說物名；而其作意，於光陰之速，年命之短，世變無涯，人生有盡，每每感愴低迴，屢見不鮮；於探討李賀詩比喻之法時，又以條理章法解釋傳統「無理說」之理，謂：

古人病長吉好奇無理，不可解會，是蓋知有木義而未識有鋸義耳。[145]

但也不否認長吉「近則細察秋毫，遠則大不能睹輿薪，故忽起忽結，忽轉忽斷，複出傍生」，與〈離騷〉情意貫注固不相類[146]，較近於宋代劉辰翁之說。錢鍾書所論或承前人已發之端，發論更為精詳；或自出己見，亦鞭辟入裡，為評論李賀詩兼具深廣度之完整著作。

而各家文學史多能肯定李賀唯美浪漫之風格，以及他對晚唐唯美文學的影響。如胡雲翼《中國文學史》謂其：「所作詩，辭多奇詭，人稱為『鬼才』。然其情韻濃厚，富有詩趣，並非韓愈盧仝一流。」[147]蘇雪林《中國文學史》稱：「其詩探幽入奧，而以極壯麗之辭采出之。……一切象徵死亡，和非常悽惋的字句，常在筆底湧現，

---

[144] 引自余光中：〈象牙塔到白玉樓〉，呂正惠編：《唐詩論文選集》（臺北：長安出版社，1985年4月），頁392。

[145] 錢鍾書：《談藝錄》，頁61。

[146] 錢鍾書：《談藝錄》，頁55。

[147] 胡雲翼：《中國文學史》（臺北：三民書局，1966年8月），頁140。

然而偏偏寫得十分美麗。」[148]鄭振鐸《插圖本中國文學史》乃以李賀爲「並有退之之奇與建、籍之艷者」。[149]而較値得注意者爲以下諸家，如劉大杰《中國文學發達史》云：

> 領導這一個新文學運動（指晚唐唯美文學）而得著最好的成績的，是開始於李賀，而完成於李商隱。……他有樂府的精神，李白的氣勢，齊梁宮體的情調，再加以孟韓一派的險怪，互相融和，而成爲他一種特有的作風，使他在中國唯美詩歌的地位上，占著極重要的地位。[150]

游國恩《新編中國文學史》承此亦云：「李賀融化並發展了『楚辭』、古樂府和齊梁詩的一些優點，創造了自己獨特的藝術個性。……是中唐最後的詩人，也是晚唐詩的開創者。」[151]都強調了李賀開創晚唐唯美詩風的地位，並將前人所涉及的幾個淵源融合爲李賀詩獨特的風格，是對傳統所論進一步強調的結果。其中較引人注意的是他們提出「齊梁宮體」爲淵源論之一端，乃前人未發之見。加上錢鍾書所指出六代中李賀與鮑照風格最相近似[152]，對李賀詩歌淵源之探索，益加發達。

---

⒁⒏ 蘇雪林：《中國文學史》（臺北：光啓出版社，1971年10月），頁140~141。

⒁⒐ 鄭振鐸：《插圖本中國文學史》（臺南：莊嚴文化公司，1991年1月），頁366。

⒂⒑ 劉大杰：《中國文學發達史》（臺北：臺灣中華書局，1975年9月），頁482、484。

⒂⒈ 游國恩：《新編中國文學史》（高雄：復文書局，1991年），頁268。

⒂⒉ 見錢鍾書：《談藝錄》，頁57。

而在影響論方面，早在錢鍾書已指出「李義山學昌谷」，繆鉞亦曰：「義山集中亦多倣李賀體之作，……取李賀作古詩之法移於作律詩。」⑬而錢鍾書復略論歷代習效李賀者，較諸其餘各家更為詳盡。其後朱君億〈李長吉歌詩源流舉隅〉就此大力發揮，可資參考。⑭近人則論及宋代詞人如美成、梅溪、白石、夢窗、碧山、須溪等皆受李賀沾馥，甚至指出：「溫韋得其沉著；歐晏得其深厚；秦姜得其豐神；蘇辛得其骨力；吳張得其秀鍊。」⑮乃就清人初發之論進一步推闡，雖有過論之虞，方可見李賀詩與詞之關係受到重視之一斑。

在風格比較方面，則由於西門洞開，將李賀比諸西方詩人之風氣一時鼎盛，如錢鍾書舉高地愛、愛倫坡、波特萊爾等以為李賀之倫；蘇曼殊以拜倫比太白仙才，雪萊比長吉鬼才⑯；劉滄浪等將李賀與濟慈相比⑰；余光中則注意到李賀某些作品與柯立基、席特蕙爾之近似，並以之為超現實主義的先驅，又具有意象主義的風格。⑱這些都在李白、韓愈、李商隱之外形成新的比較對象，與逐漸國際化的時代潮流具有同步並行之關係。

另一方面，就國際漢學研究部分而言，李賀研究已成為英美日學者的一樁盛舉，依唐詩選本觀之，自一九四七年之後《白駒集》、《寂寥集》、《晚唐詩選》分別收錄三十、十二、二十二首，一九七〇年英國牛津大學復出版《李賀詩集》，為李賀詩英譯之集大成。就

---

⑬ 繆鉞：〈論李義山詩〉，《詩詞散論》（臺北：臺灣開明書店，1979年3月），頁64。

⑭ 朱君億：〈李長吉歌詩源流舉隅（上）〉，《東方雜誌復刊》第5卷第11期（1972年5月），頁54-67。

⑮ 見張惠康：〈詞與李賀詩〉，《中華詩學》第8卷第5期（1973年5月），頁29。

⑯ 錢鍾書、蘇曼殊之言，見錢鍾書：《談藝錄》，頁59。

⑰ 劉滄浪：〈李賀與濟慈（John Keats）〉，《幼獅月刊》第43卷第6期（1976年6月）。

⑱ 余光中：〈象牙塔到白玉樓〉，頁380-389。

研究成果來看，日人翻譯註解、統計分析、考證及詮釋，加上傳記研究；英文方面，除傳記歷史外，亦偏重於語言分析，主題探討和作品評價方面，可謂洋洋大觀。李賀如此受到重視，在英美較之寒山有過之無不及，在日本，除了魯迅，無出其右者，其原因當在李賀詩中浪漫主義的悲切激情，和世紀末的病態感性都極為強烈之故，因此引起現代人之共鳴與激賞。⑲

由上文可見，民國以後，不分海峽間隔與國界分割，李賀詩都受到極大重視與好評，並擴大了風格比較之對象範圍，直接提高李賀之地位；在淵源影響論上亦有超出前人之觀點，其內容之研究更加精細嚴密，形成李賀詩研究與評論之新階段。

## 第七節　結　論

總結上文，可約為以下數端：

（一）唐代對李賀詩之評價全屬正面推賞，所開啓的幾個評論角度籠罩後世，不絕如縷。如李賀詩瑰奇誕幻之風格，離絕翰墨畦逕之藝術技巧，缺乏感刺怨懟、激發人意的「無理」問題，與李白的風格比較，以及指出楚騷與南北朝樂府為其淵源等，堪稱全面。

（二）就風格技巧而論，宋人貶譽參半，元人則奉之為一代圭臬，習效者如潮；明人則毀多譽少，或直以牛鬼蛇神、妖魔視之，或以之為有唐一人而已，足與李杜鼎立天下，各趨極端；清人則以別調肯定其特殊地位為主流，譽多毀少。

---

⑲ 本段參杜國清：〈李賀研究的國際概況〉，《現代文學復刊號》2期（1977年11月），頁133-141。

（三）就「無理」問題而言，除了是否裨補世用的社會性解釋外，宋人劉須溪提出「惠施堅白、不近人情」邏輯之理的解釋，並以長吉所長正在理外來超脫「賀詩無理」之質疑和批評。清人賀貽孫亦以爲當於「無理」處求得李賀詩與楚騷之所以成立的特性，故不當以此非毀，而其所謂「理」，乃指程朱義理之理；同代另有朱鶴齡以「愜高老成」之風格境界爲理，翁方綱以神韻格調肌理爲理；而以姚文燮、陳沆爲主的批評家則針對傳統「無理說」，提出「昌谷亦詩史」之論加以反駁。民國錢鍾書、鄭騫先生等以章法條理解釋「理」字，各有所見。

（四）就風格比較及淵源、影響之探討而言，歷代都將李賀與李白並論，尤其在宋代，兩人更有升沉一致、同褒共貶的命運。至明代則注意到韓愈對李賀的影響，提出「宗謝」和「雅之遺」的說法，並開始留意李賀與李商隱風格之接近。清代則除了與楚騷、漢魏樂府、謝靈運、李白、韓愈之關係外，大力陳明李賀對於晚唐溫李的師承影響，並指出李賀詩與詞的密切關聯。於民國時期，學者又爲李賀詩加上齊梁宮體與鮑照詩兩個源頭，進一步發揮他與詞的承啓關係，並將之與西方大詩人比擬，擴大了比較的範圍。此乃歷代評論不斷擴充之現象。

（五）就箋註和刊本而言，宋末元初始有劉辰翁評點、吳正子箋註；明、清更爲評、批、註、刊之豐收期。民國以後則增加翻譯者，可見李賀詩被接受之一斑。

（六）就歷代唐詩選本而言，唐、宋皆未見收有李賀作品。元代始得有之；明代則收與不收互見，收錄者卻未必推賞李賀詩；清代時，未錄者固有，然收進李賀詩之選本大增，所收質量亦俱佳；至民國時期，收錄李賀詩者占絕大部分。由此可見李賀詩歷代以來逐步被肯定的情形。

（本文原載於《國立編譯館館刊》第22卷第1期（1993年6月），後列入
陳友冰主編《海峽兩岸唐代文學研究史（1949-2000）》
（臺北：中央研究院文哲所，2001）附錄「臺灣唐代文學研究論文要目」，
並以摘要形式收入陳友冰主持編纂《唐代文學研究論著集成》卷8
（西安：三秦出版社，2004）〔今經修訂〕）

# 第四章

## 李商隱詩之神話表現

# 第一節　前　言

神話（或神話化的傳說）原本是集體創作，表現各時代民族共同的心理作用或精神活動，在其成就之「原型」涵育的固定意涵而言，的確已具備「化石性」的基本內容。但在神話傳說凝聚各項角色、情節等要素而結晶下來後，隨著後代輩出之新人的重新反省、另眼觀照，在詩人心靈個別傾向的引導下，透過不同的感受模式與運用手法，神話傳說便呈現了風貌各異的轉變。

既然「共同神話」受到了個人化的制約，於詩人個別特質影響的前提下，神話素材便獲得新的組合與詮釋，進而構築了詩人心靈世界的一部分，足以做爲我們探索詩人的一大途徑。然而，以善用典故聞名，甚至被目爲「獺祭魚」①的義山詩，對讀者而言，不但有「因用典而來的難懂」②，更有非關用典，來自於詩意朦朧隱晦、不易確指的「多義性的難懂」，往往造成一事多喻，隱射數端之解釋，孰輕孰重，主僕之分，都是頗具爭議的問題。雖曰：「魏、晉以降，多工賦體，義山猶存比興。」③有頗復古風之譽，但正是出於這種比興

① 楊文公《談苑》曰：「義山為文，多檢閱書冊，鱗次堆積，時號獺祭魚。」宋・楊億：《楊文公談苑》，〈獺祭魚〉，《宋元筆記小說大觀》第1冊（上海：上海古籍出版社，2001年12月），頁486。後王士禎〈戲仿元遺山論詩絕句三十二首〉之十一亦稱：「獺祭曾驚博奧殫，一篇錦瑟解人難。」清・王士禎著，清・惠棟、金榮注，伍銘輯校：《漁洋精華錄集注》（濟南：齊魯書社，1992年1月），頁244。

② 詳見徐復觀：〈環繞李義山（商隱）錦瑟詩的諸問題〉，第4節，《中國文學論集》（臺北：臺灣學生書局，1974年10月），頁177-254。

③ 見清・賀裳：《載酒園詩話又編》，郭紹虞輯：《清詩話續編》（臺北：木鐸出版社，1983年12月），頁376。

深微、測度不易的體認，因此本文在進行時便準備採取廓清枝蔓的態度，不論李商隱是藉神話典故以贈內悼亡、以寄朋黨糾結之痛，或是用來寓託世俗不能容忍的綺戀幽情，乃至一股蒼涼難言的身世之感，這些神話的運用都一概單純地被視爲詩人與神話遭遇時，一種人格基調的流露，或是心靈向度的展現；在以認知模式爲根本主體的體認下，比興之意都被視爲此一基調或向度與具體對象接觸時才衍生的個別內容，是「理型」具體化以後的不同摹本，以達到「探本溯源」、「以一攝萬」的目標。

其次，由於詩人的生命才是神話改造與創生的眞正土壤，當一則則自遠古傳遞而下的「故事」重新被詩人所理解，經由「心鏡」的折射與變形，以及個人視野的熔裁整合後，這便是神話新生之契機所在。「有我之境，則物皆著我之色彩。」④主觀宇宙中那個視察萬物、思索事理的主體——「我」，使得客觀世界產生了新的理解的可能性，也提供了新的呈現方式。因此，下文在進行探討時，不免須以李商隱整個一般表現型態爲參照，以使其神話世界在這大背景之下得到適當的定位。

## 第二節　神話與詩

神話（於本文中兼指神話與神話化的傳說），是孕育自非邏輯性之思維運作和感性之想像力互動的心靈的結晶，「神話彷彿具有一副雙重面目。一方面它向我們展示一個概念的結構，另一方面則又展示一個感性的結構。它並不只是一大團無組織的混亂觀念，而是依賴於

---

④ 引自王國維著，滕咸惠校注：《人間詞話新注》（臺北：里仁書局，1987年8月），頁58。

一定的感知方式。」[⑤]當神話以特有的方式來感知世界時，這種兼具理論要素與藝術創造要素的特質，使得神話與詩就像血脈互通的孿生子，卡西勒（Ernst Cassirer, 1874-1945）說，一涉及神話，「我們首先得到的印象就是它與詩歌的近親關係。……『神話創作者的心靈是原型；而詩人的心靈……在本質上仍然是神話時代的心靈。』」[⑥]固然，在面對感知對象時，審美心靈所表現的對它實存與否漠不關心的態度，迴異於神話之成立必然包含「信仰活動」在內的構成條件；但除此之外，本質的共通已足夠使得神話更秉具通向詩歌範疇的特權了。

當神話被援引入詩，擔任詩的主要題材或組成部分時，詩與神話的界限不但能夠泯滅難分，而且在兩相浹化的狀態下，使各自都得到了擴充和深化，從而形成一個交融共生的共同體，在豐富性和提升境界方面，攜手一起拓展生命的宇宙。由於人類「不得不在一定時空的意識中約束自己，從而失去了精神的自由。而詩，尤其是抒情詩，是對於這種不自由狀態的挑戰，是對於人類精神自由的強烈呼喚。詩的主觀化，對客觀存在的時、空限隔實行了突破與超越，其實質無異於創造一種新的神話。是的，古往今來一切眞詩，若不是恢復神話，就是製造神話。」[⑦]於此，將「恢復神話與製造神話」視爲眞詩的同義語，或許是推論稍過的命題，不易得到一般的認同；但是若就神話與詩同在主觀世界立足，以超越經驗可能性的想像和意志來建立自己的

---

⑤〔德〕恩斯特·卡西爾（Ernst Cassirer）著，甘陽譯：《人論》（上海：上海譯文出版社，2004年6月），第7章〈神話與宗教〉，頁106。

⑥〔德〕恩斯特·卡西爾著，甘陽譯：《人論》，第7章〈神話與宗教〉，頁104。

⑦引自董乃斌：《李商隱的心靈世界》（上海：上海古籍出版社，1992年12月），下編第2章，頁139。

特點而言，不失爲對神話的確是更容易在詩中恢復活力的重要認識。所以如何驅策神話材料，使之成爲展露自我眞生命、眞情感的憑藉，是詩人的努力範圍；而探討詩人創作之成果，抉發其中神話運用之命意機杼，也是讀者須認眞對待的任務。因爲當神話與詩親和地遭遇時，一種「教導人們學會觀看」（sapervedere）⑧的新視野便隨之誕生了。

## 第二節　李商隱詩中神話題材之類型與意象表現之特色

於當代詩人中，以李白、李賀、李商隱三人最以神話運用之多、之深而聞名，尤其是李商隱，馮浩曾指出：「義山身世之感，多託仙情豔語出之。不悟此旨，不可讀斯集也。」⑨神話（即所謂「仙情」）與身世之感互爲表裡的結果，便是李商隱詩更深入於神話肌理，彼此淪浹如一，因而也是我們不得不善視其神話運用，以更深入把握其人其詩之故。

李商隱詩中好用神話仙典，早已受到普遍的注意⑩，而不論是做爲重點的表現主題，或是做爲全詩構成之一的用典單位，實則都能

⑧ 此乃李奧納多・達芬奇（Leonardo da Vinci, 1452-1519）用來表達繪畫和雕塑之功能的用語，亦可擴大涵蓋一切藝術的最高價值。引自〔德〕恩斯特・卡西爾著，甘陽譯：《人論》，第9章〈藝術〉，頁183。

⑨ 見清・馮浩：《玉谿生詩集箋注》（臺北：里仁書局，1981年2月），〈海上〉詩附箋，頁27。

⑩ 如沈秋雄便曾說：「從來詩家用典，卻以史書、子書及經書為主。神仙故事是稗官雜說，一般不大援用。杜詩局面開闊，用典無所不可，剪裁神仙故事入詩的例子是有的，所占的比例卻也不大。比較起來，李義山在詩中引用神仙故事的分量，實在大大地超過了前人，我們一打開他的詩集，隨處可以邂逅這一類的例子。」見〈試論李義山詩的用典〉，收入張仁青編：《李商隱詩研究論文集》（臺北：天工書局，1984年9月），頁621。

使讀者產生多方面的聯想，等於在詩句背後隱伏了或大或小的遼遠世界，無形中增加了詩境的廣度和深度⑪，尤其是「他的用典則爲了故事的完成」，從中我們可以「感覺到不盡之意」⑫，因此當我們檢視李商隱詩集中運用的神話，嘗試做整體之類型區分時，便包括所有表現方式下的題材內容，統整爲一體，以觀其神話世界的完整輪廓。

根據主題與情節，李商隱運用的神話傳說包括嫦娥、紫姑、（牛郎）織女、麻姑、弄玉、湘妃、素女、西王母、青女、萼綠華、杜蘭香、宓妃、玉女、瑤姬、高唐神女、鈞天、精衛、望帝、句芒神、紫府仙人、吳剛、羲和、徐福、漢武帝、東方朔、韓憑、費長房等題材，其中又以嫦娥、紫姑、織女、西王母、麻姑、湘妃、青女、弄玉等項更常爲詩人所用，因此就整體比例而言，李商隱所建立的神話版圖大幅度地偏向女性意象，充滿了婉約哀怨之基調，而難脫柔韌難斷之傷情。以下試舉幾個表現力較強、興象較飽滿的神話主題爲例，具體言之，以觀其類型之一斑。

在嫦娥主題中，我們見到的是銀河碧海之寂靜裡，衣薄襟寒、夜夜悔偷靈藥的斷腸者，伴隨此一人物共同成立的環境，也充滿了「兔寒蟾冷桂花白」之類的孤冷情調，（詳參下節引證），所謂「青女素娥俱耐冷，月中霜裡鬥嬋娟。」（〈霜月〉）鋪陳的正是與冷霜同質的月世界，恰恰適合不宜熱鬧繁華的月神追悔其竊藥之錯誤，品嚐那孤立天外、遠別人間的孤寂與苦澀；於湘妃神話裡，詩人運用《博物志》、《述異記》、《水經注》的記載，一面倒地將焦點放在堯女追舜不及，乃灑淚成斑、終古不滅的悲劇核心，抒寫一股不盡

---

⑪ 有關用典的功能，詳參徐復觀：〈詩詞的創造過程及其表現效果——有關詩詞的隔與不隔及其他〉，第5節，《中國文學論集》，頁118-139。

⑫ 見林庚：《中國文學史》（廈門：國立廈門大學，1947年5月），頁209。

的哀感：「終古蒼梧哭翠華」（〈詠史〉）、「湘篁染淚多」（〈離思〉）、「湘江竹上痕無限」（〈淚〉）、「斑竹嶺邊無限淚」（〈深宮〉）、「湘竹千條爲一束」（〈河陽詩〉），似可由湘竹之廣生不息，證此一離恨之綿延悠長，莫可云止，因此當此一代表離別主題之意象出現時，甚至足以做爲衡量遠隔程度之終極基準，而擴大了別愁其無邊無極之苦，〈燕臺四首・冬〉曰：「青溪白石不相望，堂中遠甚蒼梧野。」便是用舜與湘妃生死舛隔之神話擴張了現實界咫尺天涯之絕望的例證。

麻姑者，在《麻姑山仙壇記》中是個手似鳥爪、見東海三爲桑田的神異人物，人世起伏，水淺復爲陸陵，都只不過是其永恆生命中的彈指變化而已，唯值談笑之資，而無損其芳華與靈力。至於李商隱筆下，麻姑所表現之形象則是：

- 直遣麻姑與搔背，可能留命待桑田！（〈海上〉）
- 欲就麻姑買滄海，一杯春露冷如冰。（〈謁山〉）
- 好爲麻姑到東海，勸栽黃竹莫栽桑。（〈華山題王母祠〉）

姑不論馮浩注〈海上〉一聯所云：「此兗海痛府主之卒而自傷也。」⑬過於指實；就詩論詩，仍可見麻姑搔背之厚愛畢竟不能久長，桑田之期無法踏實如願的遺憾；尤有進者，回應滄海之買的願望的，竟只是一杯如冰之冷露而已，若非麻姑本就力有未逮，便是位高自守、汲引不力的結果，與神人接觸的詩人，其心中怨望之深當如何難以自遣！

⑬ 見清・馮浩：《玉谿生詩集箋注》，卷1，頁27。

於此一神話題材中，李商隱雖非一如嫦娥、湘妃題材般直接自我投射，與神話角色疊合爲一，自居爲情節故事的主要人物，但做爲一個切近遭遇的對應者而言，所呈露出來的幽怨哀情卻是殊途同歸，雷同無別的。另外就以《淮南子》、《述異記》、《荊楚歲時記》和崔寔《四民月令》等民俗傳說爲主，敷衍而成的牛郎織女故事而言，李商隱主要乃側重在織女之心理勾劃和別離之主旨上，牛郎之形象因而顯得模糊不彰，於詩人的神話世界中淪沒。試看下列諸例：

- 海客乘槎上紫氛，星娥罷織一相聞。只應不憚牽牛妒，聊用支機石贈君。（〈海客〉）
- 鸞扇斜分鳳幄開，星橋橫過鵲飛迴。爭將世上無期別，換得年年一度來。（〈七夕〉）
- 恐是仙家好別離，故教迢遞作佳期。由來碧落銀河畔，可要金風玉露時。清漏漸移相望久，微雲未接過來遲。豈能無意酬烏鵲，惟與蜘蛛乞巧絲。（〈辛未七夕〉）

〈海客〉中所謂「不憚牽牛妒」說得大膽強烈，出人意表，贈石之舉尤其反映長年獨守之下微妙的女性心理；至於迢遞歲月中，佳期有如曇花一現的狀況，雖有別離之無奈與歡會之喜悅，且比諸世上種種再見無期的生離死別，年年一度之許諾已然值得感到安慰，但在詩人的詮釋下，似乎又不免有一些超出傳統之外的言外之意，所謂「恐是仙家好別離」等說法，使神仙心理也染上了人間變化複雜的俗情色彩，可以說是李商隱別出心裁地重塑神話人物意象之特質的表現（此一特質將於下文第四節詳論）。於此，織女之光芒不但大大掩蓋共同成就此一傳說故事的另一位主角牛郎，其形象也更加突出而立體，在詩人爲之添加現實血肉之餘，已不再是平貼在特定情節範疇中的固有零件，而是具備了鮮明之人格屬性，能夠自行呼吸、也可以言行自決的新生人物了。

除上文所及的嫦娥、湘妃、麻姑與織女之外，其他尚有象徵意義濃厚、意象興味充足而出現頻率亦高之神話人物，此處不擬贅述。由點的分析而至普遍的面的歸納，就一般表現而言，透過上文對李商隱詩中神話題材與意象重點之分析，我們可以發現這些神話傳說之題材有三種特色：

第一，女性人物占其中的絕大多數。因此在李商隱神話世界中生存活動的靈魂，莫不充溢著女性特有的幽微情思和寂寞哀感，反映出纖敏之韌性與陰柔之淒美，而缺乏英雄之規模、宏偉之構圖以及陽剛之勁力。在此一以女性人物爲主的想像土壤中，並不激射意志之箭直衝向對抗目標而奮力挑戰，只是瀰漫著一股盈盈漫生、朦朧難訴之哀情；是向內地糾纏自縛，而不是向外地激越抗爭，於是滿脹著柔韌屈延的女性意識，絕少昂揚奮厲的積極情調。

第二，其神話中人物與情節開展自身之內容意義的環境背景，多具有高寒、清寂、深幽、貴重卻涼冷的質感，不論是瑤池、月宮、銀漢、青天、碧海、紫府之地，或是清漏、錦瑟、碧簫、寶釵、金殿、玉樓、春露、雲波、霜雪、湘淚、水光、雲梯、星石、水精簾與雲母屏等等構設物，多來自冷堅涼硬而不失貴重之質地，傳達一種偏向寒色系的無溫度感，醞釀出一個充滿距離感與超越感的氛圍，精緻而孤冷如冰，與那些縹緲天外、可望而不可及的女性神人恰恰協調，正適合做爲上演以女性悲劇爲主要內容的神話舞臺，乃李商隱心靈上感性生命的幅射延伸。

第三，這些神話內容多用漢代以後之仙話傳說，除了鸞鳳、青鳥及精衛等少數題材具有先秦資料（如《山海經》）之來源外，其餘大多出自成書於秦漢與六朝之史傳雜說和仙書逸聞，如《呂氏春秋》、《淮南子》、《史記》、《漢書》、《穆天子傳》、《異苑》、《荊楚歲時記》、《博物志》、《述異記》、《列仙傳》、《水經注》、《眞誥》、《麻姑山仙壇記》等後出文獻，都不復早先醞釀期之質樸簡陋，而較具有完整之故事情節與明顯之主題意識，因此不但可以使詩歌內容無形中因史料精繁之故而更爲豐富，詩人能夠驅遣選擇的範圍和切入的角度也更加擴大且精微化，有助於作品深度和廣度的提升。

以下，便針對其他方向繼續進行李商隱詩中神話運用之內在探討。

## 第四節　李商隱詩中神話展現的時空架構

時間和空間是任何存在物存在的基本形式，也是任何實在體在構成上的先驗條件，一切理解和感受活動的發展都必然與之相連。

雖然時、空兩大概念存在著不同的了解層次，就詩歌內容所展現的時間和空間性質而言，它既不是數學的，也不是幾何的，更不是觀念化的有機體式，而是一種「包含著所有不同類型的感官經驗的成分——視覺的、觸覺的、聽覺的以及動覺的成分在內」的「知覺空間」[14]，以及具有同一性質的「知覺時間」；如果用機械原理去加以

⑭ 此種「知覺空間」之認識與提出，見〔德〕恩斯特．卡西爾著，甘陽譯：《人論》，第4章〈人類的空間與時間世界〉，頁59。

了解的話，絕無法對文學世界中呈現的時空架構產生適當而相應的掌握。因此，在特別是由詩人超離現實基礎、在常理之外構作的神話題材上，更是需要這種「知覺空間」與「知覺時間」的先決認識，才能奠定探索神話時空的基礎。

神話因爲是想像力突破自身限制、超越既有格局的產物之一，其中神話人物活動的時空網絡非一般可比，或變千古、渺今昔，或縮萬里、傲青冥，容且已是奇出詭生的謬悠之境，時間和空間合組的四度座標軸都可以推衍至於無限，上下四方、古往今來，皆足以延伸至敻絕難稽之處。然而，若從李商隱一般的詩境著手，我們可以發現他詩中之時空架構，形成一種極不均衡勻整的座標模式，呈現一扁平狀態，其中空間軸特別突出，盡其所能地擴充；相反地，時間軸則放棄渺遠的歷史感，只凝聚在充滿「當下現前」之意味的意識原點，就生命所寄的「現在」時刻來展現其熟悉如在目前的感受。也就是說，空間上是一橫絕萬里、無法企及的龐大存在，上窮碧落銀漢，遠至杳然無尋的天地邊際，爲難以顯示其邊界的無限領域；而時間則遠較爲凝縮，往往限於一春一年，或者即使仍在時間延展中，卻因爲情感意念之強烈重複而顯得近在眼前，不但沒有遠離現實的渺茫難及之感，反而由於情念相重或瞬間即成滄桑遞嬗的表現型態，而顯得日新又新，伸手可觸。這便是李商隱詩中時空間架的一大特色，於神話部分也反映了相類的模式。

## 一、空間意識

先就空間意識論起。檢視他的詩歌作品，可以發現集中經常出現代表空間距離的「萬里」和「萬重」二詞，合計達三十三次之多的總數[⑮]，顯示「萬里」等詞已構成具有特定意義的符碼，象徵詩人對空間意識的落實；而在以「萬里」爲「無限」之代詞的想像之下，推衍出一個宜於展露李商隱生命空間的舞臺。茲舉數詩以爲例：

- 不知人萬里，時有燕雙高。（〈迎寄韓魯洲瞻同年〉）
- 萬里風波一葉舟，憶歸初罷更夷猶。（〈無題〉）
- 萬里憶歸元亮井，三年從事亞夫營。（〈二月二日〉）
- 扇風淅瀝簟流離，萬里南雲滯所思。（〈到秋〉）
- 玉璫緘札何由達？萬里雲羅一雁飛。（〈春雨〉）

這種羈旅遠隔的悲嘆情境，莫不是由「萬里」那綿延難越的背景所構成，黃永武曾表示：「遠隔孤獨的流離心態，是李商隱詩中的基本情調。」[⑯]而我們可以進一步指出，空間的遠隔感在「萬里」、「萬重」等詞語中得到充分的具體化。雖然在唐朝盛文章中，「萬里」一詞的大量出現已是國運宏揚下眼界胸懷推擴拓展的自然結晶，也是對偶技巧成熟後方便法門大開的結果，但是在特定詩人的用語中形成具有象徵意涵的語言符碼，仍是值得探究的特殊現象。即以李商隱用力習效之前輩杜甫而言，杜集中「萬里」一詞出現的次數更繁，約達

⑮ 「萬里」一詞出現二十九次，「萬重」一詞出現四次（後者包括別指「萬層紗羅」之「香緹千萬重」一次，可不計入），據《全唐詩索引・李商隱卷》（北京：中華書局，1991年7月）之統計，頁331。

⑯ 見黃永武：〈李商隱的遠隔心態〉，張仁青編：《李商隱詩研究論文集》，頁58。

七十九次之多[17]，但杜甫之使用「萬里」，所顯示的乃是一種厚累博積，渾涵實育的結果，正如杜甫〈戲題王宰畫山水圖歌〉一詩中所謂：「十日畫一水，五日畫一石。」是生命與藝術雙方面地負海涵、穩紮無遺的進展程度，於不辭細壤弱流的累積凝聚下而成就的博大存在感。反觀李商隱運用「萬里」的手法，卻是要極力突顯自己在廣闊天地間渺小受限、力有未逮之困頓無助，在無限的空間與滄粟微渺的自身之間，存在著巨大的緊張與壓迫，束縛著詩人呼之不應、喚之不得，在觸及理想物之前，總是不免遠隔著萬里的橫絕。這是值得比較的差別特質，顯出兩人迥異的生命格局。

這種心態反映在神話題材中，也莫非如此，觀下列詩例可知：

- 混沌何由鑿，青冥未有梯。（〈寄羅劭興〉）
- 玉壺渭水笑清潭，鑿天不到牽牛處。（〈無愁果有愁曲北齊歌〉）
- 萬里誰能訪十洲？新亭雲構壓中流。（〈奉同諸公題河中任中丞新創河亭四韻之作〉）
- 萬里峰巒歸路迷，未判容彩借山雞。（〈鳳〉）
- 劉郎已恨蓬山遠，更隔蓬山一萬重。（〈無題四首〉之一）

其中無論是幽邈青冥、海外十洲或蓬山仙島，追尋途中都是重重障蔽、窒礙難行，「未有梯」、「誰能訪」、「歸路迷」、「鑿天不到」和「更隔萬重」之慨嘆，眞復有無限悵惘；而唯一能藉助神話突

⑰ 此數字乃筆者根據楊倫注：《杜詩鏡銓》統計之結果。

破隔限之力量，進行超越這萬里阻隔之嘗試的「夢」與「青鳥」、「鸞鳳」等，卻在詩人提出之後又遭到自我徹底否決的下場，終究還是逼近到絕望無援的死角中。下面我們就依序繼續探討夢與青鳥、鸞鳳如何爲詩人所寄望卻又一一落空的心理轉折。

「夢」的原始意涵便包括虛幻不實、有形無質的特性；而在西方心理學大師佛洛依德（Sigmund Freud, 1856-1939）的研究之下，所謂夢「是一種願望的達成，夢的刺激來源，完全是一種主觀心靈的運作」⑱，做爲補償心理缺憾的功能之另一特性，更突顯其在心理機制中弭平衝突、掩過飾非的角色，比諸夢的其他特性，更爲世人所重。翻檢李商隱詩，其中的夢出現共約七十七次⑲，頻率之高十分令人矚目，每一位乍然與李商隱初見的讀者，或許都不免爲隨處寓目可見的「夢」字而感到訝異吧！細究集中出現的夢，即使連極少數義山夢後據夢而作的作品（如〈七月二十八日夜與王鄭二秀才聽雨後夢作〉、〈夢令狐學士〉）在內，就其發用之情境與方向而言，莫不是環繞在「補償心理缺憾以一圓未能實現之渴望」的這一核心而向外輻射，卻終究又回歸到虛幻落空之情的感傷中，不論是念遠、懷鄉或青雲之思，都可藉由「夢」這個媒介聊以完成，只不過夢中的圓滿總會在清醒時刻現實殘酷的對照下化爲幻影而已。

以夢作爲實踐媒介之詩，例如：

- 十頃平波溢岸清，病來惟夢此中行。（〈病中早訪招國李十將軍遇挈家遊曲江〉）

---

⑱〔奧〕佛洛依德（S. Freud）著，賴其萬、符傳孝譯：《夢的解析》（臺北：志文出版社，2001年5月），頁55。

⑲ 根據《全唐詩索引．李商隱卷》所計，頁325-326。

- 上帝鈞天會眾靈，昔人因夢到青冥。（〈鈞天〉）
- 故山歸夢喜，先入讀書堂。（〈歸墅〉）
- 故念飛書及，新歡借夢過。（〈腸〉）
- 京華他夜夢，好好寄雲波。（〈西溪〉）
- 莫學啼成血，從教夢寄魂。（〈杏花〉）

由這些詩例可見，無論是歸鄉之望、樂遊之思、青冥之意，或是一切新歡舊愁之感，無一不以夢爲傳達寄託的最佳途徑。馮浩注其中〈歸墅〉一聯詩云：「身未到夢先到也。」[20]亦頗能傳示那份以虛寄實、以幻託眞的躍動的渴望。

除了夢之外，禽鳥類如雁，以及原本即脫胎於神話傳說中的青鳥和鸞鳳更是肩負探路與追行的重要憑藉。諸如下列詩例：

- 蓬山此去無多路，青鳥殷勤爲探看。（〈無題〉）
- 青雀西飛竟未迴，君王長在集靈臺。（〈漢宮詞〉）
- 有娀未抵瀛州遠，青雀如何鴆鳥媒？（〈中元作〉）
- 昨日紫姑神去也，今朝青鳥使來賒。（〈昨日〉）
- 消息期青雀，逢迎異紫姑。（〈聖女祠〉）
- 身無彩鳳雙飛翼，心有靈犀一點通。（〈無題二首〉之一）
- 雲路招邀迴彩鳳，天河迢遞笑牽牛。（〈韓同年新居餞韓西迎家室戲贈〉）

---

⑳ 見清・馮浩：《玉谿生詩集箋注》，頁333。

加上前文已引之「玉璫緘札何由達？萬里雲羅一雁飛」之句，可見李商隱十分善用二足無毛的人類心靈底層一直潛藏著的飛翔的欲望，將遠征萬里、超越隔礙的任務交予秋去春來、高飛遠走的大雁，尤其是託付給神話中更無與倫比的青鳥與鸞鳳之屬。青鳥，又名青雀，《山海經．海內北經》中謂之「爲西王母取食」者[21]，同書〈大荒西經〉郭璞注云：「皆西王母所使也。」[22]在《藝文類聚》卷九一所引《漢武故事》一書中，青鳥更已被確立爲仙使或信使的角色：「七月七日，上于承華殿齋正中，忽有一青鳥從西方來，集殿前。上問東方朔，朔曰：『此西王母欲來也。』有頃王母至，有二青鳥如烏夾侍王母旁。」[23]可見李商隱巧妙地擷取此一神話素材，做爲構設其神話世界的成分之一。而鸞鳳之類也是生存在神話中的禽鳥，於《山海經》中多以「鸞鳥自歌，鳳鳥自舞」的型態出現[24]，本是一種太平盛世安寧有德之象徵；但在李商隱詩中，則以同具精美華貴之姿、神奇靈異之質與翩翩遠颺之雙翼，而和青鳥共享詩人在一絕望又迷失的「遠征情境」[25]中無所成就的苦尋。因此可以說，李商隱於外在政治、社會、人情與內在自身生命型態所羅織而成的萬里遠隔的知覺空間中，不但嘗試由神話中的青鳥鸞鳳所引導，進行一場「遠征」式的努力，甚至足以進一步斷定，這些精豔絕倫的神話鳥禽根本便是詩人情感和

---

㉑ 見袁珂：《山海經校注》（臺北：里仁書局，1982年8月），頁306。

㉒ 袁珂：《山海經校注》，頁399。

㉓ 見范之麟、吳庚舜主編：《全唐詩典故辭典》（武漢：湖北辭書出版社，1989年1月），頁1126。

㉔ 見《山海經》中之〈海外西經〉、〈大荒南經〉、〈大荒西經〉、〈海內經〉等處，各在袁珂：《山海經校注》，頁222、372、397、445。

㉕ 所謂「遠征情境」的境界表現出一種「追求」的原始類型，詳見張淑香：《李義山詩析論》（臺北：藝文印書館，1987年3月），第2部分第2章第7節，頁188-199。

意志的化身，企圖超越重重限制以觸及或尋獲他的理想所在之地，達到現實與理想的統一，而完成自己所渴盼的完美生命。

只是夢境雖好雖眞，亦不過泡影而已，所謂：

- 遠書歸夢兩悠悠，只有空床敵素秋。（〈端居〉）
- 書長爲報晚，夢好更尋難。（〈曉起〉）

夢所具有的這種捕之不及、追之不得的性質，必然要使自己陸沉於更廣大清明的意識層中，陷入到以意識主體否定意識內容的窘境；而青鳥鸞鳳雖稍爲具體可感，但其虛幻之本質卻與夢媒並無二致。既然現實與理想結合無望，陷身於其間巨大之裂縫中的奮力舉翼、殷勤探看的青鳥鸞鳳之類，便也只有落得迷途徬徨、空舞無棲之境地了。李商隱詩中這類意象所在多有，如：

- 紫鸞不肯舞，滿翅蓬山雪。（〈海上謠〉）
- 彩鸞空自舞，別燕不相將。（〈夜思〉）
- 舊鏡鸞何處，衰桐鳳不棲。（〈鸞鳳〉）
- 枉教紫鳳無棲處，斲作秋琴彈壞陵。（〈蜀桐〉）

加上前引「青雀西飛竟未迴」、「萬里峰巒歸路迷」之句，我們可以明顯看到，李商隱以情感意志凝塑而成的夢與神鳥媒介來克服困局的企圖仍不得不歸於失敗，以至於在悲劇中再覆以一層更深的悲劇。他的心靈開展著一個連自我都無法籠罩、無法自宰的無限空間，然後再反過來架空自己、壓迫自己，從而在這廣大宇宙間迷失，成爲宇宙間一個徒有羽翅的飄蕩的點。

## 二、時間意識

就李商隱詩中神話世界所展現的時間意識而言，從下列所舉詩例的詮釋中，我們可以清晰地發現那種「在原點重覆」的強烈的「現下意識」，使時間要素變得不是延展的，而是不斷向當前特定點回歸的型態。與其說「神話創造了永恆的時間」，在李商隱詩裡，不如說「神話表現了永恆的現在的時間」，一切遠古神話傳說所指涉的莫不是詩人當前生命的核心，都爲了詩人現下的情境而蛻變出特定的面貌，例如有關嫦娥之詩即是明顯的例子：

- 雲母屏風燭影深，長河漸落曉星沉。常娥應悔偷靈藥，碧海青天夜夜心。（〈常娥〉）
- 姮娥擣藥無時已，玉女投壺未肯休。（〈寄遠〉）
- 兔寒蟾冷桂花白，此夜姮娥應斷腸。（〈月夕〉）
- 浪乘畫舸憶蟾蜍，月娥未必嬋娟子。（〈燕臺四首•冬〉）
- 秋娥點滴不成淚，十二玉樓無故釘。（〈無愁果有愁曲北齊歌〉）
- 常娥衣薄不禁寒，蟾蜍夜艷秋河月。（〈河內詩二首〉之一）

自從《淮南子・覽冥訓》最早提出嫦娥奔月的神話：「羿請不死之

藥於西王母，姮娥竊以奔月。」[26]其不死仙軀著落於天外孤星上，開始涵攝無數凡人長生的想望，在塵宇之上凝固一永恆而完整的美好狀態，於奔月故事完成的瞬間之後，便以喜劇的姿態無限延長，不再隨時間而變化，因此可以不斷滿足飽受生死之間一切苦的人們心中的深淵。但是李商隱卻將這原應永遠繼續保持下去的美好狀態又收束到時間變化之中，所謂「夜夜心」、「無時已」和「此夜應斷腸」之說，無異使超越人間的嫦娥回到日日重覆的心理活動裡，像凡夫俗子般，在每一個最具體的現在時間中構成最真實的生存感受。於是，永恆不變的神話時間就從延伸的軸縮爲有限的點，全然爲當前的存在狀況所限制。

這個有限的特定的時間點，往往是以「一年」的單位爲其最大界垠，在大自然界四季循環、消長往復的節奏下，成爲意義展現的主要格局。例如：「萬里重陰非舊圃，一年生意屬流塵」（〈回中牡丹爲雨所敗二首〉之二）、「不辭鶗鴂妒年芳，但惜流塵暗燭房」（〈昨夜〉）、「搖落傷年日，羈留念遠心」（〈搖落〉）、「荷葉生時春恨生，荷葉枯時秋恨成」（〈暮秋獨遊曲江〉）等都以一年之變化爲體察對象，同時又著重在春去秋來生意淪沒、成虛化無的趨向，因而充滿了滄桑不定、佳期難再之感，〈一片〉詩裡所謂：「人間桑海朝朝變，莫遣佳期更後期。」〈辛未七夕〉中所云：「故教迢遞作佳期。」以及〈贈句芒神〉中所稱：「佳期不定春期賒，春物夭閼興咨嗟。」等最足以爲此種時間感之代表。

既然流陰變化中盛時難得，而一年之中又是春光易減、佳期常虛，唯餘迢遞之歲月以日日橫生之悲劇情境不斷在徒勞中原地踏步，

---

㉖ 引自高誘註：《淮南子》（臺北：藝文印書館，1974年4月），卷6，頁175。

因而我們可以說，李商隱詩中的時間意識雖以一年爲幅度，而一年其實又是每一日相同之傷情悲感的承續與累積而已，於是神話時間便停留在一個特定的焦點上，藉由無休止地自我重覆，而顯出一種歷久彌新的迫近感，造成「現在」的原點印象。除了「碧海青天夜夜心」的嫦娥之外，「玉女投壺未肯休」的防天笑生電之神、「青女丁寧結夜霜，羲和辛苦送朝陽」（〈丹邱〉）的主霜雪之神與駕日御行者……等等，都刻意突顯神話仍在當前活生生進行的狀態，因此馮浩注〈丹邱〉一聯詩才會說：「夜復夜日復日也。」[27]我們可以看到，當古代的神話不但已經在完足的情節中確立下來，以「過去完成式」的封閉型態存在，並且在神話故事結束的時刻與後世詩人再度面臨神話的時刻之間，留下一個時間距離的情形下，李商隱卻跳進神話情節進行的時間之中，讓神話與現實重疊，讓現實成爲神話的延續，於是神話時間並未過去，也並未完成，他在詩人當下的生存時間中天天獲得新生，且因爲不斷重演而顯出「現在進行」的新鮮血脈。這便是上文所謂「不斷向特定時間回歸之原點意識」的眞實意涵。

## 三、時空失衡的扁平架構

由上文可見，李商隱詩中的時空架構乃以一種特殊形式出現，同時也反映於神話題材之中，在以「萬里」爲符碼的無限空間與以「當前」爲核心的原點時間之間，造成極端強烈的對比張力，和極端脆弱而不均衡的緊張關係；往往時、空要素並存於詩歌脈絡中，使悲愴、徒勞之主體意識顯得更爲突出，如：

---

[27] 見清・馮浩：《玉谿生詩集箋注》，頁663。

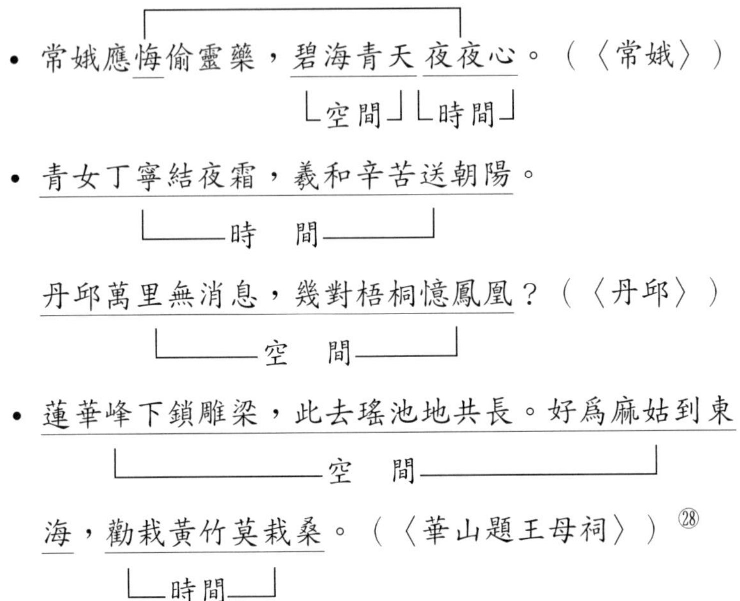


以上三例或在一句中自對，或上、下兩聯彼此頡頏，甚或以三襯一，末句奇峰突起，比例雖有差別，其內在張力卻強韌如一。相對於不斷重演的辛勞和悔恨以及好景常虛的滄桑變化，環宇橫闊的綿延無限便顯得無從把握、難以著落，而那日日反覆的悲愴與徒勞落空之感也就永遠難期終了之時了。

㉘ 此詩題為〈華山題王母祠〉，末句之「勸栽黃竹莫栽桑」表面上似與時間因素無關，實際上卻完全是時間感的具體表現，馮浩注云：「竹貫四時而不改，桑田有時變海，故結句云。」所言甚是。清・馮浩：《玉谿生詩集箋注》，頁724。

## 第五節　李商隱詩神話運用模式之特質：人情化——一般神話思維運作的反命題

既然詩歌的表現方式是植根於詩人整體生命型態之中，也是其特殊人生傾向之投射或映象的反應；同時，除了自然流露的一般因果關係之外，詩歌內容實際上也具有詩人自身內省的一種意識的作用，所以卡西勒曾指出：

> 易卜生宣稱，做一個詩人，就意味著像法官一樣對自己作評判。詩歌乃是那種人可以通過它對自己和自己的生活作出裁決的形式之一。這就是自我認識和自我批評。這種批評不應當在一種道德的意義上來理解，它並不意味著去對詩人個人生活作評價或責難、辯護或定罪，而是意味著一種新的更深刻的理解，意味著對詩人個人生活的再解釋。㉙

很顯然，這種對個人生活的新理解或再解釋，通過了詩人的自覺意識後清晰地呈現在詩語詞情之中，也表現在各類素材的構成手法上。爲了更明確而深入地突顯李商隱神話運用模式之特質，我們先扼要地稽勾他在詩篇中流露之自我認識，再進一步逼出他面對素材安排時思維運作的特殊程序。

---

㉙ 引自〔德〕恩斯特·卡西爾著，甘陽譯：《人論》，第4章〈人類的空間與時間世界〉，頁71-72。

李商隱是一個「自溺其中、不能也不願超脫出來」的人，屬於「往而不返」者流，絕不似莊子、李白之類「入而能出」[30]的灑然超曠那般，對深情厚意雖有非常之體認，卻不溺於溫情或恨憾中。這種一往情深之唯情性格的標舉，於玉谿生詩集中屬「夫子自道」者，可謂俯拾得見：

- 埋骨成灰恨未休。（〈和韓錄事送宮人入道〉）
- 輕身滅影何可望，粉蛾帖死屏風上。（〈日高〉）
- 世界微塵裡，吾寧愛與憎。（〈北青蘿〉）
- 微生盡戀人間樂，只有襄王憶夢中。（〈過楚宮〉）
- 春蠶到死絲方盡，蠟炬成灰淚始乾。（〈無題〉）
- 深知身在情長在，悵望江頭江水聲。（〈暮秋獨遊曲江〉）

所謂未休之恨、人間之樂、不捨之愛與憎，與夫至死不乾之淚，莫不是理性智慧之外，完全生自於隨著生命之形成便秉具的七情之性，可以說是未經文明斧鑿之前原始生命最強烈、最鬱勃之元素；只是在這最原始的感性土壤上，李商隱發之以詩人之銳感，塑之以藝術家之纖敏，遂使其沉淪其中的愛憎樂恨不但不失之粗率直野，反而像一筆一線皆不可輕易改動、甚至令人不敢輕觸以免損毀的藝術品，其精細至

[30] 「入而能出」、「往而不返」兩種詩人面對哀樂之兩種類型，所謂：「詩以情為主，故詩人皆深於哀樂，然同為深於哀樂，而又有兩種殊異之方式，一為入而能出，一為往而不返，入而能出者超曠，往而不返者纏綿，莊子與屈原恰好為此兩種詩人之代表。」詳見繆鉞：〈論李義山詩〉，收入繆鉞：《詩詞散論》（臺北：臺灣開明書店，1979年3月），頁57；葉嘉瑩亦曾謂李商隱「特別耽溺於心魂深處的某一種殘缺病態的美感」，見葉嘉瑩：〈從比較現代的觀點看幾首中國舊詩〉，《迦陵談詩》（臺北：三民書局，1984年1月），頁268。

極，也沉溺至極，《唐詩貫珠》卷十五所謂：「皆幽秀精膩，去盡渣滓。」[31]即是感此而發。觀李義山加諸這些情感之上的程度副詞，所謂「成灰」、所謂「盡戀」，以及「到死」、「長在」之語，莫不是將自己的這份沉溺、這份投注推到極致，其間不容絲毫保留；若再對照他自己對「世界微塵」與「微生」這種有感於生命微小短暫之自覺，就更顯出他不願以曠達超脫自己，反而寧可固守並深化這白居易所謂「蝸牛角」、「石火光」[32]般人生中過多又過重之情感的執著；而尤其不幸者，就在於「恨」才是所有這些「情」的歸總結穴之處，除了〈暮秋獨遊曲江〉中所謂「荷葉生時春恨生，荷葉枯時秋恨成。」顯示出一股與生俱來的悲劇感，和與悲劇相始終的宿命意識，在〈謝先輩防記念拙詩甚多，異日偶有此寄〉一詩中，他更明白申述自己在詩歌創作中所欲傳達的，便是一股鬱積難化的「恨」字：「夫君自有恨，聊借此中傳。」因此我們可以說當李商隱出入於神話世界之中，並連繫於現實塵寰時，從神話世界帶來之素材也就賦持了這種鮮明而濃烈的色彩。

原始神話中，除了少數是全然出於單純地解釋自然乃至人文現象，如：「有女子名曰羲和，方日浴於甘淵。羲和者，帝俊之妻，生十日。」[33]「帝俊生晏龍，晏龍是爲琴瑟。」「帝俊有子八人，是始爲歌舞。」[34]等之外，多數神話情節之構作，目的常指向彌補生命缺憾，使人生中無可奈何、難以避免的斲傷得到心靈的補償，尤其

---

㉛ 引自張步雲：《唐代詩歌》（合肥：安徽教育出版社，1990年8月），頁470。

㉜ 白居易〈對酒五首〉之二云：「蝸牛角上爭何事？石火光中寄此身！隨富隨貧且歡樂，不開口笑是癡人。」表現的是隨緣自在、不被短暫生命中承載之憂苦所限的曠達人生觀。唐・白居易著，顧學頡校點：《白居易集》（北京：中華書局，1979年10月），卷26，頁598。

㉝ 見《山海經・大荒南經》，袁珂：《山海經校注》，頁381。

㉞ 兩則皆見《山海經・海內經》，袁珂：《山海經校注》，頁468。

是那些涉及「死與再生」之主題的變形神話，如逐日之夸父死而杖化桃林、爲黃帝所殺之蚩尤棄械化爲楓木、被帝所戮之鼓與欽䲹各化爲鵕鳥與大鶚，以及溺於東海之女娃化爲銜石塡海之精衛等[35]，莫不有「以生繼死」、執意求償的強大意志，結合超越生死大限的想像力，以尋求生命重心完滿實踐的契機，使千瘡百孔的生命仍然能夠縫合經驗斷裂的碎片，而棲身於完美的理型之中，擴充同時也實現對此一充滿欠缺的有限世界的終極想望。

但李商隱在遭遇神話世界時卻往往反其道而行，將前人本來已勉強地爲生命構築出作爲心安處的神話世界重新打碎，使表面圓滿的鏡面重新產生出裂縫，再度塡充瀰漫人間的永恆的隔閡與哀愁，於是閃耀著天上七彩光芒的神話泡沫沉淪於現實的海洋中，瞬時消失，留下一個無窮的情天恨海翻騰起伏，迫使詩人與讀者面對在泡沫揭破之後，更加徹底的無所依歸之失落與不得安頓之殘酷。

於是，不僅嫦娥會應悔偷靈藥，在獲得不死之軀後反而忍受著夜夜侵襲而來的寂寞，甚至會面臨到「桂子擣成塵」（〈房君珊瑚散〉）的困境；李詩中的其他人物也莫非在完成神話內涵後，反向受到人情化的重新定位，竟然於故事原型結束時，以殘缺的情節繼續延長：在《穆天子傳》、《列子》等書中，駕馭造父所御之八匹駿馬賓於西王母，被西王母測爲「將子無死，尚能復來」的周穆王，於李商隱筆下卻是：

---

[35] 以上四例，情節內容分見《山海經》中之〈海外北經〉、〈大荒南經〉、〈西山經〉、〈北山經〉，各在袁珂：《山海經校注》，頁238、373、42、92。另外，有關死與再生之神話主題及其義蘊，可參考王孝廉：〈死與再生——原型回歸的神話主題與古代時間信仰〉，《神話與小說》（臺北：時報文化公司，1986），頁91-125。

- 神仙有分豈關情？八馬虛追落日行。莫恨名姬中夜沒，君王猶自不長生。（〈華嶽下題西王母廟〉）
- 瑤池阿母綺窗開，黃竹歌聲動地哀。八駿日行三萬里，穆王何事不重來？（〈瑤池〉）

將留存於神話中兩位神人重見歡會的可能性一筆勾消，穆王的神性也在人性中全然消解，復其速朽之凡體；《呂氏春秋・有始》說明：「天有九野，中央曰鈞天。」《史記・趙世家》則記載扁鵲視趙簡子疾，謂與秦繆公同症，二日半後趙簡子寤，語大夫曰：「吾之帝所甚樂，與百神遊於鈞天，廣樂九奏萬舞，不類三代之樂，其聲動人心。」㊱這可到之鈞天帝所，可聞可賞之仙樂，李商隱卻有路迷難尋、知音何求之嘆：

- 鈞天雖許人間聽，閶闔門多夢自迷。（〈寄令狐學士〉）
- 上帝鈞天會眾靈，昔人因夢到青冥。伶倫吹裂孤生竹，卻爲知音不得聽。（〈鈞天〉）

如此則鈞天雖有實無，妙音雖設而虛矣。此外之類例甚多，如〈北禽〉詩謂：「石小虛塡海，蘆銛未破矰。」塡一「虛」字，使精衛拳拳於木石之銜的長久努力和深切希望頓時化爲烏有；〈贈白道者〉詩云：「壺中若是有天地，又向壺中傷別離。」反用《後漢書・方術傳》所載費長房與賣藥老翁共入壺中，盡享華宇玉堂與旨酒甘肴後乃

㊱ 引自〈寄令狐學士〉詩馮浩注，見清・馮浩：《玉谿生詩集箋注》，卷2，頁318。

出之故事，使向來象徵著得道圓滿的壺中天地竟瀰漫了俗世離情；牛郎織女年年一度金風玉露之會，在思苦情悲中本兼有堅貞不奪之志節與佳期難得之悅慰，〈海客〉詩卻混用《博物志》所記乘浮槎至天河之故事，與《荊楚歲時記》所載張騫尋河源犯牛女之傳說，復另出心裁，謂：「海客乘槎上紫氛，星娥罷織一相聞。只應不憚牽牛妒，聊用支機石贈君。」而傳統之愛情構圖便不得不染上三角關係的曖昧性質，破壞了原有的美好的信心與期待，乃至於他在〈辛未七夕〉詩中更將牛郎織女秋夕之情節解釋為：「恐是仙家好別離，故教迢遞作佳期。」不但推翻了原有的無奈之哀感與信守之莊嚴，反而添加一股辛辣的懷疑與嘲諷；更有甚者，在〈謁山〉一詩中，李商隱深感「從來繫日乏長繩，水去雲回恨不勝」，而希望挽留住時間、安定那流轉無常之身世時，假借了原本在短短接待期間便見東海三為桑田的神人麻姑之力，結果竟只是：「欲就麻姑買滄海，一杯春露冷如冰。」期望與結果懸殊得不可同日而語。這些例子都呈現出李商隱將神話內容牽回人間，以一般人情重新詮釋的特色，造成與一般神話思維運作的反命題。下面以表列比較兩者差異：

一般神話思維運作之模式：

心靈補償作用
↓
缺憾 ——→ 追求與超越 ——————→ 改造與完滿

李商隱運用神話之思維模式：

既有神話之完滿 ——→ 人情化之想像移轉 ——→ 永劫之更深缺憾

兩相對照之下，可以明顯看出李商隱不但從神話結束的地方重新出發，而且其思維進行的步驟恰恰是神話思考程序的逆反，結果便是回到神話產生時那促使神話萌發的缺憾原點，雖然缺憾之內容與層次容或有二致，但其爲缺憾之性質則根本如一，甚至在缺憾的表現程度上還要來得更深更痛，因而構成了李商隱運用神話材料的特殊原則。這個原則普遍地貫串於李商隱有關神話的大部分詩作中，發揮了作爲撐起神話血脈進行之支架的極大功能，因此，李商隱雖然有「神仙有分豈關情？」（〈華嶽下題西王母廟〉）這一疑問的提出，他卻以自己所構設的異質神話做了全盤的解答，其答案便是此一疑問的徹底否定。事實上，神仙固然有其「分」，但也只不過是僵死的基本材料而已，僅是一般性對神話的普泛認知與基本了解，眞正主導神仙人物之生存重心與存在意義的，乃是這個立足於人間的詩人心眼所出的「情」，而非有別凡俗的神仙之分。所謂：「未羨仙家有上眞，仙家暫謫亦千春。」（〈同學彭道士參寥〉）便足證仙凡之際所成就的，畢竟是一個特屬於李商隱個人的生命宇宙，存在於其中的神話故事和人物不過是在爲他人生的缺憾作一番切近的見證而已，因而也煥發著無限的悲感。於此，我們也可以了解到李商隱如何更新鮮、更深入地進入到活生生的神話之中，又以他的生命情感在詩中創造了新的神話，提供後人在面對舊神話時一種體味的新角度和思索的新空間，確然教導人們一種截然有別的觀看方式，達到了藝術價值的最高要求。這是我們探討李商隱表現在運用神話方面的思維模式時所不能忽略的。

## 第六節　結語：文學史之一般觀察

環境與人的互動關係一直是微妙而難以用固定標準來衡量的，究竟人從環境取得多少構成要素，又從先天帶來多少強制性的遺傳因子，最後，自主獨立的成分又能發揮多大的可能性，都是我們探討一個詩人之獨創價值與詩史地位時，必然會面臨到的難題。因此在本節結語部分，我們試圖從李商隱處身環境之一般傾向，爲其神話表現之特質做一適當定位時，便排除這種社會學、心理學及生物學的角度，而純就同期或前後階段的詩人之間，在創作成果上進行觀察和比較，以避免單論時孤懸蹈空之弊，兼以突顯李商隱的創作成就。

首先，本文第二節中所論李詩中金玉之質與冷寂寒漠之性的構成基調，其實溯自中唐的李賀已具有相類的表現特色。如〈李憑箜篌引〉之「崑山玉碎鳳凰叫，芙蓉泣露香蘭笑」、〈夢天〉之「玉輪軋露濕團光，鸞珮相逢桂香陌」、〈蘇小小墓〉之「風爲裳，水爲珮」以及〈秦王飲酒〉之「劍光照空天自碧。羲和敲日玻璃聲」等等，莫不反映出錢鍾書所謂：「好鏤金刻玉，……取金石硬物作比喻。」[37]的特徵，使整片詩境染上質地冷涼清貴之感；降至李商隱同代齊名的杜牧身上，呈顯同一種清冽涼澈之格調的詩也不乏其例，如：「煙籠寒水月籠沙，夜泊秦淮近酒家」（〈泊秦淮〉）、「遠上寒山石徑斜，白雲深處有人家。停車坐愛楓林晚，霜葉紅於二月花」（〈山行〉）、「銀燭秋光冷畫屏，輕羅小扇撲流螢。天階夜色涼如水，坐看牽牛織女星」（〈秋夕〉），這些寒山寒水、晚楓霜葉及銀燭冷屏、流螢涼夜等風景名物，都以寒色調敷設出一種清寂透肌的膚澤，使人見之如入冰宮玉殿，不免遍體生涼，塵世溫度不復可感。

從這個現象出發，我們可以注意到似乎自中唐開始，一種講求唯美之情調、偏向幽冷無溫之感受的審美態度已有不容忽視之萌芽，到了晚唐小李杜之輩，便蔚爲一時之趨勢，反映了詩歌發展上隨運而

---

[37] 詳見錢鍾書：《談藝錄》（香港：龍門書局，1965年8月），頁57。

轉、後出代興的新主流，與所謂的「盛唐氣象」展現迥異其趣的傾向。若自主題式的縱向發展進行觀察，這種審美意趣的差別當更明顯。就嫦娥詩爲例，以「孤寂」爲重點來詮釋這則神話的詩人並非自李商隱始，李白便曾在〈把酒問月〉中感慨說：「白兔搗藥秋復春，嫦娥孤棲與誰鄰？」杜甫於〈月〉詩中也嘗臆想道：「兔應疑鶴髮，蟾亦戀貂裘。斟酌姮娥寡，天寒耐九秋。」其中出自於人情化之揣度意味都顯得十分濃厚，似乎與李商隱那「嫦娥應悔偷靈藥」與「此夜姮娥應斷腸」的投射有異曲同工之妙。然則仔細推究，便能區分其間大異之處，所謂：

> 李杜對於景物採用白描的手法，一切景物以眞實本色的面目呈現，卻仍見情，造成人與物完全複合的效果，這是因爲李杜能以豐盛的生命力逼近一切意象物，……使得一切經手的素材，無不轉生。……但這（指李白〈把酒問月〉及杜甫〈月〉二詩）只是借原形的神話很樸質地加以抒情，而且在這則作品之後，並沒有具有暗示力的系統意象，因此不能像義山的嫦娥詩那般幽婉深曲，而這番幽深的意味，得以完全具象化。㊳

這番見解是可以接受的。具有暗示力的系統意象亦即涵攝完足、自成體系的象徵表現；由零至整，從盛唐偶現之點的運用到晚唐李商隱整

㊳ 見陳器文：〈自月意象的嬗變論李義山的月世界〉，張仁青編：《李商隱詩研究論文集》，頁610、616。

體象徵系統之完成，無疑是跨進神話世界門檻的一大步；而蘊涵在神話世界中那份幽冷孤絕的一面也就隨之被充分挖掘出來，與時代之移換互相結合，因使用另一種觀看之方式而走上另一條詮釋之道路。故所謂「唯美詩係由李賀發端，至李義山始集大成。」㊴亦可做如是觀。

其次，李商隱所處身的晚唐詩壇，其風尚不可避免地影響到他的創作風格，或者也可以反過來說，李商隱使一般詩歌表現上的普遍傾向顯得更加突出。例如清人賀裳便指出「晚唐人多好翻案」㊵的現象，而證諸李商隱作品，此好益顯昭著。

本文中，曾以「一般思維逆向的反命題」試圖更精細地分析李商隱神話運用手法的內在理路；前人則較籠統地用「翻案」或「進一層法」點出詩人翻新出奇的技巧，稱許他使舊瓶因裝入新酒而煥發卓穎之面目。如胡震亨認爲〈回中牡丹爲雨所敗二首〉之二末聯的「前溪舞罷君迴顧，併覺今朝粉態新。」乃針對〈前溪曲〉所說之「花落隨流去，何見逐流還？還亦不復鮮！」而「翻案用之」，馮浩則以爲：「非翻用也。花爲雨敗，原非應落之時。迨至落盡之後，迴念今朝，併覺雨中粉態尙爲新豔矣。此進一層法。」㊶實則不論是翻案或進一層法，都是一種推陳出新、超越俗套的努力，可以幫助詩意警策有力，耐人咀嚼。但這種「有所爲而爲」的技巧論稍嫌浮面粗糙，尙可待進一步深入探索；且此技巧也非一般學者所注意到的，實際上並

㊴ 宜珊：〈李義山其人其詩〉，張仁青編：《李商隱詩研究論文集》，頁314。

㊵ 清・賀裳：《載酒園詩話》，卷1，郭紹虞輯：《清詩話續編》，頁220。

㊶ 胡、馮二家意見，引自清・馮浩：《玉谿生詩集箋注》，卷1，頁119。

不獨於詠史與故典爲然。[42]從前文的分析中可知，李商隱不但熱切地將生命投入於更深邃遼闊的神話傳說中，結合自己幽渺難述的身世之情，以兩者混淪而產生的一種有別以往的觀看方式，對古往今來、上下四方的神話內容重加辯證，其最佳成果便是無異創造了新的神話。因而在流行翻案，視之爲詩歌表達之精緻技巧的晚唐詩壇，我們必須重估李商隱運用手法的內在意義，特別是他表現在神話素材上反命題的思維方式，顯然同時爲神話與詩注入了新的活力，而在衰頹的時代開出燦爛的花朵。這種不離時代、又不爲時代所囿的創造力正是使李商隱突出於詩壇的一大因素，帶領他的成就更上層樓，不容忽視。

以上便是以詩史的角度重估李商隱其人其詩的兩點意見，就外緣進行觀察，做爲前文之外額外的補充。是爲結語。

（本文原載於《國立編譯館館刊》第24卷第1期，1995年6月〔今經修訂〕）

---

[42] 如沈秋雄：〈試論李義山詩的用典〉、陳文華：〈比較與翻案——論義山七律末聯的深一層法〉，主要都是針對李商隱之一般創作泛論其藉翻案反用以拓詩境的用意，於占據更大比例的神話題材少有措意。二文皆收入張仁青編：《李商隱詩研究論文集》，頁617-639、655-664。

# 第五章

## 論唐詩中日、月意象之嬗變

## 第一節　前　言

意象，是詩歌表達的基本要素。在萬象紛呈的天地之間，物象的提供是品類繁多而觸目即是的，鍾嶸曾指出：「若乃春風春鳥，秋月秋蟬，夏雲暑雨，冬月祁寒，斯四時之感諸詩者也。」①而我們可以從這眾多的景物中，更進一步探取到在紛然萬象背後支撐著一切存在的根本動因，那就是與一般自然意象平列，卻又高於一般自然意象的日、月意象。

因為日、月之存在具有「光源」的價値，它們是賦予物種以生命、賜予自然界以種種樣貌的根源力量，因此是我們所熟知的世界賴以維繫的先決條件；其次，日、月彼此輪番交遞更替的現象，又展現出世界運轉的必然規律，這些因素綜合起來，便使日、月成為自原始神話之創作、以迄種種文學藝術之表現時所不可或缺的原型意義。就其「原型」的意義而言，學者甚至指出：「一切自然現象基礎上產生的神話，全部都是太陽神話，或者是與朝霞、晚霞相關的神話。」②這是因為人既然無法自外於自然界，當必須對宇宙進行理解或詮釋的時候，則作為整個自然界存在之根源的太陽，也就展示了無所不在的象徵意義。而神話和詩歌可以說是血緣相近的孿生子，卡西勒已經指出：一涉及神話，「我們首先得到的印象就是它與詩歌的近親關係。……『神話創作者的心靈是原型，而詩人的心靈……在本質上仍

① 見梁・鍾嶸著，楊祖聿校注：《詩品校注》（臺北：文史哲出版社，1981年1月），頁3。

② 參劉魁立：〈歐洲民間文學研究中的第一個流派——神話學派〉，《民間文藝集刊》第三集（上海：上海藝文出版社，1982年）。

然是神話時代的心靈。』」[3]因此，探討詩歌中的太陽意象（此處包含由太陽派生出來的月意象而同時爲言），無疑是一條探入詩人深層意識的途徑；此外，日、月又同時是攸關樂園之想像、決定樂園內部之屬性的關鍵因素，因此日、月意象的變化也會反映出時代精神的發展趨勢。由是觀之，探討唐詩中有關日、月意象之塑造方式，將提供一個掌握唐詩發展的新視野，這便是本文撰述之目的所在。

從唐代政治、社會、經濟與社會氛圍各方面的比較來看，安史之亂都明顯是一個重要的轉捩點：在開元、天寶的失落之後，也正開啓了唐朝歷史文化與詩歌藝術的後半期；而以安史禍起爲分界，所大約劃分出來的初盛唐和中晚唐這兩個時代斷限，同樣清楚表現出日、月意象在塑造上的鮮明對比。

## 第二節　初盛唐時期「日出月生」的樂園表述

先就初盛唐時期來進行觀察。在日、月意象的呈顯方面，首先引起我們注意的，是時人不約而同地把握住這兩種光源所帶來的生機與活力，因此所強調的便是日升月出的創生形象：

- 微月生西海，幽陽始代昇。（陳子昂〈感遇三十八首〉之一）
- 月生西海上，氣逐邊風壯。（崔融〈關山月〉）
- 海上生明月，天涯共此時。（張九齡〈望月懷遠〉）
- 海日生殘夜，江春入舊年。（王灣〈次北固山下〉）

③〔德〕恩斯特・卡西爾著，甘陽譯：《人論》，第7章〈神話與宗教〉，頁104。

- 春江潮水連海平，海上明月共潮生。灩灩隨波千萬里，何處春江無月明。（張若虛〈春江花月夜〉）

不論是日還是月，在諸詩中所反映的宇宙眼光裡，都是從無到有的全新的創造，是從黑暗到燦亮之際瞬間點燃的光輝，所謂「微月生西海」、「月生西海上」、「海上生明月」、「海日生殘夜」和「海上明月共潮生」，各句中皆著一「生」字，便十分傳神地透顯其中爲初唐詩人所共感的「宇宙新生之鮮活力量」[④]，而充滿著旭光東升的明朗與希望。另外，相傳爲初唐四傑之一的駱賓王所作的「樓觀滄海日，門聽浙江潮」[⑤]，整聯詩作所展開的宏闊氣魄和磅礴力量，更顯得有過之而無不及；至於盛唐時李白所描寫的月，也以「明月出天山，蒼茫雲海間」[⑥]的姿態，毫不費力地提升一種空闊超逸而無限延伸的宇宙視野。這種兼具了從無到有之創生性和居高臨下之高度的氣象，是奠基於初唐乃一向上攀升而健勁有力的時代整體背景上的，於是相應於初日躍升的雄偉恢宏，連規模小得多且視覺效果亦不甚炫目的月出現象，都連帶地受到同化，而被賦予陽剛、動態的壯美了。

這種「日出月生」的創生意象，其實是具有原始神話思維的根源的，德人利普斯（Julius E. Lips）曾指出：「在所羅門羣島上，靈魂是和落日一起進入海洋。這一觀念和太陽早晨升起就是出生、黃昏落下就是死亡的信仰是有密切關係的。因爲地球上沒有任何活的東

④ 引自歐麗娟：《唐詩選注》（臺北：里仁書局），頁35。

⑤ 此一傳說見唐・孟棨：《本事詩・徵異》，丁福保輯：《歷代詩話續編》，頁18。

⑥ 此乃李白〈關山月〉詩中句，見詹鍈主編：《李白全集校注彙釋集評》（天津：百花文藝出版社，1996年12月），卷3，頁495。

西比太陽更早，太陽第一個『出生』，也第一個『死亡』。」⑦所謂「太陽早晨升起就是出生」的觀念，原就是遍存於人類宇宙情懷中的共通感受，只是在初盛唐詩人的作品中被充分強調，而且更進一步推日及月，將月出意象也納入到創生的詮釋角度之中，便益發顯示此一時代騰躍向上之力量的非比尋常了。

至於利普斯所稱，所羅門羣島上「黃昏落下就是死亡的信仰」是否適用於初盛唐時期的落日意象呢？就詩作本身進行具體的觀察和比較之後，我們發現此一說法的確與中晚唐時的詩歌表現頗爲切合，但對初盛唐這個前期階段而言，便大有出入而值得商榷。

首先，相對於中晚唐時夕陽意象的俯拾即是（詳見下文），此期的落日描繪實在是處於數量上的弱勢，顯示初盛唐時期詩人關注的對象乃別有甚於是者，此其一。其次，除了統計上的刻板反映之外，更重要的是這時所刻畫的夕陽意象所呈現的意向（intention）究竟傳達了何種對宇宙人生的詮釋，這才是意象表現的本質所在。就此而言，我們可以透過對某些特定詩人及其作品之觀察，而得到其中內蘊的眞實心象：

在初唐詩人中，陳子昂的〈感遇三十八首〉之二曾說：「遲遲

---

⑦〔德〕利普斯著，江寧生譯：《事物的起源》（蘭州：敦煌文藝出版社，2000年2月），頁342。同樣的概念也見諸許多原始部落的信仰中，如人類學曾有一項關於峇里島東南方的Pisangkaja人的知名研究，在他們的觀念裡，就認為「東」是太陽上升的方向，賦予人類和萬物生命；反之，「西」代表的是夜晚、死亡、危險、世俗等，見黃應貴：〈儀式、習俗與社會文化——人類學的觀點〉，《新史學》第3卷第4期（1992年12月），頁129-130。另外臺灣的蘭嶼雅美族也是視日出為生命的象徵，因此行嬰兒的命名儀式時需面向日出的方向；而日落為死亡的象徵，故屍體的擺放是頭部朝向日落的方向，日常睡覺的姿勢則不可頭部向西，參陳玉美：〈夫妻、家屋與聚落——蘭嶼雅美族的空間觀念〉，黃應貴主編：《空間、力與社會》（臺北：中央研究院民族學研究所，1995年12月），頁136、151。

白日晚，嫋嫋秋風生。歲華盡搖落，芳意竟何成！」即明顯地以日落來象徵一種青春銳志不幸搖落成空的悲感，但若將此詩納入陳子昂的整體創作之中而不孤立看待的話，我們可以發現其中依然存在著「雖然處處流露出不能擺脫『大化』的無奈，卻掩蓋不住青春的躁動、生命的渴望」，於是在「遲遲白日晚」的形象背後所蘊藏的「青春的躁動、生命的渴望」⑧，才眞正是詩人面對垂暮而深致感慨的主要動力。到了盛唐時，王之渙〈登鸛雀樓〉一詩寫出：「白日依山盡，黃河入海流。欲窮千里目，更上一層樓。」以無比健動的精神，爲西山之薄日添注了昂揚向上的意志與積極進取的視野，開拓出無限寬廣的人生版圖；而李白的〈送友人〉一詩所云：「浮雲遊子意，落日故人情。」則是以落日之徘徊難捨和溫煦暖意與故人之依依深情聯繫在一起，王琦所謂「落日銜山而不遽去，故以比故人之情」⑨，便正確地指出「落日」與「故人情」之所以能夠產生聯想或進行類比的共同性質。而此一類比的形成與確立，不但在夕陽的意象系統中增添了新的內容，也使夕陽正面而溫馨的一面得以充分開顯。

至於盛唐自然詩派的作品中也出現不少點染著夕陽意象的詩句，如孟浩然〈秋登萬山寄張五〉一詩曾將極端對反的感受納入短短的一聯結構之中，呈現出矛盾卻和諧的詩境：「愁因薄暮起，興是清秋發。」這其中因薄暮而起的，並非「愁」之一字可以了得，因爲緊接而來的是與之適得其反的曠然爽豁的「秋興」，因此「愁」的深沉便在初起之際就受到一定程度的消解；正是出於詩人多感而豐富多元的心靈向度，使「暮愁」與「秋興」並列在一起而發生彼此交融的互

---

⑧ 此乃葛曉音對陳子昂〈感遇三十八首〉的觀察，見葛曉音：《山水田園詩派研究》（瀋陽：遼寧大學出版社，1993年1月），頁129。

⑨ 引文見唐・李白著，瞿蛻園等注：《李白集校注》（臺北：里仁書局，1981年3月），頁1050。

動關係，於是在秋興的提領和振拔之下，黃昏的哀愁便沖淡了許多，甚至最終完全消翳不存。同樣的情形也可以解釋其〈宿建德江〉一首：前半段的「移舟泊煙渚，日暮客愁新」在後半段「野曠天低樹，江清月近人」的承續之後，整個意向進行的脈絡乃是從「暮愁」中悠然盪開，而在野曠江清、樹低月近之清新景致的吸引和酣賞之中，擺落或抵消那日暮之時初初生發的鄉愁。由此可見孟浩然詩裡的夕日所展現的，是短暫的清愁，而不是沉重的憂鬱：可以沖消淡化，而不易層層累積，糾纏自縛成爲心靈的負荷。

自然詩派的另一位大家王維，則稱得上是此期詩人中對黃昏意象表現出最大之關注和偏好的一位，在他的作品中，我們找到爲數不少而質量俱勝的詩例，因此足以標示初盛唐階段對夕陽之意象塑造的主要趨向。先觀其中的部分詩作如下：

- 空山不見人，但聞人語響。反景入深林，復照青苔上。（〈鹿柴〉）
- 大漠孤煙直，長河落日圓。（〈使至塞上〉）
- 渡頭餘落日，墟里上孤煙。復值接輿醉，狂歌五柳前。（〈輞川閒居贈裴秀才迪〉）
- 忽山西兮夕陽，見東皋兮遠村。平蕪綠兮千里，眇惆悵兮思君。（〈送友人歸山歌二首〉之二）
- 斜光照墟落，窮巷牛羊歸。野老念牧童，倚杖候荊扉。雉雊麥苗秀，蠶眠桑葉稀。田夫荷鋤至，相見語依依。即此羨閒逸，悵然歌式微。（〈渭川田家〉）

諸詩之中，皆透過夕陽斜光點染出自然風物與人事關係的溫柔、暖馨和生機之類的正面屬性，如「反景入深林，復照青苔上」透顯的是一種即使微弱淡薄卻不被茂林繁樹所遮沒的生機，一種即使在微不足道的角落裡生長的低等植物都能日復一日充分享有的生命力；而「大漠孤煙直，長河落日圓」所表現的，則是畫家特有的對構圖之美的敏銳，整個畫面充滿幾何線條簡潔的美感和對比的張力；至於〈送友人歸山歌二首〉之二由「忽山西兮夕陽」所引發的「眇惆悵兮思君」之情，則與李白所說的「落日故人情」十分近似。再就〈渭川田家〉一詩來看，全作整體的基調是一首視農村爲文化搖籃和人情歸宿的田園牧歌，在舐犢情深的人倫關懷裡，「斜光照墟落」表現的正是一種溫暖的期待。更重要的是，跳脫以上個別詩篇的具體指涉之外，我們還可以發現貫穿諸作之間的一個共同點，那便是源於寧靜、平和、安恬之心的閒適之情，所謂「輞川閒居」、「即此羨閒逸」中的「閒」字已然透露了此中消息。

事實上，與退居歸隱的閒適之情相結合的意象，更是王維詩中的主流，較多數的作品都是在這一個基礎上觸及到夕陽的摹寫：

- 落日山水好，漾舟信歸風。玩奇不覺遠，因以緣源窮。（〈藍田山石門精舍〉）
- 夜漏行人息，歸鞍落日餘。懸知三五夕，萬戶千門闢。（〈同比部楊員外十五夜遊有懷靜者季〉）
- 端居不出戶，滿目望雲山。落日鳥邊下，秋原人外閒。（〈登裴迪秀才小臺作〉）
- 閒門寂已閉，落日照秋草。（〈贈祖三詠〉）
- 秋色有佳興，況君池上閒。悠悠西林下，自識門前山。千里橫黛色，數峰出雲間。嵯峨對秦國，合沓藏

荊關。殘雨斜日照，夕嵐飛鳥還。故人今尚爾，嘆息此頹顏。（〈崔濮陽兄季重前山興〉）

- 晴川帶長薄，車馬去閒閒。流水如有意，暮禽相與還。荒城臨古渡，落日滿秋山。迢遞嵩高下，歸來且閉關。（〈歸嵩山作〉）
- 谷口疏鐘動，漁樵稍欲稀。悠然遠山暮，獨向白雲歸。（〈歸輞川作〉）

日落時分正是「歸鞍」而「行人息」的時刻，身心舒放的詩人不但安頓於恬然自適的悠閒之中，甚至還興起到「落日山水好」的美景中盡情「玩奇」的雅興，就此所表現的乃是退居之餘的閒情逸致。另外，這類詩歌還以落日來彰顯歸隱之際脫略俗務世情的沖融自得之感，試看「端居不出戶」、「閒門寂已閉」、「況君池上閒」和「歸來且閉關」諸句，莫不指出歸隱的處境，尤其「殘雨斜日照，夕嵐飛鳥還」和「流水如有意，暮禽相與還」兩聯，更遙契陶淵明「山氣日夕佳，飛鳥相與還」（〈飲酒詩二十首〉其五）的精神，充滿一種夙願得償而欣然自足的圓滿感受。因之諸詩之敘寫，往往點出「閒」字或「閒意」，以及「歸」字或「歸意」，使落日意象顯出從容悠然的餘韻，而展現自在玩賞的盎然興味，以及身心獲得歸宿與安頓的平靜自得。這種結合了退居歸隱之閒適情境的落日意象，無疑是遠古時代「日出而作，日入而息」之存在樣態的潛在應和與類比延伸，而初民淳樸自足、忘機無待的生命情調也就自然融入其間了。此外，丘爲〈題農父廬舍〉的「薄暮飯牛罷，歸來還閉關」也屬此類。

至此，我們從王維、孟浩然、李白等初盛唐詩人的作品中觀察得知，「日出月生」的宏闊、動態的意象，展現了光明、希望之類的創生意義，而落日意象更與溫情、閒適相結合，從正面展示此期詩人們健全的生命格局。以下所論述的，則是此期詩歌中所塑造的月意象，以足成其全幅風貌。

在先唐悠久傳統的浸染之下，唐詩中的月意象仍有一支是走上與閨怨愁思或懷鄉念遠相即相融的路線，詩人捕捉到的，乃深夜清寂之時容易生發的孤懷幽思的一面。例如表達閨怨愁思的，有下列諸詩：

- 誰爲含愁獨不見，更教明月照流黃。（沈佺期〈古意呈補闕喬知之〉）
- 不知乘月幾人歸，落月搖情滿江樹。（張若虛〈春江花月夜〉）
- 斜抱雲和深見月，朦朧樹色隱昭陽。（王昌齡〈西宮春怨〉）
- 長安一片月，萬户擣衣聲。秋風吹不盡，總是玉關情。（李白〈子夜吳歌・秋歌〉）
- 卻下水精簾，玲瓏望秋月。（李白〈玉階怨〉）
- 今夜鄜州月，閨中只獨看。……香霧雲鬟濕，清輝玉臂寒。（杜甫〈月夜〉）

屬於表現懷鄉客愁的，主要以下列數首爲代表：

- 舉頭望明月，低頭思故鄉。（李白〈靜夜思〉）
- 月色不可掃，客愁不可道。（李白〈擬古十二首〉之八）

- 露從今夜白，月是故鄉明。（杜甫〈月夜憶舍弟〉）

至於懷友念遠的想像轉移，則不妨以李白詩為例證：

- 登舟望秋月，空憶謝將軍。（〈夜泊牛渚懷古〉）
- 月下沉吟久不歸，古來相接眼中稀。解道澄江淨如練，令人長憶謝玄暉。（〈金陵城西樓下月吟〉）
- 我寄愁心與明月，隨風直到夜郎西。（〈聞王昌齡左遷龍標遙有此寄〉）

這些作品承襲的是貫穿了漫長詩史而不絕如縷的傳統流派，而發展得更豐富、更動人。⑩如此包含了閨怨愁思、客居懷鄉和懷友念遠的意象內容，其實已超越了歷史階段而形成為固定常用的指涉，因此我們可以將之設定為一個穩定不變的參考架構而存而不論，轉把注意力放在某些與時俱變的詮釋差異上，以突顯不同時代的不同精神向度。不過，即使如此，從前列諸詩中，我們已然注意到初盛唐詩中的月雖然結合的是閨怨、客愁、懷遠等屬於孤懷幽思的內容，就其形象的塑造而言，仍都以清朗皎潔為基本表現型態，如「明月照流黃」、「玲瓏望秋月」、「清輝玉臂寒」、「月是故鄉明」等皆是；而其閨怨中深蘊溫情，客愁中充滿思念，對古人的遙想更是扣住對其高風亮節和不凡情致的嚮往而引發，整個情境都反映出初盛唐詩中月意象的主要風貌。由此出發，接下來我們便進入初盛唐月意象的主要論述範疇了。

---

⑩ 有關先秦以迄六朝詩中「月」之意象內容和表現型態，可參歐麗娟：《杜詩意象論》（臺北：里仁書局，1997年12月），第2章第3節〈月之意象——心靈狀態與生命情境的形象表達〉，頁74-79。

在唐詩史前半段的發展上，詩中所出現的月，基本上是一個繼日間太陽而起的夜間光源，孟浩然所謂「山光忽西落，池月漸東上。散髮乘夕涼，開軒臥閒敞」和「夕陽度西嶺，羣壑倏已暝。松月生夜涼，風泉滿清聽」⑪的敘述結構，正顯示其間接繼承續的關係，而「漸」字、「涼」字更表現出專屬於月意象的特質，也就是較諸太陽時，能明亮而不熾烈、發光而不刺眼的一種柔和。這種柔和的光與夜晚相結合，再配合上古以來「日出而作，日入而息」的生活規律，便成爲詩人在疲於徵逐之餘，於休生養息中取得閒適之情的一個背景。除孟浩然之外，王維、李白、杜甫等人都大有月下逍遙的體驗，如：

- 明月松間照，清泉石上流。（王維〈山居秋暝〉）
- 松風吹解帶，山月照彈琴。（王維〈酬張少府〉）
- 對酒不覺暝，落花盈我衣。醉起步溪月，鳥還人亦稀。（李白〈自遣〉）
- 醉月頻中聖，迷花不事君。（李白〈贈孟浩然〉）
- 感之欲嘆息，對酒還自傾。浩歌待明月，曲盡已忘情。（李白〈春日醉起言志〉）
- 已從招提遊，更宿招提境。陰壑出虛籟，月林散清影。（杜甫〈遊龍門奉先寺〉）
- 醒酒微風入，聽詩靜夜分。絺衣掛蘿薜，涼月白紛紛。（杜甫〈陪鄭廣文遊何將軍山林十首〉之九）

詩人或在山居、或從林遊，或彈琴聽詩、或浩歌對酒，在涼月清影的

⑪ 兩段分別出自〈夏日南亭懷辛大〉和〈宿業師山房期丁大不至〉二詩。

明光照耀之下，青松、溪石、雲林、陰壑、虛籟等都呈現寧謐詳和的美感，詩人的心情也得到充分的滌蕩和淨化，其悠然閒適之感溢於言表；甚至在閒適之極致還可以脫略世俗之束縛，展現「散髮乘夕涼」、「松風吹解帶」、「絺衣掛蘿薜」之類放曠自得的境界。另外，詩人還在明月如晝的背景下，以有別於寧靜閒適的歡快夜遊來開創足以類比白日的熱鬧繁華，王維的〈同比部楊員外十五夜遊有懷靜者季〉一詩云：

> 夜漏行人息，歸鞍落日餘。懸知三五夕，萬户千門闢。夜出曙翻歸，傾城滿南陌。陌頭馳騁盡繁華，王孫公子五侯家。由來月明如白日，共道春燈勝百花。

原本日落之後行人皆應歸鞍歇息，但在十五夜月明輝如晝的光照之下，千門萬戶一一開啓，人人外出遊賞，對「春燈勝百花」的情景一致讚嘆。這實在是月意象的展現型態中最繽紛縟麗而喧闐騰躍的一種。

由閒適的感受出發，月的存在便突破天人之隔而更進一步迫近詩人的心靈，透過擬人化的移情想像，在消泯彼此距離之後成爲形體相依、分享私密感情的友伴，因此這段時期的作品中出現不少以親愛有情的筆調，敘寫人與月相即相融、契合無間的詩句：

- 玉户簾中捲不去，搗衣砧上拂還來。（張若虛〈春江花月夜〉）
- 野曠天低樹，江清月近人。（孟浩然〈宿建德江〉）
- 深林人不知，明月來相照。（王維〈竹里館〉）
- 白雲勸盡杯中物，明月相隨何處眠。（高適〈賦得還

山吟送沈四山人〉）

- 暮從碧山下，山月隨人歸。（李白〈下終南山過斛斯山人宿置酒〉）
- 舉杯邀明月，對影成三人。……我歌月徘徊，我舞影零亂。（李白〈月下獨酌〉）
- 青天有月來幾時，我今停杯一問之。人攀明月不可得，月行卻與人相隨。（李白〈把酒問月〉）
- 舉手可近月，前行若無山。（李白〈登太白峰〉）
- 俱懷逸興壯思飛，欲上青天覽明月。（李白〈宣州謝朓樓餞別校書叔雲〉）
- 醉看風落帽，舞愛月留人。（李白〈九日龍山飲〉）
  幾時杯重把？昨夜月同行。（杜甫〈奉濟驛重送嚴公四韻〉）

諸詩中的月或在「人不知」的情形下「捲不去」、「拂還來」、「來相照」，爲深閨寂寞的少婦和幽獨自適的詩人帶來深厚的慰藉；或以「月近人」、「月留人」、「月徘徊」的友愛減輕羈旅的愁思和獨處的孤懷；或與深夜獨行的詩人扶持相伴，並肩同行，所謂「可近月」、「隨人歸」、「明月相隨」、「與人相隨」、「明月送君」和「月同行」，都顯示出月完全是人們最親密的友侶和知己。因此李白「人攀明月」、「舉杯邀明月」、「我今停杯一問之」和「欲上青天覽明月」的癡想有就不足爲奇了，原來月早已是詩人伸手可觸、近在咫尺的靈魂分享者！

綜觀前述所言，初盛唐詩中所塑造的日月意象，不但展現了

「日升月出」的創生意義，而即使在日落時分和清夜幽寂的時刻，日與月都依然結合了退居歸隱的閒適之感，和溫馨暖靄的慰藉之情，甚至在描寫閨怨、鄉思、懷遠的哀愁時，月的形象都不失其清新玲瓏之致和詩人深厚的繫念與期待。這在弗萊（Northrop Frye）透過晨昏春秋人生文學的類比研究所提出的「基型論」中，恰恰合乎「黎明一春天一誕生」和「日午一夏天一勝利」的基型表現，而這些基型又通往正面的喜劇境界；在喜劇境界之中，展現的是坐談、團敘、秩序、友誼、愛情等意象基型，其植物世界則是花園、小叢林或公園、生命樹、玫瑰或蓮花，其不定形的流體世界則是河流，同時，在喜劇境界中的東西都可以被看作是發光或火熱的，樹尤其如此。⑫由此可見，初盛唐詩歌中日月意象所傳示的乃一樂園表述，當日月在天，爲人間遍灑光輝時，既有黎明的誕生和日午的溫熱，又有夜間徜徉於林中溪畔的閒適，此外還更享有友愛的芬芳。這就爲整個初盛唐清朗健全的時代氛圍下了明確的注腳。

## 第三節　中晚唐時期「日落月冷」的失樂園情境

詩入中晚唐，日、月原型在時代的推衍過程中已面臨質變的變局。以安史之亂爲劃分大唐帝國盛衰的關鍵和樂園意識轉變的分水嶺，在唐朝前半部的詩史上，日、月意象在作品中的塑造主要是偏向

---

⑫〔加〕弗萊著：〈文學的原型〉（*The Archetypes of Literature*），〔美〕約翰・維克雷編，潘國慶等譯：《神話與文學》（上海：上海文藝出版社，1995年4月），頁54-59。另外亦可參黃維樑：〈春的悅豫與秋的深沉——試用佛萊「基型論」觀點析杜甫的「客至」與「登高」〉一文的綜述，中國古典文學研究會主編：《古典文學》第7集（臺北：臺灣學生書局，1985年8月），頁345-347。

升而不是落，偏向創造而不是毀滅，偏向明朗而不是陰冷，因此「日出月生」、「日朗月明」的景致便較爲突出且歷歷可觀；相對地，在唐詩史後半部的發展上，日、月意象就主要是往傾落的時刻和陰冷的色調進行位移，從運動曲線和溫差色度雙方面都顯然展現了由躍升到頹落、由暖適到森寒的重大轉折。

就日原型而言，其有別於前期的最重要的兩個特點，第一是呈現冷薄殘破而失溫無色的特性，諸如：

- 寒日外澹泊。（杜甫〈飛仙閣〉）
- 正憐日破浪花出。（杜甫〈閬水歌〉）
- 女樂餘姿映寒日。（杜甫〈觀公孫大娘弟子舞劍器行〉）
- 幽州白日寒。（劉長卿〈穆陵關北逢人歸漁陽〉）
- 日寒關樹外。（錢起〈送張管書記〉）
- 松蔭禪庭白日寒。（獨孤及〈登山谷寺上方答皇甫侍御臥疾闕陪車騎之後〉）
- 旌旗無光日色薄。（白居易〈長恨歌〉）
- 籬菊花稀砌桐落，樹陰離離日色薄。（白居易〈秋晚〉）
- 杲杲寒日生於東。（韓愈〈謁衡嶽廟遂宿嶽寺題門樓〉）
- 日寒光淺水松稀。（劉言史〈桂江逢王使君旅櫬歸〉）
- 日輪西下寒光白。（韋莊〈秦婦吟〉）

原本日色的溫暖與光亮，在「日破」、「寒日」、「日色薄」、「寒光白」的描述之中勢必將蕩然無存；其次，中晚唐之日原型的最重要特質，主要是表現在夕陽意象使用次數上更有過之的激增，以及夕陽意象本身所開展之意向結構的巨大調整。針對這質與量的兩種變化現象，日本漢學家吉川幸次郎（1904-1980）曾有一段關於唐詩中夕陽意象的論述，可以做爲此處論析的起點，他指出：

> 大體上唐詩與六朝詩的不同之處在於，六朝詩還只是追隨感覺而被動的，相對於它，唐詩則更爲能動，更深入到無限定的世界。做爲詩中出現的形象，如夕陽、斜陽、斜照、落日、落照之類形容西下日光的詞語，很容易斷言這是中國任何時代的詩中都普遍存在的形象，但在六朝詩中卻很少見，搜求起來必須花費力氣。但到了唐詩，以杜甫詩爲代表，就大量出現了。甚至達到了成爲程式的程度。……夕日、柳絮，這都是暗示某種不安定的世界的形象，對它們的敏感，到唐詩急遽增高了。這在歷來的文學史上好像還沒有注意過。……杜甫在唐代詩人中正是最能體現這個方向的。⑬

於這段十分新穎的創見中，揭示了一個詩歌發展史上極爲有趣的事實，那便是「夕陽、斜陽、斜照、落日、落照之類形容西下日光的詞

⑬〔日〕吉川幸次郎著，孫昌武譯：〈杜甫的詩論與詩——在京都大學文學部的最後一課〉，蕭滌非主編：《唐代文學論叢》總第7輯（西安：陝西人民出版社，1986年1月），頁7。

語」是到了唐詩才大量出現的，也就是「對他們的敏感，到唐詩急遽升高了」，而相對於「追隨感覺而被動的」六朝詩，唐詩的能動性和深入探索世界的程度無疑是提高了許多。

不過，透過對唐詩演化過程更精密的觀察與分析，我們發現事實上用以「暗示某種不安定的世界」、而與前述利普斯所說「黃昏落下就是死亡」的意涵相應的夕日意象，其大量出現的時間，主要是集中於中晚唐階段；前此的初盛唐時期固然也有不少出現夕陽的詩句，但在「量」上而言，仍比不上此期的衆多。僅以晚唐韋莊一人來看，清代詩評家馮班即發現「韋公詩篇篇有夕陽」⑭，薛雪亦指出：

> 口熟手溜，用慣不覺，亦詩人之病，而前人亦往往有之。若李長吉之「死」，……韋端己之「夕陽」，不一而足。⑮

所謂「口熟手溜」實際上並不僅是韋莊個人獨享的現象，而是包含劉長卿、賈島、李商隱在內的中晚唐詩人共通的特點，在劉長卿的《劉隨州集》中，吟詠秋風夕陽的詩句已然俯拾即是⑯，賈島詩中寫夕陽暮色則多達六十六次⑰，而李商隱的作品中，對夕日黃昏的描寫同樣

---

⑭ 清．馮班：《才調集補注》，《續修四庫全書》第1611冊（上海：上海古籍出版社，2002年），卷3，頁316。

⑮ 清．薛雪：《一瓢詩話》，收入丁福保輯：《清詩話》，頁698。

⑯ 劉長卿雖於天寶年間已開始創作詩歌，但真正形成自己獨特的風格，並以「五言長城」的面貌出現，這完全是安史亂後的事。此點及其有關秋風夕陽之衆多詩例，詳參儲仲君：〈秋風夕陽的詩人——劉長卿〉，《唐代文學研究》第3輯（桂林：廣西師範大學出版社，1992年8月），頁287~289。

⑰ 許總：《唐詩史》（南京：江蘇教育出版社，1994年6月），下冊，頁359。

是觸目可見。個別詩人對夕陽意象既是用慣手溜，則總體上出現次數的大幅累增便在情理之中了。

至於「質」的一面所顯示的變化，更比數量的層次足以傳示此一趨向。我們可以注意到：於盛唐王之渙〈登鸛雀樓〉中，透過「白日依山盡，黃河入海流。欲窮千里目，更上一層樓」所展現出來的積極健動之精神，時至中晚唐階段已然蕩然無存；而與初盛唐時將落日意象與閒適、溫情相結合迥不相侔的，是爲夕陽意象添加了人事代謝、歷史更迭和生命消亡之類的感受角度或詮釋內涵。詩例可以下列諸首爲代表：

- 朱雀橋邊野草花，烏衣巷口夕陽斜。舊時王謝堂前燕，飛入尋常百姓家。（劉禹錫〈金陵五題・烏衣巷〉）
- 一上高城萬里愁，蒹葭楊柳似汀洲。溪雲初起日沈閣，山雨欲來風滿樓。鳥下綠蕪秦苑夕，蟬鳴黃葉漢宮秋。行人莫問前朝事，故國東來渭水流。（許渾〈咸陽城東樓〉）
- 花枝草蔓眼中開，小白長紅越女腮。可憐日暮嫣香落，嫁與春風不用媒。（李賀〈南園十三首〉之一）
- 況是青春日將暮，桃花亂落如紅雨。勸君終日酩酊醉，酒不到劉伶墳上土。（李賀〈將進酒〉）
- 繁華事散逐香塵，流水無情草自春。日暮東風怨啼鳥，落花猶似墜樓人。（杜牧〈金谷園〉）
- 但將酩酊酬佳節，不用登臨恨落暉。古往今來只如此，牛山何必獨霑衣！（杜牧〈九日齊山登高〉）

- 高閣客竟去，小園花亂飛。參差連曲陌，迢遞送斜暉。（李商隱〈落花〉）
- 今日亂離俱是夢，夕陽唯見水東流。（韋莊〈憶昔〉）

在劉禹錫〈金陵五題・烏衣巷〉中，做爲東晉權臣貴冑、衣冠之盛的代表的王謝世族，早已在歷史的更迭之中淪爲「尋常百姓」，於是昔日燕子他去另樓，飛入同一場所的不同人家，朱雀橋和烏衣巷也在斜落的夕陽殘光裡呈現野花亂草的沒落景致；當許渾登樓遠眺之際，眼見太陽在樓閣後方沉落時，所感發的竟是「山雨欲來風滿樓」的危機重重之感，以及「故國東來渭水流」的歷史滄桑之慨。就在同樣是「古往今來」的人事代謝中，杜牧雖強歡故作曠達，宣稱「不用登臨恨落暉」，但其實蘊含了衰滅之感的夕陽意象已然恨在其中。至於韋莊，他在晚唐的亂離世變中所感到，更只有江水的流逝和夕陽的衰遲。而與歷史更迭、人世代謝具有相同本質的生命消亡之情，也是由夕陽所引發的感受向度之一，在李賀的〈南園十三首〉之一、〈將進酒〉，李商隱的〈落花〉以及杜牧的〈金谷園〉這四首詩裡，「日暮」都與「落花」並置同列，透過彼此交融互動的作用而充分傳達了青春易逝、容華萎謝以及紅顏薄命的哀感。至此，則不論是個體的生命消亡或是羣體世界的人事代謝和歷史更迭，都被融攝進入那代表死亡與不安定的夕陽意象裡，形成了有如哀歌或輓歌的表述。

另外還有一個結合了夕陽意象的特殊敘寫模式，也是此期發生質變的有力例證。馬致遠〈天淨沙・秋思〉一首乃是元曲中雅受稱道的夕陽詩，所謂：

枯藤老樹昏鴉，小橋流水人家，古道西風瘦馬，夕陽西下，斷腸人在天涯。⑱

將黃昏的美麗與哀苦描寫得宛然如畫。但其實這首作品中所展現的複合意象，乃是自淵遠流長之詩史中擷取得來的綜合成果，追溯其形成的源頭，我們發現此一意象羣的結構模式前後有兩個來源，其一，最早是出於隋煬帝之手筆，其〈詩〉曰：

寒鴉飛數點，流水遶孤村。斜陽欲落處，一望黯消魂。⑲

其中幾個主要之構成要素，如烏鴉、流水、孤村、夕陽之意象，以及與「斷腸」同義之「銷魂」所透顯的感傷情懷，都已然具備；其二，就其中所表現的「夕陽—古道—瘦馬—行人」的意象羣結構也早已為中唐的劉長卿所習用。⑳試舉其例如下：

- 迴首古原上，未能辭舊鄉。西風收暮雨，隱隱分芒碭。……疲馬顧春草，行人看夕陽。（〈出豐縣界寄韓明府〉）
- 上國邈千里，夷門難再期。行人望落日，歸馬嘶空陂。（〈別陳留諸官〉）
- 漸入雲峯裏，愁看驛路閒。亂鴉投落日，疲馬向空

⑱ 見隋樹森編：《全元散曲》上冊（北京：中華書局，1964年2月），頁242。

⑲ 參逯欽立：《先秦漢魏晉南北朝詩》（臺北：木鐸出版社，1983年9月），頁2673。

⑳ 此一論點可參考傅道彬：《晚唐鐘聲——中國文化的精神原型》（北京：東方出版社，1996年6月），頁79。但實際上「夕陽—古道—瘦馬—行人」的意象羣結構乃源自於杜甫晚年，見下文。

山。（〈敕恩重推使牒追赴蘇州次前溪館作〉）

- 匹馬風塵色，千峰旦暮時。遙看落日盡，獨向遠山遲。（〈晚次苦竹館卻憶干越舊遊〉）
- 清川已再涉，疲馬共西還。何事行人倦，終年流水閒。孤煙飛廣澤，一鳥向空山。愁入雲峰裏，蒼蒼閉古關。（〈使還至菱陂驛渡淛水作〉）
- 日暮蒼山遠，天寒白屋貧。柴門聞犬吠，風雪夜歸人。（〈逢雪宿芙蓉山主人〉）
- 片帆何處去，匹馬獨歸遲。惆悵江南北，青山欲暮時。（〈瓜洲道中送李端公南渡後歸揚州道中寄〉）

此外，其他的中晚唐詩人也不乏這類表述，諸如：

- 前路入鄭郊，尚經百餘里。馬煩時欲歇，客歸程未已。落日桑柘陰，遙村煙火起。西還不遑宿，中夜渡涇水。（祖詠〈夕次圃田店〉）
- 故關衰草遍，離別正堪悲。路出寒雲外，人歸暮雪時。少孤爲客早，多難識君遲。掩泣空相向，風塵何所期。（盧綸〈送李端〉）
- 返照入閭巷，愁來與誰語。古道無人行，秋風動禾黍。（耿湋〈秋日〉）
- 憶昨與故人，湘江岸頭別。我馬映林嘶，君帆轉山滅。馬嘶循古道，帆滅如流電。千里江蘺春，故人今不見。（劉禹錫〈重至衡陽傷柳儀曹〉）

- 馬嘶古道行人歇，麥秀空城野雉飛。（劉禹錫〈荊門道懷古〉）
- 古道隨水曲，悠悠繞荒村。遠程未奄息，別念在朝昏。（張籍〈懷別〉）
- 古道自迢迢，咸陽離別橋。越人聞水處，秦樹帶霜朝。駐馬言難盡，分程望易遙。秋前未相見，此意轉蕭條。（項斯〈咸陽別李處士〉）
- 擾擾倦行役，相逢陳蔡間。如何百年內，不見一人閒。對酒惜餘景，問程愁亂山。秋風萬里道，又出穆陵關。（戴叔倫〈別友人〉）
- 惆悵策疲馬，孤蓬被風吹。昨東今又西，冉冉長路岐。歲晚樹無葉，夜寒霜滿枝。旅人恆苦辛，冥寞天何知。（歐陽詹〈白淮中卻赴洛途中作〉）
- 日下風高野路涼，緩驅疲馬闇思鄉。渭村秋物應如此，棗赤梨紅稻穗黃。（白居易〈內鄉村路作〉）
- 十年曾一別，征路此相逢。馬首向何處，夕陽千萬峰。（權德輿〈嶺上逢久別者又別〉）
- 悠悠驅匹馬，征路上連岡。……愁見前程遠，空郊下夕陽。（權德輿〈玉山嶺上作〉）
- 前樓仙鼎原，西經赤水渡。火雲入村巷，餘雨依驛樹。我行傷去國，疲馬屢回顧。……逆旅何人尋，行客暗中住。（司馬扎〈自渭南晚次華州〉）

諸作之中，皆「借空間上的關山迢遞，夕陽山外的無盡行程和時間上的歲月飄忽，一生日短的黃昏意蘊，來刻畫身心俱疲、飄泊無依的知識分子形象」㉑，於是落日意象便又與辛勞跋涉的疲憊、道長路遠的沉重和歸止無著的心焦重疊爲一，成爲夕陽情懷的另類表達。

並且，隋煬帝的〈詩〉裡所出現的烏鴉、流水、荒村，在中晚唐詩「夕陽—古道—瘦馬—行人」的意象羣結構中也不乏蹤跡，諸如：

- 孤舟天際外，去路望中賒。貧病遠行客，夢魂多在家。蟬吟秋色樹，鴉噪夕陽沙。不擬徹雙鬢，他方擲歲華。（杜牧〈秋晚江上遣懷〉）
- 何處是西林，疏鐘復遠砧。雁來秋水闊，鴉盡夕陽沉。（許渾〈寄契盈上人〉）
- 空館夕陽鴉繞樹，荒城寒色雁和雲。不堪吟斷邊笳曉，葉落東西客又分。（馬戴〈邊館逢賀秀才〉）
- 欲暮候樵者，望山空翠微。虹隨餘雨散，鴉帶夕陽歸。（儲嗣宗〈秋墅〉）
- 灣中秋景樹，闊外夕陽村。（薛能〈黃河〉）
- 高城滿夕陽，何事欲霑裳。遷客蓬蒿暮，遊人道路長。（賈島〈送人適越〉）
- 蝶翎朝粉盡，鴉背夕陽多。（溫庭筠〈春日野行〉）

所以，在中晚唐詩裡也確實出現了隋煬帝〈詩〉的迴響、〈天淨沙〉

㉑ 傅道彬：《晚唐鐘聲——中國文化的精神原型》，頁79。

的前奏，試看下面的這兩首詩：

- 丹鳳城頭噪晚鴉，行人馬首夕陽斜。（錢起〈送崔十三東遊〉）
- 路分谿石夾煙叢，十里蕭蕭古樹風。出寺馬嘶秋色裏，向陵鴉亂夕陽中。（溫庭筠〈開聖寺〉）

「夕陽－瘦馬－行人」再加上「烏鴉－秋風－古樹」，可謂萬事俱備，到了元代才出現的〈天淨沙〉誠然可以說是畫龍點睛的寧馨兒，是「共飲長江水」的完美結晶。

如此一來，在質與量的雙重考量之下，中晚唐時夕陽意象的嶄新格局已清楚指向一種失樂園表述的成形，所謂「向晚意不適」（李商隱〈樂遊原〉）、「醒來情緒惡，簾外正黃昏」（韓偓〈春閨二首〉之一），「意不適」、「情緒惡」這種負面導向的心靈感知即構成了「黃昏」的主要情志內涵。最引人注意的是，這種衰遲的、消亡的、感傷的、疲累的、不安定的指涉，並非個人不自覺的自然流露或偶然的暗合而已，相反地，這樣的落日情調是一種內省過後自覺的選擇，因此早已突破潛意識的闇昧狀態，而在意識層面上受到明確的認可，乃至表現出耽溺其中的執著。如錢起、司空曙、白居易、李商隱、鄭谷和李中都明白宣告過這種自覺的選擇和情感的偏好：

- 竹憐新雨後，山愛夕陽時。（錢起〈谷口書齋寄楊補闕〉）
- 幽人獨汲時，先樂殘陽影。（司空曙〈石井〉）
- 澄清深淺好，最愛夕陽時。（白居易〈閒遊〉）
- 夕陽無限好，只是近黃昏。（李商隱〈樂遊原〉）

- 夕陽秋更好，斂斂蕙蘭中。（鄭谷〈夕陽〉）
- 飲興共憐芳草岸，吟情同愛夕陽山。（李中〈和朐陽載筆魯裕見寄〉）

詩中所謂「山愛夕陽時」、「最愛夕陽時」、「先樂殘陽影」、「吟情同愛夕陽山」的「愛」、「樂」字以及「無限好」、「秋更好」的評價，在在都告訴我們：夕陽意象中衰遲、消亡而充滿殘缺美的這個面相正投合了中晚唐詩人的審美趣味，而與中晚唐詩人心靈結構上的偏向產生對映的效應，成爲從同一根源衍生的兩面，並且交織互融爲時代精神的嶄新風貌。這可以說是夕陽意象在中晚唐詩中所打下的特殊烙印。

相應於日意象的發展變化，此期的月意象也同步踏上了類似的軌道，除了繼續演出閨怨和懷遠之情的這條傳統主旋律之外，在月原型不斷衍化增生的意象內涵中，至此又發展出前所未有的觀照視角，使月意象開始奏起走音的變調，一變而爲陰森濕冷、黏著沉鬱而與暗夜同其冷澀的負面存在，不但激化出凌厲刺戟、鋒銳煎逼的面相，甚至還潛入陰域，與鬼界的聯想化爲一體。這可以說是月意象發展史上的奇峯突起。

在安史亂後整個時代環境步上崩解不安的走向，以及詩人自我風格的雙重影響之下，孟郊詩首先提供了這類月意象的異質表達，其〈秋懷十五首〉云：

- 秋月顏色冰，老客志氣單。冷露滴夢破，峭風梳骨寒。（其二）
- 老骨懼秋月，秋月刀劍棱。（其六）

- 冷露多瘁索，枯風饒吹嘘。秋深月清苦，蟲老聲粗疏。（其九）

以上每一首詩都將秋月與「老」字結合在同一情境之中，「界限經驗（boundary experience）」[22]所帶來的困限之感已呼之欲出；但又不僅止於此，月意象不僅染上了人間才有的「清苦」，直接以悲苦的形象出現，而有別於以往的閨怨、懷遠之思乃借月啓發、經過一層轉折之後的間接聯想，更有甚者，在孟浩然詩中「松月生夜涼」的清爽月色至此已冷卻到「顏色冰」的酷寒觸感，而原本「空裏流霜不覺飛，汀上白沙看不見」[23]的皎潔月光竟似出鞘的劍芒一般，足以侵髓入骨，比諸「風刀霜劍嚴相逼」[24]之說，如此的比喻實更爲奇特而聳動。

除了秋月鋒稜如刀劍的威逼和冷厲如寒冰的清苦之外，孟郊詩中的月還展現了珠沉月死、泉暗象闕的死亡形象：

珠沈百泉暗，月死羣象闕。（〈逢江南故晝上人會中鄭方回〉）

這一聯詩與李商隱〈錦瑟〉中所說的「滄海月明珠有淚」一樣，運用

---

㉒ 界限經驗乃雅斯培（K. Jaspers）所提出的術語，指疾病、罪惡、死亡等令人感到受困而無法突破的負面經驗。見沈清松：《解除世界魔咒：科技對文化的衝擊與展望》（臺北：時報出版公司，1984年8月），頁157。

㉓ 此句出於初唐張若虛的〈春江花月夜〉一詩，見清・康熙敕編：《全唐詩》（北京：中華書局，1990年2月），卷117，頁1184。

㉔ 語出林黛玉：〈葬花吟〉，清・曹雪芹著，馮其庸等校注：《紅樓夢校注》，第27回，頁428。

的都是「蜯蛤龜珠，與月盛虛」、「月滿則珠全，月虧則珠闕」[25]和「蚌蛤珠胎，與月虧全」[26]的傳說。但原本對自然現象的中性解釋，到了兩人手中卻偏於殘損、感傷的描寫：李商隱於月圓光滿之際，所想像的並非珠全而圓潤的喜悅，反倒卻是「珠有淚」的深沉憂傷，原來月滿珠全所成就的，竟是最沉痛哀苦、因此也最充盈欲滴的盈睫之淚，形成「月＝珠＝淚」的連動一體與同質共構，則何怪乎孟郊會從「珠沈」而推想出「月死」的奇悚意象！而盧仝創作〈月蝕〉詩，韓愈亦仿效之，在這樣的背景下便顯得順理成章了。

由此，「月」的死亡形象乃進一步轉化爲死亡力量，由其自身存在的消蝕自滅激發出對其他生命的侵略性與傷害力，以致孟郊在闡述失子之痛的作品中，曾說：

> 兒生月不明，兒死月始光。兒月兩相奪，兒命果不長。（〈杏殤九首〉之四）

其中除了「兒生月不明，兒死月始光」一聯是以月相週期來指示新生兒的壽命長度的客觀事實之外，隨後的「兒月兩相奪，兒命果不長」則是在詩人的主觀詮釋之下，將原本毫無牽連的月之盈虧與兒之生死之間建立出一種勢不兩立的因果關係——天上的月與人間的嬰孩爭奪著生命權，彼此的存在與壯大端賴對方的犧牲與讓位，以致月的盛滿導致嬰孩的殞逝，明月作爲剝奪人間生命的超現實力量，被妖魔化成

㉕ 以上兩段文分別出自《大戴禮記》、《文選》李善注，見劉學鍇、余恕誠：《李商隱詩歌集解》（北京：中華書局，1992年5月），頁1422。

㉖ 晉・左思：〈吳都賦〉，梁・蕭統撰，唐・李善等注：《文選》（臺北：華正書局，1986年7月），卷5，頁84。

為死亡使者，其光輝恰恰是吞噬生命的邪惡見證。

至於月光由荒涼到荒寒的急速冷卻的變化，除了孟郊的作品之外，在其他中晚唐詩人的集子中也得以窺見，如柳宗元〈新植海石榴〉的「月寒空階曙」㉗、白居易〈城上對月期友人不至〉的「照水煙波白，照人肌膚秋」、李商隱〈無題〉的「夜吟應覺月光寒」、杜牧〈泊秦淮〉的「煙籠寒水月籠沙」、韓偓〈中秋禁直〉的「露和玉屑金盤冷，月射珠光貝闕寒」、章碣〈對月〉的「殘霞捲盡出東溟，萬古難消一片冰」……等等，皆屬此中同調。至於月意象出現較多的李賀詩則更在冷寒的觸感之外，集荒涼、陰溼的屬性於一身。如：

- 月漉漉，波煙玉。（〈月漉漉篇〉）
- 吾不識青天高、黃地厚，唯見月寒日暖，來煎人壽。（〈苦晝短〉）
- 攜盤獨出月荒涼，渭城已遠波聲小。（〈金銅仙人辭漢歌〉）
- 古祠近月蟾桂寒，椒花墜紅濕雲間。（〈巫山高〉）
- 老兔寒蟾泣天色，雲樓半開壁斜白。玉輪軋露濕團光，鸞珮相逢桂香陌。（〈夢天〉）
- 十二門前融冷光，二十三絲動紫皇。……吳質不眠倚桂樹，露腳斜飛濕寒兔。（〈李憑箜篌引〉）

所引諸詩中，「月寒」、「月荒涼」、「近月蟾桂寒」和「融冷光」等，都表現出與前述中晚唐詩人近似的意象感受，其冷寒甚至徹底無

㉗ 清・康熙敕編：《全唐詩》，卷353，頁3951。

遺到使月中神物都凍成「寒蟾」、「寒兔」的地步，其強化此期的月意象冷寒之面相的效果，可謂更進一層。但李賀對意象的塑造並不只有反映衆人共有的一般現象而已，他是在反映既有的觀照方式之外又另行拓展新的敘寫角度，如「月漉漉」、「玉輪軋露濕團光」和「露腳斜飛濕寒兔」等將深夜重露的潮濕之氣融攝於月的意象裡，因而月的運行就有如輾過濛濛水氣的一團濕光，而生長在月宮之中的寒兔也不免毛濕體寒。如此陰濕露濃、水氣涵融的意象，是月原型的一大拓展，雖然與李賀同時的王涯〈秋思〉亦云：「月渡天河光轉濕，鵲驚秋樹葉頻飛。」但從質量的雙重標準而言，實應歸爲李賀的開創之一，而李商隱作爲李賀的後繼者，也有不少類似的意象表現，如〈燕臺四首・秋〉的「月浪衝天天宇濕，涼蟾落盡疏星入」、〈海上謠〉的「桂水寒於江，玉兔秋冷咽」和〈月夕〉的「兔寒蟾冷桂花白，此夜姮娥應斷腸」等，足見中晚唐一脈相承的關係。

李賀對月意象的第二個拓展或開創，是他將荒涼的月色與鬼界的活動結合起來的奇特聯想，使荒涼的月色爲鬼界的活動提供怵目的背景，又反過來讓鬼界的活動爲荒涼的月色增添一種妖異陰魅的氣息：

> 南山何其悲，鬼雨灑空草。長安夜半秋，風剪春姿老〔風前幾人老〕。低迷黃昏徑，裊裊青櫟道。月午樹無影，一山唯白曉。漆炬迎新人，幽壙螢擾擾。（〈感諷五首〉之三）

其中的「月午無樹影，一山唯白曉」之句，令人聯想到盛唐王維〈同比部楊員外十五夜游有懷靜者季〉一詩所說的「由來月明如白日，共道春燈勝百花」，同樣都是月明如晝的背景，進行的也都同樣屬於夜間的活動，但王維所寫的乃是夜遊賞燈，有百花盛開之繁華和春意盎然、欣悅躍然之情調，而李賀所寫者，則是新死之鬼奔赴墓地、向幽壙報到，只見鬼雨飄灑、擾攘不安的淒迷悲感，兩者顯然判若霄壤。尤其李賀詩中所謂「月午樹無影」的景象，不免予人「草木皆鬼」的驚疑聯想，非但沒有光耀如晝的明朗，反而透出一股詭惑魅異的陰森之感，何況全詩以黑色的火炬（漆炬）代指鬼火，又稱初死之鬼為「新人」，其明暗互換、日夜翻轉，陰陽顛倒、人鬼不分的非常理安排，更強化「一山唯白曉」之陰魅悚然的意象感受。乃至晚唐丁鵠亦寫出「孤墳月明裏」（〈古挽歌四首〉之四）之詩句，讓明月之光亮成為突顯孤墳的反襯，加深荒塚之景物意象，如此一來，月原型在中晚唐時的「失樂園」表述便達到了頂峰。

對於此一階段詩歌中月意象在現實環境和精神處境上的整體表現，可以白居易〈長恨歌〉中的「行宮見月傷心色」，以及溫庭筠〈故城曲〔登李羽士東樓〕〉中的「高樓本危睇，涼月更傷心」來加以總括：在一種流離哀苦的現實環境和精神處境裡，詩人所見的月光是一種比哀愁更激烈、比淒涼更尖銳的「傷心色」，其冰冷令人膽寒，其鋒稜足以摧骨，其陰濕帶來化不開的沉鬱，而其荒白又恰恰使原本隱晦不彰的鬼域狀貌清晰地展露出來。於是在這樣一種偏向於負面、殘缺的審美角度裏，前期往往得見的清適、皎亮和多情的月意象也就逐漸從詩人的視野中失落，而進入一個荒寒、陰濕、森魅的詮釋情境，標誌著失樂園時代的來臨。

## 第四節　唐詩中日月意象嬗變的關鍵——杜甫

阿恩海姆（Rodulf Arnheim, 1904-2007）於其《藝術與視知

覺》一書中曾提出這樣的觀點：事物的運動和形體結構本身與人的心理一生理結構本身有某種同物對映的效應，所以對象才能移入人的感情。[28]此說指出了客觀界單純的外在物象之所以會引起人類的感應，甚至進入文學之中轉化為主觀的內在意象的科學基礎，頗能解釋詩歌作品裡之所以出現形形色色之日月意象的原因。但我們必須更進一步了解到，意象的構成固然是以事物的運動和形體結構本身與人的心理一生理結構本身相應的共同性質為基礎，但一如主體心理學（subjective psychology）所認為，主體能動性才是主體與世界相互作用的主導潛能[29]，因此要採取事物之運動方式和形體結構的衆多面相中的哪一特點以移入人的感情，卻完全取決於詩人主觀的選擇與認知。換句話說，意象的型態和特徵是詩人心象的流露，是投合於詩人之心理一生理結構狀態的結果。

那麼，如前所述，唐詩中的日月意象隨著初盛唐與中晚唐的時代差異，而表現的從「日出月生」到「日落月冷」，從溫馨閒適、親近有情到冰冷森寒、衰滅消亡的轉變，正透顯出隨著時代之改異而跟著轉型的意向上的變化。其變化的關鍵在於安史之亂所造成的強烈衝擊和巨大影響，而在詩歌中最早展現此一衝擊和影響的詩人則是杜甫。

單就日月意象的塑造而言，杜甫的關鍵地位便十分突出。在日意象方面，安史之亂以後杜甫的晚年階段中，其作品已然出現「寒日外澹泊」（〈飛仙閣〉）、「正憐日破浪花出」（〈閬水歌〉）、「女樂餘姿映寒日」（〈觀公孫大娘弟子舞劍器行〉），甚至「日瘦氣慘悽」（〈無家別〉）、「雪嶺日色死」（〈冬到金華山觀因得故拾遺

㉘ 引自傅道彬：《晚唐鐘聲——中國文化的精神原型》，頁86。

㉙ 詳參鄭發祥：《主體心理學》（上海：上海教育出版社，2006年8月），頁8、134-135。

陳公學堂遺跡〉）這類詩句的描寫，顯然爲韓愈、白居易之同調；而表現在落日意象上，前引吉川幸次郎的論點已曾指出：夕陽這種「暗示某種不安定的世界的形象」在唐詩人中不但「以杜甫爲代表，就大量出現了，甚至達到了成爲程式的程度」，而且「杜甫在唐代詩人中正是最能體現這個方向的」。究實言之，杜甫的確是最能呼吸而領略在安史之亂後遍被時代的悲涼之霧的詩人，因此可以有力地體現夕陽意象中屬於「暗示某種不安定的世界」的面相，而在運用此一意象的次數之多乃至「達到了成爲程式的程度」。在杜甫之前的詩人裡，雖然王維詩中的落日也往往得見，但其意象所體現的方向顯然是偏向安定的、愉悅的、閒適的，而與此迥不相侔，因此，杜甫不但是大量運用「暗示某種不安定的世界」的夕陽意象的代表，更是將此種夕陽意象慣常使用到「成爲程式的程度」的肇端。

從他的晚年開始，落日、日暮、黃昏、反照等意象就不斷密集地出現，洩露出漂流的人生感和不安定的時代觀，茲舉數首詩名較著的作品爲例：

- 黃昏胡騎塵滿城，欲往城南望城北。（〈哀江頭〉）
- 天寒遠放雁爲伴，日暮不收烏啄瘡。（〈瘦馬行〉）
- 久行見空巷，日瘦氣慘悽。……方春獨荷鋤，日暮還灌畦。（〈無家別〉）
- 白水暮東流，青山猶哭聲。（〈新安吏〉）
- 天寒翠袖薄，日暮倚修竹。（〈佳人〉）
- 可憐後主還祠廟，日暮聊爲梁甫吟。（〈登樓〉）
- 返照入江翻石壁，歸雲擁樹失山村。（〈返照〉）
- 夔府孤城落日斜，每依北斗望京華。（〈秋興八首〉

之二）

其他例證尚不暇列舉；此外，杜甫更有專題題詠之作，如〈日暮〉、〈反照〉、〈向夕〉等皆是。諸詩所敘寫的，有國破家亡、百姓流離失據的哀痛，有個人零落無著、漂徙天涯的悲悽，也有瘦馬遭棄、孤苦無依的憂傷。尤其各詩往往出現落日與秋寒並舉爲言的情形，更符應了加拿大學者弗萊（N. Frye）所謂「日落—秋天—死亡」、「黑暗—冬天—解體」的文學基型表現㉚，並充分彰顯利普斯所說「黃昏落下就是死亡」的象徵意涵。於是從安史之亂所開啓的杜甫晚年階段，期間大量使用夕日意象的情形，也同樣拉起中晚唐詩夕陽意象之激增與質變的序幕，以至於晚唐時韋莊等人之好用夕陽意象，竟臻及「口熟手溜，用慣不覺」的地步。從而我們也可以發現到，中唐劉長卿所習用的「夕陽—古道—瘦馬—行人」之意象羣結構實際上也早已孕生於杜甫的心象中，如〈江漢〉云：

> 江漢思歸客，乾坤一腐儒。片雲天共遠，永夜月同孤。落日心猶壯，秋風病欲蘇。古來存老馬，不必取長途。

思歸客、天遠、落日、秋風、老馬、長途的複合圖景，正預告了中晚唐衆多身心俱疲、飄泊無依的知識分子形象。

---

㉚ 參〔加〕弗萊著：〈文學的原型〉（*The Archetypes of Literature*），與黃維樑：〈春的悅豫與秋的深沉——試用佛萊「基型論」觀點析杜甫的「客至」與「登高」〉等文。在秋冬基型中，同時結合的則是荒野、野獸、海洋、廢墟、孤獨者等意象或背景。

在月意象的發展方面，杜甫也擔當了承先啓後的關鍵地位，筆者曾在杜詩意象研究的論文中指出：以安史之亂爲分界點，杜甫「前期中月的意象出現較少，且多以『清光』爲詩人把握」[31]，諸如：

- 已從招提遊，更宿招提境。陰壑出虛籟，月林散清影。（〈遊龍門奉先寺〉）
- 醒酒微風入，聽詩靜夜分。絺衣掛蘿薜，涼月白紛紛。（〈陪鄭廣文遊何將軍山林十首〉之九）
- 斫卻月中桂，清光應更多。（〈一百五日夜對月〉）
- 昊天出華月，茂林延疏光。仲夏苦夜短，開軒納微涼。（〈夏夜嘆〉）

其中的月仍以清光微涼而使人得到夜間閒適的愉悅，此種意向乃是初盛唐時的延續，一脈相承而少見突破。但當安史亂後杜甫開始「漂泊西南天地間」[32]的生活時，尤其是「到杜甫出蜀入夔的後期階段，月的意象就趨向於危疑聳動的不安情境」[33]，以致多見孤淒零落甚至陰森可懼的極端表現。以下列舉諸相關詩句爲例：

- 黃圖遭汙辱，月窟可焚燒。（〈寄董卿嘉榮十韻〉）

---

[31] 歐麗娟：《杜詩意象論》，第2章第3節，頁80。唯在此書中論析月之意象時，本多劃分一個階段，即安史亂後杜甫得以暫居草堂之時，因生活的清美無憂和朋友的慨然襄助，使月意象也展現出一圓滿樂融的型態。但即使如此，此時的月已蘊藏有危疑不安的性質，如〈玩月呈漢中王〉一詩云：「關山同一照，烏鵲自多驚。」因此與此處所論並不違背。

[32] 唐・杜甫：〈詠懷古跡五首〉之一，清・楊倫注：《杜詩鏡銓》（臺北：華正書局，1990年9月），卷13，頁650。

[33] 歐麗娟：《杜詩意象論》，第2章第3節，頁87。

- 山虛風落石，樓靜月侵門。（〈西閣夜〉）
- 竹涼侵臥內，野月滿庭隅。（〈倦夜〉）
- 片雲天共遠，永夜月同孤。（〈江漢〉）
- 悠悠邊月破，鬱鬱流年度。（〈雨〉）
- 江湖墮清月，酩酊任扶還。（〈宴王使君宅題〉）
- 薄雲巖際宿，孤月浪中翻。（〈宿江邊閣〉）
- 魂來楓林青，魂返關塞黑。落月滿屋梁，猶疑照顏色。（〈夢李白二首〉之二）
- 畫圖省識春風面，環珮空歸夜月魂。（〈詠懷古跡五首〉之三）
- 高枕翻星月，嚴城疊鼓鼙。（〈水宿遣興奉呈羣公〉）

從這些詩中，我們所看到的月是以「孤」的狀態出現的，不但具有「破」、「墮」、「翻」、「焚燒」的強烈動態感，導向一種崩毀消亡、急速淪落的性質，而呼應了「正憐日破浪花出」（〈閬水歌〉）所呈現的日意象，也啓發了中晚唐詩人的月意象構成，所謂：

- 古刹疏鐘度，遙嵐破月懸。（李賀〈南園十三首〉之十三，《全唐詩》卷390）
- 月破天暗時。（白居易〈以鏡贈別〉，《全唐詩》卷433）
- 月墮雲中（一作月墜雲收）從此始。（劉禹錫〈泰娘歌〉，《全唐詩》卷356）

- 開緘白雲斷，明月墮衣襟。（孟郊〈連州吟〉，《全唐詩》卷377）
- 幾回明月墜雲間。（元稹〈送王十一郎游剡中〉，《全唐詩》卷413）
- 破月斜天半。（劉得仁〈宿僧院〉，《全唐詩》卷544）
- 寒月破東北。（賈島〈玩月〉，《全唐詩》卷571）
- 推煙唾月拋千里，十番紅桐一行死。（李商隱〈無愁果有愁曲北齊歌〉，《全唐詩》卷540）
- 直教銀漢墮懷中。（李商隱〈燕臺四首・夏〉）
- 三更三點萬家眠，露欲爲霜月墮煙。（李商隱〈夜半〉，《全唐詩》卷539）
- 光搖山月墮。（馬戴〈聞瀑布冰折〉，《全唐詩》卷556）
- 浪翻新月金波淺。（李羣玉〈仙明洲口號〉，《全唐詩》卷569）
- 月墮滄浪西，門開樹無影。（曹鄴〈早起〉，《全唐詩》卷592）
- 破月銜高岳，流星拂曉空。（李昌符〈行思〉，《全唐詩》卷601）
- 歸時月墮汀洲暗。（陸龜蒙〈和襲美釣侶二章〉之二，《全唐詩》卷628）
- 月墮霜西竹井寒，轆轤絲凍下缾難。（陸龜蒙〈病中

曉思〉，《全唐詩》卷629）

- 月墜星沈客到迷。（吳融〈和人有感〉，《全唐詩》卷686）
- 月墜西樓夜影空。（徐夤〈螢〉，《全唐詩》卷710）
- 初疑月破雲中墮。（皎然〈薛卿教長行歌〉，《全唐詩》卷821）

月就有如宇宙的棄兒般，成爲被天空拋擲丟棄而下墜千里的自由落體，以殞石之姿撞擊大地，翻滾於動盪起伏的浪濤中擾攘不定，不再超然於塵寰之上，也喪失了永恆靜定的清朗優雅。至於「樓靜月侵門」和「竹涼侵臥內，野月滿庭隅」更以「侵」字、「野」字傳達了不懷好意的侵略性，則月與人之間親和無間的密切情誼便隨之蕩然無存。此外，「落月滿屋梁，猶疑照顏色」和「環珮空歸夜月魂」也已經先李賀一步，將月與夜間幽魂結合爲同一意象結構羣的複合體，使月意象展現了幽深陰沉而虛幻怨苦的不幸，因此也難怪產生「秋月解傷神」（〈贈王二十四侍御契四十韻〉）這種人月同悲之說。吉川幸次郎曾說：「杜甫覺得月色本身淒涼不健康。他似乎在蒼白的月色中感到一些不祥可怕的東西：或將月色詠成可厭、應予拒絕之物。」㉞應即是對此期杜詩月意象的總體印象。

至此，我們已然清楚掌握到，唐詩中日、月意象在嬗變過程中發生質變的玄機，乃是天寶末年安史之亂的影響；而將此質變的玄機外

㉞〔日〕吉川幸次郎：〈杜甫と月〉，《杜詩論集》，《吉川幸次郎全集》第12卷（東京：筑摩書房，昭和43年6月），頁638。

露顯發於詩歌中的關鍵人物，則是杜甫。時代的陵夷與個人生命的遷變緊密相融爲一體，使晚年的杜甫因爲緬懷盛唐時光輝燦爛之烏托邦而寫的〈觀公孫大娘弟子舞劍器行〉詩中表示：

> 五十年間似反掌，風塵澒洞昏王室。梨園子弟散如煙，女樂餘姿映寒日。金粟堆南木已拱，瞿唐石城草蕭瑟。玳筵急管曲復終，樂極哀來月東出。

爲期約五十年的玄宗朝樂園如反掌般瞬間煙消雲散，其原因便是安史之亂所導致的「風塵澒洞」；從此「樂極哀來」，盛世的「玳筵急管」已到「曲復終」的階段，而往日的繁華也湮滅爲「木已拱」、「草蕭瑟」的廢墟，唯見昔日「女樂餘姿」的殘餘斷片。同時，慘澹度日的詩人在現實灰燼中不勝悲慨而「哀來」之際，抬眼觸目所見恰恰是月出東天之景，「月出」的客觀景象與「哀來」的主觀心情並行共構，使得「月」與「哀」彼此之間畫上等號，正是後來中唐白居易〈長恨歌〉之「行宮見月傷心色」以及晚唐溫庭筠〈故城曲〔登李羽士東樓〕〉之「涼月更傷心」的前奏。因此我們了解到，杜甫詩中所謂的「女樂餘姿映寒日」和「樂極哀來月東出」完全是樂園崩解之後的「失樂園情境」㉟，那與「餘姿」相映的「寒日」，以及與「哀來」並行的「月出」，配合「金粟堆南木已拱，瞿唐石城草蕭瑟」的廢墟景觀，都是盛世不再的失樂園表述，恰恰與初盛唐明朗溫馨的日月意象形成鮮明的對比。而杜甫之爲唐詩中日月意象嬗變的轉捩點，

---

㉟ 有關杜甫對玄宗朝開、天盛世的樂園描述，和安史亂後杜甫與其他中晚唐詩人的失樂園處境，可參歐麗娟：〈唐詩裡的「失樂園」──追憶中的開元盛世〉，《漢學研究》第17卷第2期（1999年12月），頁217-248；後收入《唐詩的樂園意識》（臺北：里仁書局，2000年2月），頁163-224。

也已充分可見。

（本文曾收入彰化師範大學中文系主編《第四屆中國詩學會議（唐代詩學）論文集》，1998年5月。收入本書時有所增補。）

# 附錄

## 襟三江而帶五湖——初唐文壇的彗星王勃

初唐詩人王勃（650-676），字子安，絳州龍門（今山西河津縣）人。他的家學淵源十分深厚，祖父王通爲隋末大儒，而隋唐之交以自然詩留名的王績則爲其叔祖；七歲喪母，在父親王福時的教養下長大。兄弟六人皆有文才，而六歲時即能「構思無滯，詞情英邁」的王勃尤其以神童著稱，十五歲時上書右相劉祥道而大獲激賞，受到表薦拜爲朝散郎；不久受召於高宗之子沛王，至其府中任侍讀兼修撰，以〈平臺祕略論〉十篇深受沛王愛賞。卻於諸王鬥雞爲樂的場合中，因戲作〈檄英王雞文〉而激怒高宗，被斥逐出府，於是四處客遊，旅居於蜀中的漢州、劍州、綿州、益州等地，直到咸亨四年（673）才在友人的邀請之下，前往多產藥草的虢州擔任參軍一職。然此次入仕，竟受到「僚吏共嫉」的排擠，接著發生藏匿官奴曹達又懼而殺之的事件，不但自己罪發當誅，更連累父親坐貶交阯令。後來適逢大赦而免於一死，從此便決心棄官沉跡，以隱淪終身。普遍的說法是他後來在赴交阯省候父親的途中，於乘船渡海時遇險落水，因「心悸」而卒，得年二十七歲，留下了收錄作品超過二百篇章的《王子安集》。

聰慧早夭的藝術天才如何誕生與展現？經由千年歷史的架空之後，我們對古典作家的了解，所能憑藉的線索之一即是歷史載記粗略概括的素描，其中我們看到王勃才華的形成與培養，與家學淵源深厚、個人刻苦研習的條件是分不開的。然而王勃與楊炯、盧照鄰、駱賓王合稱初唐四傑，他在文學上眞正的價值與意義，實必須透過詩文作品本身以及作品與時代環境的互動，才能得到眞正的解答。

首先，王勃所處身的外在大環境充滿了年輕有爲的積極氛圍，他誕生時唐代之創立不過才短短三十二年，正奮力往盛世邁進之中；而其人生由開展到終結的時間跨度，更完全是在個人年華的青春階段，根本還來不及思考或品嚐「夕陽無限好，只是近黃昏」的複雜況味。

正因爲這件隨王勃一生的「年輕」是昂揚的，是生命力攀爬至顛峰前的全然綻放，因此他一方面敏銳地浸泳在時代奔騰的潮流中，成爲指引浪潮湧動之方向的舵手；然而另一方面，他卻又站在潮尖山頂上俯視大環境的盲從，爲整個時代的不足與媚俗痛下針砭。王勃身爲初唐奠定格律形式的先行者之一，詩集中留下爲數不少的五律，同時又以華贍整麗的駢文著稱於世，由此而位居初唐四傑之首；然則這樣的作家，卻對當時「爭構纖微，競爲雕刻」而帶有「六朝錦色」的流風期期以爲不可，認爲那些以綺錯婉媚爲本，以致「氣骨都盡，剛健不聞」的時代產物，都只是文學家夤緣主流價值之後的藝術贗品。

我們可以注意到，王勃的文學見解實際上趨近於倡言漢魏風骨的陳子昂，但他並不採取陳子昂另闢疆場與主流激烈對抗的革命方式，而選擇了在體制內尋求改革的溫和策略，以致雖然仍以精嚴工美的駢文爲勝場，並在律詩形式的奠定過程中豫力爲功，同時卻將清新簡淨的風格意境與眞實遒健的生命感受注入筆下，因勢利導地取回文學生命的意義。因此，明朝陸時雍在《詩鏡總論》中聲言的「王勃高華」一語，便可以說是對他文學成就最爲貼切的讚美——「華」者，是順從時代流向的烙印，標誌著身處初唐時期年輕人追風逐浪的痕跡；「高」者，卻是超越時代的檢證，展示了一種望向宇宙巨靈、攀取永恆桂冠的手勢，由此才贏得杜甫「不廢江河萬古流」的肯定。

正是在這種超越時代、爭取文學價值的努力中，我們看到王勃對人情的體貼入微，與對存在感受的眞摯體悟。那對人情的體貼入微，在〈送杜少府之任蜀州〉的「與君離別意，同是宦遊人」兩句中表露無遺，因爲他以「離別」的處境將雙方納入到共同面臨割捨的雙向情誼之中，再以仕途上奔波無奈的「宦遊」本質點出爲官者難以倖免的無常命運，正所謂「心事同漂泊，生涯共苦辛」（〈別薛華〉）的甘苦與共，而同時解消了貴賤窮達、去住行止、升沉起伏、幸與不幸等外在遭遇的差異，由情感和命運的層次根本地抹除了彼此的不同，從而平息了即將遷謫遠方之友朋離京淪落的悲愴。至於他對人世的洞視體察，則透過〈滕王閣序〉中「漁舟唱晚，響窮彭蠡之濱；雁陣驚寒，聲斷衡陽之浦」與「關山難越，誰悲失路之人；萍水相逢，盡是他鄉之客」之類的書寫而激盪人們的心魂，因爲他喚起了存在處境中失意、漂泊、滄桑、無常的本質感受，讓人們在不落俗套地重新體驗自然景物的同時，也赤裸裸地面對虛無直扣心扉的痛楚。

然而同時，他的世界觀又是宏大的、自信的。在「與君離別意，同是宦遊人」的低調之後，接著「海內存知己，天涯若比鄰」一語卻隨即拔高，以宏觀鳥瞰的視野將萬里縮於方寸，藉知己之情泯化了天涯阻隔的無限距離，這就告訴我們：原來「思念」可以不是纏綿哀絕的眼淚，而可以是向宇宙縱身騁望的飛翔！同樣地，王勃在失路他鄉的傷淒之餘，卻不忘申言「老當益壯，寧移白首之心；窮且益堅，不墜青雲之志」的信念，也就是即使身在既老且窮的荊棘泥濘之中，依然要不懈地揮舞理想的旗幟，讓靈魂始終維持在昂揚雲霄的高度，帶來一種「襟三江而帶五湖」、「卷煙霞於物表」的宏闊氣概。

這就是王勃在文字作品中直接傾露的靈魂，做爲心靈與思維萃取得來的結晶，可以說是作家存在的神髓。然而，作家的靈魂雖然鏤刻於作品之中，作品卻未必反映作家的現實性格。在思想與行動、創作與生活之間，造物主的天平常常以互補的方式維持著一種特殊的均衡，所謂思想的巨人、行動的侏儒；藝術的天才、生活的白癡，我們往往可以在藝術家身上發現這種極端不均衡的性格組合，特別是一個年輕的天才在藝術之流中盡情採擷的同時，更不免會因爲生活歷練的不足，以致在面對生活大流時翻覆滅頂。透過史傳資料對他現實生活的描述，我們獲得了解剖王勃人格結構的另一部分線索，如果將王勃的人格性情從作品中抽離出來，而就其言談舉止等具體行跡獨立進行觀察的話，我們可以看到這種極端不均衡的性格組合也同樣模塑於王勃的人生中，並註記了幾番顛躓困頓的烙痕，添補了詩人存在的血肉：

早年的王勃懷抱著家族庭訓以及士人傳統所鑄造的淑世理想，原本也是想要透過從政的仕進之路以獲得實踐。然而，就在他置身宦海的經歷中，卻因爲年輕不成熟所導致的炫露躁切而兩次輕狂肇事，以致終究徹底斲喪了政治前途，甚至差一點就要付出生命作爲慘痛的代價。第一次是他以初出茅廬之姿贏得沛王賞識，被召入王府中擔任修撰之時，於諸王鬥雞取樂的場合中，因戲作〈檄英王雞文〉一篇被高宗怒斥爲：「是且交構！」而罷出府邸；第二次則是在虢州任參軍時，將犯罪脫逃的官奴曹達潛隱於宅中，卻又恐於東窗事發而遽爾殺之以匿其事，從而依律犯下了死刑，幸賴不久適逢大赦而撿回一命。這兩次事件完全可以說都是王勃輕重不分、感情用事的個性而咎由自取的，先是無知於宮廷貴冑彼此微妙複雜的競爭關係，在不恰當的場合開錯了玩笑，以一篇軍事檄文將鬥雞活動的遊戲性質轉化爲戰場廝殺的政治鬥爭，無形中挑起並激化了諸王之間的敵對意識和恩怨心結，結果就在「謔而淪於虐」的不當越界之下，導致宦途的嚴重受挫；而第二次的匿殺官奴之事，更暴露了王勃衝動任性、瞻前不顧後的褊急輕躁，既濫情收留在先，又失智錯殺於後，一味聽憑情緒主導而莽撞行事的結果，就是違背法理地一步步將自己推向毀滅的深淵。

很顯然，文學世界的靈慧未必等同於現實世界的智慧。因爲藝術創作可以透過靈敏的體悟感受與適當的知識學養而擦撞出絢爛的火花，但對人情世故的熟悉練達，卻必須經由具體實務的多方淬礪才能逐步養成。而藝術之神卻往往是寡頭獨占的，祂要求創作心靈的專注投入才願惠賜靈泉，於是創作者的人格就在無暇他顧的情況下逐漸發生了偏斜，彷彿人們被賦予過度發達的藝術天分時，難免便要以剝奪一般健全的理性與日常的幸福作爲代價。王勃這位天才而提早殞落的文學家，正是如此一身綰繫了早熟夙慧與青澀稚拙的弔詭，以慧眼從飄飄泛泛的大化之流中採擷驪珠之餘，同樣不能免於在現實生活的海洋中翻覆滅頂，爲「詩窮而後工」的古訓提供另類的詮釋。

然而不論是呈現其早熟夙慧之藝術天才的詩文作品，還是披露他青澀稚拙之生活困礙的歷史載記，都有如那穿透黑暗而來的閃爍星光，至今猶然見證著遙遠的過去曾經存在的星體，讓王勃在初唐文壇上劃出一道閃亮的彗星之光後，留給後人永恆的讚嘆與喟息。

（原載《聯合文學》第17卷第5期，2001年3月）

# 徵引書目

## 一、傳統文獻


袁珂注：《山海經校注》，臺北：里仁書局，1982年8月。

戰國・莊子著，清・郭慶藩輯：《莊子集釋》，臺北：漢京文化公司，1983年9月。

戰國・屈原著，宋・洪興祖：《楚辭補注》，臺北：長安出版社，1984年9月。

西漢・劉安撰，東漢・高誘註：《淮南子》，臺北：藝文印書館，1974年4月。

晉・陶淵明著，龔斌校箋：《陶淵明集校箋》，上海：上海古籍出版社，1999年12月。

梁・鍾嶸著，楊祖聿校注：《詩品校注》，臺北：文史哲出版社，1981年1月。

梁・蕭統編，唐・李善等注：《文選》，臺北：華正書局，1986年7月。

逯欽立輯校：《先秦漢魏晉南北朝詩》，臺北：木鐸出版社，1983年9月。

唐・王維著，清・趙殿成箋註：《王右丞集箋註》，臺北：廣文書局，1977年12月。

唐・王維著，陳鐵民校注：《王維集校注》，北京：中華書局，1997年8月。

唐・李白著，瞿蛻園等注：《李白集校注》，臺北：里仁書局，

1981年3月。

唐・李白著，安旗主編：《李白全集編年注釋》，成都：巴蜀書社，1992年4月。

唐・李白著，詹鍈主編：《李白全集校注彙釋集評》，天津：百花文藝出版社，1996年12月。

唐・杜甫著，清・仇兆鰲注：《杜詩詳注》，臺北：里仁書局，1980年7月。

唐・杜甫著，清・楊倫注：《杜詩鏡銓》，臺北：華正書局，1990年9月。

唐・白居易著，顧學頡校點：《白居易集》，北京：中華書局，1985年10月。

唐・白居易著，朱金城箋注：《白居易集箋校》，上海：上海古籍出版社，2003年10月。

唐・李賀著，清・王琦等注：《李賀詩注》，臺北：世界書局，1991年6月。

唐・李賀著，清・王琦等評注：《三家評注李長吉歌詩》，上海：上海古籍出版社，1998年12月。

唐・李賀著，陳弘治校釋：《李長吉歌詩校釋》，臺北：嘉新水泥公司文化基金會，1969年8月。

唐・沈亞之：《沈下賢文集》，《四部叢刊初編》第160冊，臺北：臺灣商務印書館，1965年。

唐・陸龜蒙：《甫里先生文集》，《四部叢刊正編》第37冊，臺北：臺灣商務印書館，1979年。

唐・杜牧：《樊川文集》，臺北：漢京文化公司，1983年11月。

唐・李商隱著，清・馮浩箋注：《玉谿生詩集箋注》，臺北：里仁書局，1981年2月。

唐・李商隱著，劉學鍇、余恕誠注：《李商隱詩歌集解》，北京：中華書局，1992年5月。

唐・張彥遠著，〔日〕岡村繁譯注：《歷代名畫記譯注》，上海：上海古籍出版社，2002年10月。

五代・孫光憲著，賈二強點校：《北夢瑣言》，北京：中華書局，2002年6月。

五代・劉昫等撰：《舊唐書》，臺北：鼎文書局，1977年6月。

後蜀・趙崇祚選編，華鍾彥校注：《花間集注》，開封：河南大學出版社，2008年4月。

北宋・邵雍著，上野日出刀解題：《擊壤集》，臺北：中文出版社，1972年5月。

北宋・邵雍：《皇極經世書》，《四部備要》本，臺北：臺灣中華書局，1982年4月。

北宋・程顥、程頤著，王孝魚點校：《二程集》，臺北：里仁書局，1982年3月。

宋・歐陽修等：《新唐書》，臺北：鼎文書局，1992年1月。

宋・司馬光：《續詩話》，清・何文煥輯：《歷代詩話》。

宋・楊萬里：《誠齋詩話》，丁福保輯：《歷代詩話續編》。

宋・王安石：《臨川先生文集》，《四部叢刊初編》第51集，臺北：臺灣商務印書館，1979年5月。

宋・魏慶之：《詩人玉屑》，臺北：世界書局，1980年10月。

宋・計有功著，王仲鏞主編：《唐詩紀事校箋》，成都：巴蜀書社，1989年8月。

宋・祝穆撰，祝洙增訂，施和金點校：《方輿勝覽》，北京：中華書局，2003年6月。

宋・葉廷珪著，李之亮校點：《海錄碎事》，北京：中華書局，

2002年5月。

宋・楊億：《楊文公談苑》，《宋元筆記小說大觀》第1冊，上海：上海古籍出版社，2001年12月。

南宋・魏了翁：《重校鶴山先生大全文集》，明嘉靖二年銅活字印本，四川大學古籍整理研究所編：《宋集珍本叢刊》第77冊，北京：線裝書局，2004年。

南宋・朱熹：《四書章句集注》，臺北：大安出版社，1994年11月。

南宋・朱熹著，南宋・黎靖德編：《朱子語類》，臺北：文津出版社，1986年12月。

南宋・胡仔：《苕溪漁隱叢話》，臺北：長安出版社，1978年12月。

南宋・嚴羽著，郭紹虞校釋：《滄浪詩話校釋》，臺北：里仁書局，1987年4月。

南宋・劉克莊：《後村詩話》，據吳興張氏采輯善本彙刊本影印，收入《適園叢書》，臺北：藝文印書館，1973年。

金・元好問著，姚奠中主編，李正民增訂：《元好問全集（增訂本）》，太原：山西古籍出版社，2004年1月。

元・馬端臨：《文獻通考》，《景印文淵閣四庫全書》第614冊，臺北：臺灣商務印書館，1986年3月。

元・楊維楨：《東維子文集》，《四部叢刊初編》，臺北：臺灣商務印書館，1979年。

明・李夢陽：《空同集》，《景印文淵閣四庫全書》第1262冊，臺北：臺灣商務印書館，1986年3月。

明・胡震亨：《唐音癸籤》，臺北：木鐸出版社，1982年7月。

明・高棅：《唐詩品彙》，臺北：學海出版社，1983年7月。

明・楊愼：《升菴詩話》，丁福保輯：《歷代詩話續編》本。

明・陸時雍編：《唐詩鏡》，《景印文淵閣四庫全書》第1411冊，臺北：臺灣商務印書館，1986年3月。

明・許學夷著，杜維沫校點：《詩源辨體》，北京：人民文學出版社，1998年2月。

明・胡應麟：《詩藪》，臺北：正生書局，1973年5月。

明・王嗣奭：《杜臆》，臺北：臺灣中華書局，1986年11月。

明・鍾惺、譚元春編：《唐詩歸》，影印清華大學圖書館藏萬曆四十五年刻本，收入《四庫全書存目叢書》集部總集類第338冊，臺南：莊嚴文化公司，1997年。

明・徐增著，樊維綱校注：《說唐詩》，鄭州：中州古籍出版社，1990年12月。

清・吳偉業著，李學穎集評標校：《吳梅村全集》，上海：上海古籍出版社，1990年。

清・康熙敕編：《全唐詩》，北京：中華書局，1990年2月。

清・張廷玉修撰：《明史》，臺北：鼎文書局，1975年6月。

清・陳沆：《詩比興箋》，臺北：廣文書局，1970年10月。

清・王士禎：《唐賢三昧集》，《景印文淵閣四庫全書》第1459冊，臺北：臺灣商務印書館，1986年3月。

清・王士禎著，戴鴻森校點：《帶經堂詩話》，北京：人民文學出版社，2006年1月。

清・王士禎著，清・惠棟、金榮注，伍銘輯校：《漁洋精華錄集注》，濟南：齊魯書社，1992年1月。

清・葉燮著，霍松林校注：《原詩》，北京：人民文學出版社，1979年9月。

清・毛先舒：《詩辯坻》，《四庫全書存目叢書補編》第45冊，濟南：齊魯書社，2001年。
清・沈德潛：《說詩晬語》，丁福保輯：《清詩話》，臺北：木鐸出版社，1988年9月。
清・沈德潛著，蘇文擢詮評：《說詩晬語詮評》，臺北：文史哲出版社，1985年10月。
清・沈德潛：《唐詩別裁集》，臺北：廣文書局，1970年1月。
清・沈德潛：《唐詩別裁集》，上海：上海古籍出版社，2008年4月。
清・董誥輯：《全唐文》，臺北：大通書局，1979年7月。
清・馮班：《才調集補注》，《續修四庫全書》第1611冊，上海：上海古籍出版社，2002年。
清・薛雪：《一瓢詩話》，丁福保輯：《清詩話》，臺北：木鐸出版社，1988年9月。
清・賀貽孫：《詩筏》，郭紹虞輯：《清詩話續編》，臺北：木鐸出版社，1983年12月。
清・張謙宜：《絸齋詩談》，郭紹虞輯：《清詩話續編》，臺北：木鐸出版社，1983年12月。
清・曹雪芹著，馮其庸等校注：《紅樓夢校注》，臺北：里仁書局，1995年10月。
清・浦起龍：《讀杜心解》，臺北：鼎文書局，1979年3月。
清・黃生：《唐詩評》，清・黃生等著，何慶善點校：《唐詩評三種》，合肥：黃山書社，1995年12月。
清・黃周星：《唐詩快》，陳伯海編：《唐詩彙評》，杭州：浙江教育出版社，1996年5月。
清・方東樹：《昭昧詹言》，北京：人民文學出版社，1984年6月。
清・何文煥輯：《歷代詩話》，臺北：漢京文化公司，1983年1月。

丁福保輯：《歷代詩話續編》，北京：中華書局，1983年8月。
丁福保輯：《清詩話》，臺北：木鐸出版社，1988年9月。
郭紹虞輯：《清詩話續編》，臺北：木鐸出版社，1983年12月。
《陶淵明資料彙編》，北京：中華書局，2004年1月。
華文宣編：《杜甫卷：唐宋之部》，臺北：源流出版社，1982年5月。
陳伯海編：《唐詩彙評》，杭州：浙江教育出版社，1996年5月。
羅聯添編：《隋唐五代文學批評資料彙編》，臺北：成文出版社，1978年9月。
吳鋼主編：《全唐文補遺》，西安：三秦出版社，2006年6月。
《全唐詩索引‧李商隱卷》，北京：中華書局，1991年7月。
黃啓方編：《北宋文學批評資料彙編》，臺北：成文出版社，1978年9月。
張健編：《南宋文學批評資料彙編》，臺北：成文出版社，1978年12月。
曾永義編：《元代文學批評資料彙編》，臺北：成文出版社，1978年9月。
周維德集校：《全明詩話》，濟南：齊魯書社，2005年6月。
吳宏一、葉慶炳編：《清代文學批評資料彙編》，臺北：成文出版社，1979年9月。
隋樹森編：《全元散曲》，北京：中華書局，1964年2月。

## 二、現代論著

《中國百科大辭典》，北京：中國大百科全書出版社，1999年9月。
〔日〕入谷仙介著，盧燕平譯：《王維研究（節譯本）》，北京：中華書局，2005年10月。
王志清：《縱橫論王維》，長春：吉林人民出版社，2001年。
王孝廉：〈死與再生〉，《神話與小說》，臺北：時報文化公司，1986年。
王國維著，滕咸惠校注：《人間詞話新注》，臺北：里仁書局，1987年8月。
王麗娜：〈王維詩歌在海外〉，師長泰主編：《王維研究（第一輯）》，北京：中國工人出版社，1992年9月。
安華濤：〈三元同構的士大夫心理結構——解讀王維《與魏居士書》〉，《社科縱橫》2000年第4期。
〔日〕吉川幸次郎：〈杜甫と月〉，《杜詩論集》，《吉川幸次郎全集》第12卷，東京：筑摩書房，昭和43年6月。
〔日〕吉川幸次郎著，孫昌武譯：〈杜甫的詩論與詩——在京都大學文學部的最後一課〉，蕭滌非主編：《唐代文學論叢》總第七輯，西安：陝西人民出版社，1986年1月。
朱君億：〈李長吉歌詩源流舉隅（上）〉，《東方雜誌復刊》第5卷第11期（1972年5月）。
沈秋雄：〈試論李義山詩的用典〉，收入張仁青編：《李商隱詩研究論文集》，臺北：天工書局，1984年9月。
沈清松：《解除世界魔咒：科技對文化的衝擊與展望》，臺北：時報出版公司，1984年8月。
杜國清：〈李賀研究的國際概況〉，《現代文學復刊號》2期（1977年11月）。
李永熾：《從江戶到東京》，臺北：合志文化事業公司，1988年12月。
李志：〈詩人朱熹〉，《通報》第58期，1972年。

李長之：《道教徒的詩人李白及其痛苦》，臺北：長安出版社，1987年10月。
呂興昌：〈和諧的剎那——論李白詩的另一種生命情調〉，呂正惠編：《唐詩論文選集》，臺北：長安出版社，1985年4月。
余光中：〈象牙塔到白玉樓〉，呂正惠編：《唐詩論文選集》，臺北：長安出版社，1985年4月。
宜珊：〈李義山其人其詩〉，張仁青編：《李商隱詩研究論文集》，臺北：天工書局，1984年9月。
林庚：《中國文學史》，廈門：國立廈門大學，1947年5月。
林繼中：〈王維情感結構論析〉，《文史哲》1999年第1期。
〔日〕前野直彬著，洪順隆譯：《唐代的詩人們》，臺北：幼獅文化公司，1978年11月。
范之麟、吳庚舜主編：《全唐詩典故辭典》，武漢：湖北辭書出版社，1989年1月。
胡雲翼：《中國文學史》，臺北：三民書局，1966年8月。
柯慶明：《文學美綜論》，臺北：長安出版社，1986年10月。
〔韓〕柳晟俊：《唐詩論考》，北京：中國文學出版社，1994年8月。
〔美〕高友工：〈中國敘述傳統中的抒情境界〉，〔美〕浦安迪講演：《中國敘事學》附錄，北京：北京大學出版社，1996年3月。
高步瀛：《唐宋詩舉要》，臺北：藝文印書館，1970年9月。
荊立民：〈尋找另一個「理想王國」——論王維的人生追求〉，師長泰主編：《王維研究（第一輯）》，北京：中國工人出版社，1992年9月。
師長泰主編：《王維研究（第一輯）》，北京：中國工人出版社，

1992年9月。

徐復觀：《中國藝術精神》，臺北：臺灣學生書局，1983年1月。

徐復觀：〈環繞李義山（商隱）錦瑟詩的諸問題〉，《中國文學論集》，臺北：臺灣學生書局，1974年10月。

徐復觀：〈詩詞的創造過程及其表現效果〉，《中國文學論集》，臺北：臺灣學生書局，1974年10月。

梁實秋：〈與自然同化〉，《梁實秋論文學》，臺北：時報文化出版公司，1978年9月。

許總：《唐詩史》，南京：江蘇教育出版社，1994年6月。

郭紹虞：《宋詩話考》，北京：中華書局，1979年8月。

張步雲：《唐代詩歌》，合肥：安徽教育出版社，1990年8月。

張伯偉：《禪與詩學》，杭州：浙江人民出版社，1996年4月。

張相：《詩詞曲語辭匯釋》，臺北：臺灣中華書局，1985年4月。

張淑香：《李義山詩析論》，臺北：藝文印書館，1987年3月。

張淑香：〈邂逅神女——解《老殘遊記二編》逸雲說法〉，國立臺灣大學中文系編印：《語文、情性、義理——中國文學的多層面探討國際學術會議論文集》，臺北：國立臺灣大學中國文學系，1996年7月。

張惠康：〈詞與李賀詩〉，《中華詩學》第8卷第5期（1973年5月）。

陳文華：〈比較與翻案——論義山七律末聯的深一層法〉，張仁青編：《李商隱詩研究論文集》，臺北：天工書局，1984年9月。

陳玉美：〈夫妻、家屋與聚落——蘭嶼雅美族的空間觀念〉，黃應貴主編：《空間、力與社會》，臺北：中央研究院民族學研究所，1995年12月。

陳器文：〈自月意象的嬗變論李義山的月世界〉，張仁青編：《李商隱詩研究論文集》，臺北：天工書局，1984年9月。

陳鐵民：《王維新論》，北京：北京師範學院出版社，1992年1月。

游國恩：《新編中國文學史》，高雄：復文書局，1991年。

勞思光：《新編中國哲學史》，臺北：三民書局，1984年1月。

黃永武：〈李商隱的遠隔心態〉，張仁青編：《李商隱詩研究論文集》，臺北：天工書局，1984年9月。

黃維樑：〈春的悅豫與秋的深沉——試用佛萊「基型論」觀點析杜甫的「客至」與「登高」〉，中國古典文學研究會主編：《古典文學》第七集，臺北：臺灣學生書局，1985年8月。

黃應貴：〈儀式、習俗與社會文化——人類學的觀點〉，《新史學》第3卷第4期（1992年12月）。

傅道彬：《晚唐鐘聲——中國文化的精神原型》，北京：東方出版社，1996年6月。

葉嘉瑩：〈從比較現代的觀點看幾首中國舊詩〉，《迦陵談詩》，臺北：三民書局，1984年1月。

葉維廉：〈無言獨化：道家美學論要〉，《飲之太和——葉維廉文學論文二集》，臺北：時報文化公司，1980年1月。

葉維廉：〈中國古典和英美詩中山水美感意識的演變〉，《飲之太和——葉維廉文學論文二集》，臺北：時報文化公司，1980年1月。

葉慶炳、邵紅編：《明代文學批評資料彙編》，臺北：成文出版社，1979年9月。

葉慶炳：〈兩唐書李賀傳考辨〉，《唐詩散論》，臺北：洪範書店，1977年8月。

葉慶炳：《中國文學史》，臺北：臺灣學生書局，1984年9月。

葛曉音：《山水田園詩派研究》，瀋陽：遼寧大學出版社，1993年1月。

董乃斌：《李商隱的心靈世界》，上海：上海古籍出版社，1992年12月。

楊承祖：〈閒適詩初論〉，《臺靜農先生八十壽慶論文集》，臺北：聯經出版事業公司，1981年11月。

詹鍈：《李白詩文繫年》，夏敬觀等：《李太白研究》，臺北：里仁書局，1985年5月。

趙永源：〈試論王維詩歌的「空」字〉，《北方論叢》1999年第2期。

暢廣元編：《文學文化學》，瀋陽：遼寧人民出版社，2000年6月。

鄭發祥：《主體心理學》，上海：上海教育出版社，2006年8月。

鄭振鐸：《插圖本中國文學史》，臺南：莊嚴文化公司，1991年1月。

蔡瑜：《高棅詩學研究》，《臺大文史叢刊》之85，臺北：臺灣大學出版委員會，1990年6月。

蔣寅：《古典詩學的現代詮釋》，北京：中華書局，2003年3月。

歐麗娟：《杜詩意象論》，臺北：里仁書局，1997年12月。

歐麗娟：《唐詩選注》，臺北：里仁書局，1995年11月。

歐麗娟：〈唐詩裡的「失樂園」——追憶中的開元盛世〉，《漢學研究》第17卷第2期（1999年12月）；收入《唐詩的樂園意識》，臺北：里仁書局，2000年2月。

劉大杰：《中國文學發達史》，臺北：臺灣中華書局，1975年9月。

劉永濟：《詞論》，臺北：源流出版社，1982年5月。

劉孟伉主編：《杜甫年譜》，臺北：學海出版社，1978年9月。

〔美〕劉若愚著，杜國清譯：《中國詩學》，臺北：幼獅文化事業公司，1983年10月。

劉滄浪：〈李賀與濟慈（John Keats）〉，《幼獅月刊》第43卷第6期（1976年6月）。

劉魁立：《歐洲民間文學研究中的第一個流派——神話學派》，《民間文藝集刊》第三集，上海：上海藝文出版社，1982年。

〔日〕興膳宏著，戴燕譯：〈我與物〉，《異域之眼——興膳宏中國古典論集》，上海：復旦大學出版社，2006年9月。

錢鍾書：《談藝錄》，香港：龍門書局，1965年8月。

儲仲君：〈秋風夕陽的詩人——劉長卿〉，《唐代文學研究》第三輯，桂林：廣西師範大學出版社，1992年8月。

繆鉞：〈論李義山詩〉，《詩詞散論》，臺北：臺灣開明書局，1979年3月。

譚朝炎：《紅塵佛道覓輞川——王維的主體性詮釋》，北京：中國社會科學出版社，2004年5月。

羅聯添：〈白居易詩評論的分析〉，收入中國唐代學會編：《唐代研究論集第二集》，臺北：新文豐出版公司，1992年11月。

羅聯添：〈李賀詩「無理」問題〉，臺大中文研究所1992年「唐代文學專題」課堂講義。

蘇雪林：《中國文學史》，臺北：光啓出版社，1971年10月。

慈怡主編：《佛光大辭典》，高雄：佛光出版社，1988年12月。

〔德〕恩斯特·卡西爾（Ernst Cassirer）著，甘陽譯：《人論》（*An Essay on Man*），上海：上海譯文出版社，2004年6月。

Mircea Eliade, *The Sacred and the Profane: the Nature of Religion*, translated by Willard R. Ttrask, New York: Harcourt, Brace & World, Inc., 1959.

〔英〕艾略特（T. S. Eliot）著，李賦寧譯：《艾略特文學論文集》，南昌：百花洲文藝出版社，1994年9月。

〔奧〕佛洛依德（Sigmund Freud）著，賴其萬、符傳孝譯：《夢的解析》，臺北：志文出版社，2001年5月。

〔加〕弗萊（Northrop Frye）：〈文學的基型〉（The Archetypes of Literature），〔美〕約翰・維克雷編，潘國慶等譯：《神話與文學》，上海：上海文藝出版社，1995年4月。

〔法〕保羅・雅各布（Paul Jacob）著，劉陽譯：〈唐代佛教詩人〉（Poètes bouddhistes des Tang），錢林森編：《法國漢學家論中國文學——古典詩詞》，北京：外語教學與研究出版社，2007年5月。

〔德〕利普斯（Julius E. Lips）著，江寧生譯：《事物的起源》，蘭州：敦煌文藝出版社，2000年2月。

〔美〕宇文所安（Stephen Owen）著，賈晉華譯：《盛唐詩》（*The Great Age of Chinese Poetry: the High T'ang*），北京：三聯書店，2005年4月。

〔義〕維科（G. Vico）著，朱光潛譯：《新科學》（*New Science*），北京：商務印書館，1989年6月。

Baruch de Spinoza, Tractatus politicus, in *Spinoza Opera*, ed. Carl Gebhardt (4 vols.; Heidelberg: Carl Winters Universitätsbuchhandlung, 1925), Vol. III.

國家圖書館出版品預行編目資料

唐詩的多維視野／歐麗娟著. -- 初版. --
臺北市：五南圖書出版股份有限公司,
2017.07
面； 公分
ISBN 978-957-11-9223-9（平裝）

1.唐詩 2.詩評

820.9104 106008941

1X4J

# 唐詩的多維視野

作　　者 — 歐麗娟（361.4）
發 行 人 — 楊榮川
總 經 理 — 楊士清
總 編 輯 — 楊秀麗
副總編輯 — 黃文瓊
責任編輯 — 吳雨潔
封面設計 — 吳佳臻
出 版 者 — 五南圖書出版股份有限公司
地　　址：106台北市大安區和平東路二段339號4樓
電　　話：(02)2705-5066　傳　　真：(02)2706-6100
網　　址：https://www.wunan.com.tw
電子郵件：wunan@wunan.com.tw
劃撥帳號：01068953
戶　　名：五南圖書出版股份有限公司
法律顧問　林勝安律師事務所　林勝安律師
出版日期　2017年 7 月初版一刷
　　　　　2021年11月初版四刷
定　　價　新臺幣380元